REZENSIONEN

„[Jan Moran] ist eine fesselnde Stimme, die man im Auge behalten sollte." *Booklist*

„Romantik-Fans werden von diesem Pageturner mit seiner liebenswerten Heldin begeistert sein! " *Library Journal*

„Dieser Roman berührt das Herz. Man wünscht sich, dass er nie endet." *Book Queen Reviews*

„Eine hinreißend erzählte Geschichte über zwei starke, bemerkenswerte Frauen." *Luxury Reading*

„Einen Toast auf diesen atemberaubend schönen Roman – Familiengeheimnisse und Romantik pur!" *One Book At A Time*

„Jan Moran ist die neue Königin der epischen Liebesgeschichten." *USA Today*-Bestsellerautorin Rebecca Forster

---

„Liebe, Schicksal und zweite Chancen vor der prächtigen Kulisse des Comer Sees. Ein wunderbarer Roman."
— Kristy Woodson Harvey über *Sterne über dem Comer See*

„So sinnlich und atmosphärisch, dass man beim Lesen das Gefühl hat, mitten im Napa Valley und in Italien zu sein." The Booktrail über *Die Zeit der Traubenblüte*

„Ein wunderbarer Roman um Wein, Liebe und Wiedergut-
machung. Jan Moran ist ein Fest für die Sinne gelungen." Hook Of A Book

„Jedes von Jan Morans Büchern ist fesselnd und spiegelt ihre
Liebe zum geschriebenen Wort sowie ihre unersättliche
Neugierde wider." Andrea S.

„Ich liebe es, dass die Heldinnen in Jans Geschichten
mutige, intelligente Geschäftsfrauen sind. Und im Zentrum
aller ihrer Bücher steht eine starke, eng verbundene Familie." B.J.T.

BÜCHER VON JAN MORAN

DEUTSCH

INGLES

Summer Beach Series

Coral Cottage

Coral Cafe

Coral Holiday

Coral Weddings

Coral Celebration

Beach View Lane

Sunshine Avenue

Orange Blossom Way

The Love, California Series

Flawless

Beauty Mark

Runway

Essence

Style

Sparkle

20th-Century Historical

Hepburn's Necklace

The Chocolatier

The Winemakers: A Novel of Wine and Secrets

The Perfumer: Scent of Triumph

WEIHNACHTEN IM
Coral Cottage

JAN
MORAN
USA TODAY BESTSELLING AUTHOR

WEIHNACHTEN IM CORAL COTTAGE

CORAL COTTAGE DEUTSCH
BUCH 3

JAN MORAN

Übersetzt von
IVONNE SENN

SUNNY PALMS
PRESS

Library of Congress Cataloging-in-Publication-Daten
Moran, Jan.
/ by Jan Moran

ISBN 978-1-64778-153-8 (ebook)
ISBN 978-1-64778-154-5 (Taschenbuch)
ISBN 978-1-64778-182-8 (Gebundenesbuch)

Herausgegeben von Sunny Palms Press. Umschlaggestaltung von Sleepy Fox
Studio. Copyright Titelbilder: DepositPhotos.

Sunny Palms Press
9663 Santa Monica Blvd STE 1158
Beverly Hills, CA 90210 USA
www.sunnypalmspress.com
www.JanMoran.com

Für alle meine den Strand liebenden Leserinnen und Leser

Mein tiefster Dank geht an Ivonne Senn für ihre Akribie bei der Übersetzung dieses Romans. Es ist ein wahres Vergnügen, mit dir an diesem und den anderen Büchern der Reihe zusammenzuarbeiten. Ich freue mich, dass ich die Geschichte mit meinen Leserinnen und Lesern auf Deutsch teilen kann.

„Die neue Theaterproduktion klingt großartig", sagte Marina zu ihrer Schwester, während sie Karottenschalen in den Komposteimer in der Küche des Coral Cafés wischte. Der Garten ihrer Großmutter würde unter dem reichhaltigen Kompost richtig aufblühen.

„Du kannst es gerne mal lesen." Kai lehnte sich über den Tresen. In ihrem glitzernden T-Shirt mit einem surfenden Weihnachtsmann darauf war sie bereits in der richtigen Stimmung für die kommenden Festtage. „Was machst du da?"

„Einen Möhrenkuchen. Brooke hat heute früh die frische Ernte aus ihrem Garten vorbeigebracht. Ich bin dabei, ein paar neue Herbst- und Wintergerichte auf die Karte zu setzen." Marina nickte in Richtung des Küchenregals. „Da sind warme Cranberry-Orangen-Muffins, wenn du einen willst."

„Hm, lecker." Kai nahm sich einen vom Abkühlgitter. „Ich habe dich in dem Stück für die Rolle der Mutter vorgesehen. Einer jungen Mutter", fügte sie augenzwinkernd an.

„Danke für diese Klarstellung", antwortete Marina

lächelnd. „Aber ich würde lieber nicht auf der Bühne stehen."

„Du machst Witze, oder?" Kai stellte Weihnachtsmusik an und setzte sich im Schneidersitz auf die Bank des Tisches, der vor der Küche stand, um den Muffin zu essen. „Du hast jahrelang jeden Tag vor der Kamera gestanden, deshalb weiß ich, dass es sich nicht um Lampenfieber handeln kann."

„Die Nachrichten vor einem Kameramann zu verlesen ist wohl kaum dasselbe, wie live vor Publikum aufzutreten", widersprach Marina.

Kai und Axe, der örtliche Bauunternehmer, waren gerade dabei, die Theaterproduktion für die Einweihung des neuen Zentrums für darstellende Kunst in Summer Beach vorzubereiten, das sie wegen seiner halbrunden Form liebevoll die *Muschel* nannten. Axe hatte seit Jahren davon geträumt, auf dem an einem Hügel gelegenen Grundstück ein Amphitheater zu bauen.

„Du hast deine Rolle als Nachrichtensprecherin gespielt", fuhr Kai fort und band sich die rotblonden Haare zu einem hohen Dutt zusammen, den sie mit einem Bleistift, der auf dem Tisch lag, sicherte. „Wo ist da der Unterschied?"

„Ich war nicht darauf aus, Lacher zu generieren. Du bist die Entertainerin, nicht ich." Ihre Schwester war jahrelang mit einer Theaterkompanie durch die Lande gezogen, bevor ihr Ex-Verlobter ihren Rücktritt eingereicht hatte und sie ihren Platz in der Truppe verlor. „Außerdem bin ich mit dem Leben im Scheinwerferlicht durch."

„Es sind doch nur Freunde und Nachbarn", entgegnete Kai und stützte sich mit den Ellbogen auf den Knien ab.

„Das ist noch schlimmer."

„Sag mir nicht, dass du Angst vor ihnen hast."

„Ich habe Todesangst." Marina verzog das Gesicht und schob die Ärmel ihrer mit Blumen bedruckten Kochjacke hoch. Auch wenn der Herbst schon spürbar in der Luft lag, war es in der Küche immer noch warm.

Seit dem frühen Morgen hatte Marina gebacken – und verkostet. Die mit Zimt bestäubten Churros und die Blaubeer-Tartes waren bei den Gästen bereits sehr beliebt. Sie würde vermutlich nie wieder die schlanke Gestalt ihrer Schwester haben, denn obwohl Marina zierlich war, setzte sich jeder kleine Bissen an ihren Hüften fest. Dennoch war sie überglücklich, das kleine Café zu führen, von dem sie so lange geträumt hatte.

Kai grinste. „Es ist wegen Jack, oder?"

Marina warf ihrer Schwester einen Blick zu, der sie zum Schweigen bringen sollte. „Wer soll die ganzen Picknick-körbe zusammenstellen?" Im letzten Sommer hatten sie Picknickboxen angeboten, die die Zuschauer während der Nachmittagsvorstellung kaufen konnten. Es waren Testaufführungen gewesen. Die Leute hatten Decken mitgebracht, auf denen sie sitzen konnten, und die Schauspieler hatten ihre Stücke geübt, die für größere Theater gedacht war. Marina hatte genügend Sandwiches und Salate verkauft, um den Aufwand zu rechtfertigen.

„Brooke kann sich um den Verkauf des Essens kümmern", argumentierte Kai und zog einen Schmollmund. „Komm schon. Ich habe niemanden sonst gefunden, der deine Rolle übernehmen könnte."

„Ich bin mir sicher, den findest du noch. Oder schreib die Rolle aus dem Musical raus." Marina zog ihre Jacke aus und wedelte sich mit der Hand Luft zu.

Obwohl die Hochsaison vorbei war, strömten an sonnigen Tagen immer noch Gäste an den Strand. Das würde sich erst während der kommenden Feiertage und im Winter ändern, deshalb durfte Marina nicht wegen eines Theaterstücks ihren Fokus verlieren.

Sie schaute von ihrer Arbeit auf. Kai war ungewöhnlich

still geworden. „Und hör auf zu schmollen. Das hat seit der Highschool nicht mehr bei mir funktioniert."

„Ha! Das glaubst auch nur du." Kai lachte. „Die Bewerbungen für das Vorsprechen beginnen heute, und du könntest den Part verlieren, den ich für dich geschrieben habe. Außerdem ist es ohne dich nicht dasselbe."

„Lass gut sein, Kai. Ich habe viel zu viel zu tun." Marina wandte sich ab, um die Arbeitsfläche abzuwischen.

In den Moment winkte ihnen ein Gast mit knallpinken Haaren und einem winzigen Hund in einer ebenfalls pinken Tragetasche von der Terrasse aus zu. Marina nickte. „Gilda an Tisch drei möchte bezahlen."

„Was berechne ich ihr für das Essen für ihren Chihuahua?"

„Du machst Witze, oder? Das waren nur drei Bissen. Außerdem isst Pixie hier immer umsonst." Grinsend knüllte Marina das feuchte Tuch zusammen und warf es in Richtung ihrer Schwester. „Zurück an die Arbeit."

Kai glitt von der Bank. „Das wird dir noch leidtun!", rief sie über die Schulter, als sie aus der Küche schlenderte.

Marina lachte leise, war aber entschlossen, sich aus der Theaterproduktion herauszuhalten, auch wenn ihre Schwester und Axe dafür einen beliebten Klassiker adaptiert hatten. Sie schätzte, dass sich zwischen den beiden langsam Gefühle entwickelten.

Während sie die Arbeitsflächen abwischte und desinfizierte, beobachtete sie Kai. Sie hatte nicht mehr so glücklich ausgesehen, seitdem sie ihre erste Rolle in einem Theaterensemble ergattert hatte. Und jetzt schrieb sie selbst Stücke und hatte vor, Regie zu führen. Um das Interesse hochzuhalten und Zuschauer anzulocken, hatte Kai die Geschichte des Stücks bisher für sich behalten.

Doch heute Abend würde die große Verkündung stattfinden und die Leute waren eingeladen, sich für die verschiedenen Rollen zu bewerben. Kai hatte vorgehabt, die

Veranstaltung im Coral Cottage ihrer Großmutter abzuhalten, doch als das Interesse immer weiter stieg, hatte sie es ins Seabreeze Inn ihrer Freundinnen Ivy und Shelly verlegt.

Normalerweise würde Marina für Kai alles tun. Aber nicht dieses Mal.

Ihre Gründe gingen Kai nichts an – auch wenn sie wollte, dass Kai und Axe Erfolg hatten.

Im letzten Frühjahr, als Axe die Terrasse gebaut und das Gästehaus des Strandhauses ihrer Großmutter Ginger renoviert hatte, hatte er Kai durchs offene Fenster singen gehört und war sofort fasziniert gewesen.

Den ganzen Sommer über hatte Kai mit Axe zusammen daran gearbeitet, das Amphitheater zu bauen und zu bewerben. Sein Bautrupp hatte eine vorübergehende Bühne errichtet, die nicht mehr als eine erhöhte Plattform war, und die Zuschauer saßen auf Decken und Campingstühlen, um örtlichen Musikern zu lauschen und Aufführungen der Theater-AG der Highschool zu sehen. Die Aufführungen hatten alle tagsüber stattgefunden, weil noch kein Strom verlegt worden war. Am Ende des Sommers hatten die schweren Bauarbeiten begonnen, und Axe und sein Team hatten eine größere Bühne mit professioneller Beleuchtung gebaut.

Die erste echte Produktion wäre die Weihnachtsaufführung.

Marina wrang ihr Putztuch aus und warf es in den Wäschekorb. Als sie sich umdrehte, kam ein kleiner Junge in die Küche gerannt, gefolgt von einem schlaksigen Labrador mit seltsamem Gang, der ihn jedoch nicht behinderte.

„Rate mal!" Leo schlang die Arme um Marinas Taille. Der Zehnjährige war das genaue Ebenbild des Mannes, der hinter ihm hereinkam. Er hatte die gleichen dichten braunen Haare, die schlanke Figur und die ausdrucksstarken Augen. „Kai hat mich gefragt, ob ich mich für das Weihnachtsstück bewerben will. Ist das nicht cool?"

„Das ist super – wenn es das ist, was du machen willst", antwortete Marina und erwiderte die Umarmung.

Der Hund drängte sich zwischen sie, was sie beide zum Lachen brachte. Scout wedelte mit dem Schwanz, und Marina kraulte seinen Nacken, während der verspielte Hund ihr einen feuchten Kuss auf die Wange gab.

„Das macht bestimmt Spaß", sagte Leo, und seine Augen funkelten aufgeregt. „Dad begleitet mich heute zu der Anmeldung fürs Vorsprechen."

Marina sah den Stolz in Leos Augen, als er sich zu Jack umdrehte. Der Junge hatte erst kürzlich erfahren, dass Jack sein Vater war. Seine Mutter hatte weder ihrem Sohn noch Jack von den Folgen ihrer kurzen Begegnung vor zehn Jahren erzählt. Auch wenn Marina die Entscheidung von Vanessa, nicht zu heiraten, akzeptierte, wusste sie aus eigener Erfahrung, wie schwer es war, Kinder allein aufzuziehen. Ihr Mann Stan fehlte ihr immer noch, obwohl seit seinem Tod schon zwanzig Jahre vergangen waren.

Jack legte die Hände auf die Schultern seines Sohnes. „Ich hatte keine Ahnung, dass Leo sich so darauf freuen würde. Kai hat mich gebeten, auch seine Freundin Samantha einzuladen."

„Das könnte ein großer Spaß für die beiden werden." Marina fing Jacks Blick auf, und ihr Herzschlag beschleunigte sich beim Anblick der blauen Augen, die sie immer wieder fesselten.

Jack verlagerte unbehaglich das Gewicht. „Würdest du, äh, gerne mitkommen?"

„Hey, da ist Samantha", sagte Leo und zeigte auf seine beste Freundin, die am Strand war. „Ich laufe schnell zu ihr und erzähle es ihr." Er lief los, und Scout rannte ihm hinterher.

„Ist das ein Date?" Marina lächelte Jack an und lehnte sich gegen den Tresen, während sie auf seine Antwort wartete. Früher im Sommer hatte er sie zum Abendessen im Ort eingeladen. Sie hatten sich unterhalten, bis das Restaurant schließen musste, und hatten einen Kuss geteilt, der sie bis ins Innererste erwärmt hatte. Doch obwohl es seine Idee gewesen war, hatte er sein Versprechen, Zeit für sie in seinem Leben zu schaffen, um öfter mit ihr auszugehen, nicht eingehalten. Marina wusste, dass er mir Leo beschäftigt war, aber trotzdem … Sie reckte das Kinn. Sie hatte auch viel zu tun.

Jack lachte nervös auf. „Nicht wirklich."

Marina hob fragend eine Augenbraue, doch Jack schwieg. *Mal wieder.* Etwas, das ihre Tochter mal gesagt hatte, kam ihr in den Sinn. Wie hatte Heather es noch ihren Freundinnen gegenüber ausgedrückt, wenn die sich in einer Beziehung befanden, die nirgendwo hinführte? *Er steht einfach nicht auf dich.*

„Ich kann dir etwas Besseres bieten", sagte Jack und berührte ihre Hand.

Wirklich? Das waren verdammt viele widersprüchliche Signale von seiner Seite.

„Ich warte", zog sie ihn auf und verschränkte ihre Finger mit seinen. Sie genoss die Wärme seiner Hand und hoffte auf ein Zeichen von ihm.

„Was das angeht …" Er senkte den Blick auf ihre miteinander verbundenen Hände. „Mit der Arbeit an Gingers Buch und Leos Schule und außerschulischen Aktivitäten rinnt mir die Zeit nur so durch die Finger. Aber ich bin schon immer sehr spontan gewesen, also gehen wir vielleicht bald mal zusammen aus."

„Ja, wir haben beide sehr viel zu tun", sagte sie leichthin und versuchte, ihre Enttäuschung zu verbergen. Es war nicht das erste Mal, dass sie diese Ausrede hörte.

Die Anspannung um Jacks Augen herum löste sich. „Ich wusste, dass du es verstehen würdest."

Sie bemühte sich, aber sie brauchte mehr als das hier.

Obwohl Jack in ihr das Verlangen nach einer echten Beziehung geweckt hatte, verfolgte er sie nicht.

Heathers Worte schwebten wie eine Denkblase über
ihrem Kopf. *Er steht einfach nicht auf dich.* Vielleicht flirtete er
gern, hatte aber keine Absichten, etwas Ernstes daraus zu
machen. Sie kannte solche Männer. Doch auch wenn lusti-
ges, harmloses Geplänkel Spaß machen konnte, war ihr
Herz, was Jack anging, bereits zu sehr involviert.

Sie versuchte es noch einmal. Mit einem spielerischen
Lächeln fragte sie: „Sollen wir den nächsten freien Termin
in deinem vollgepackten Kalender festhalten?"

Jack verlagerte erneut das Gewicht und ließ seinen Blick
zu Leo schweifen. „Ich kann dir im Moment wirklich nichts
versprechen."

Marina schluckte ihren Stolz hinunter und nickte in
Richtung Leo. „Okay. Das Übliche für euch zwei, oder soll
ich ein Eis für Samantha hinzufügen?"

Jack drückte ihre Hand, bevor er sie losließ und nach
Leo pfiff. Dann legte er die Hände um den Mund und rief:
„Frag Samantha, ob sie ein Eis will!" Er winkte den Eltern
des Mädchens zu. Denise und John hatten gerade erst ein
Haus im Ort gekauft und waren langjährige Freunde von
Leos Mutter. Sie nickten zustimmend.

Mit einem kleinen Seufzer drehte Marina sich um und
setzte eine Kanne frischen Kaffee für Jack auf. Er kam
beinahe jeden Tag nach der Schule mit Leo hierher. Jack
trank dann immer einen Kaffee – nicht zu stark, ohne
Zucker – und Leo nahm einen Eisbecher. Jack verwöhnte
den Jungen, aber er hatte die Vaterrolle noch nicht lange
genug inne, um das zu merken.

Er beugte sich über den Tresen. „Alles an meinem
Leben in Summer Beach ist neu. Ich werde mich bemühen,
besser darin zu werden, meine Verpflichtungen zu stemmen,
damit wir mehr Zeit miteinander verbringen können. Nur
wir beide. Aber jetzt ist gerade ein ungünstiger Zeitpunkt,

um mich auf etwas einzulassen. Vielleicht wird es nächstes Jahr besser."

„Du weißt, wo du mich findest." Marina lächelte, obwohl ihr das Herz bei diesen Worten schwer wurde. Sie, Jack und Leo waren dabei, eine Verbindung zu knüpfen, obwohl sie sich beinahe wünschte, die beiden würden nicht ganz so oft ins Café kommen. Vielleicht erwartete sie von Jack zu viel, und vielleicht machte er es sich in ihrer lockeren, freundschaftlichen Beziehung zu behaglich.

Vielleicht wollte er aber auch gar nicht mehr. Wenn das der Fall war, wünschte Marina sich, er würde die Scharade einer möglichen romantischen Beziehung beenden und sie gehen lassen.

Die beiden Kinder kamen auf das Café zugelaufen. Scout war direkt in die Wellen gerannt, die an den Strand schlugen, und nun flogen die Tropfen nur so aus seinem Fell, als er neben den beiden herlief.

„Samantha will auch einen Eisbecher mit heißer Karamellsoße", sagte Leo atemlos. „Und sie will mit mir zu dem Vorsprechen."

„Das ist super." Jack klatschte mit Leo ab. „Sucht schon mal einen Tisch für uns."

Die Kinder stürmten auf die Terrasse, wo ein paar Gäste in Strandkleidung bei einem Fruchtsmoothie saßen. Nachdem sie sich gesetzt hatten, ließ Scout sich zu ihren Füßen nieder. Die Zunge hing ihm seitlich aus dem Maul, was ihn aussehen ließ, als würde er grinsen.

Zwei junge Frauen vom Nebentisch streckten die Hände aus, um Scout zu kraulen. Der Hund und sein Herrchen konnten definitiv Herzen zum Schmelzen bringen.

Marina wandte sich wieder Jack zu. Vielleicht wollte er nicht mehr als Freundschaft. Als die Zwillinge noch kleiner gewesen waren, wäre sie damit zufrieden gewesen. Doch nun war sie bereit für eine Beziehung. Wenn sie auch nur einen Funken Mut besäße, würde sie ihn jetzt direkt fragen und es hinter sich bringen.

Gerade als sie den Mund öffnen wollte, um zu sprechen, hallte aufgeregtes Kläffen von der Terrasse zu ihnen herüber. Gefolgt von tiefem Gebell.

„O mein Gott, Pixie und Scout geraten aneinander." Marina stürmte aus der Küche, und Jack folgte ihr dicht auf den Fersen.

Pixie war aus ihrer Tasche entwischt und lief nun im Kreis um Scout herum, der für einen Moment verwirrt aussah, bevor er entschied, dass der Chihuahua vermutlich spielen wollte. Also sprang er auf und hüpfte um Pixie herum, wobei er in einen Bistrotisch rutschte, der daraufhin umfiel. Der Topf mit der Aloe-Vera-Pflanze, den Marina darauf gestellt hatte, fiel krachend zu Boden.

„Scout, aus!", rief sie und sprang vor, um einen weiteren wackelnden Tisch samt Pflanze zu retten.

Jack bekam Scout zu fassen, der sich in seinen Armen wand, weil er immer noch mit der bezaubernden kleinen Pixie spielen wollte.

Gilda nahm ihren Chihuahua auf den Arm und presste ihn an ihre Brust. „Du böses, böses Mädchen", sagte sie in einem leisen Singsang und übersäte Pixie mit Küssen.

„Tja, das sind mal widersprüchliche Signale", sagte Marina und hob ein Tablett auf. *So ähnlich wie bei Jack.*

„Ich muss mit Scout in die Hundeschule", sagte Jack zerknirscht.

Marina drückte die Pflanze in den Topf zurück und wischte sich die Hände ab. „Ich glaube, Pixie hat angefangen."

Gilda errötete. „Sie kann eine kleine Flirterin sein. Aber zumindest haben wir inzwischen ihre Kleptomanie unter Kontrolle. Mummy geht jede Woche mit dir zur Therapie, nicht wahr, meine Kleine?" Gilda gab Pixie noch einen

Kuss, bevor sie das sich windende Hündchen in die Tragetasche zurück verfrachtete.

Marina konnte nur mit dem Kopf schütteln. „Nun ist es
ja vorbei, und ich muss ein paar Eisbecher machen."

„Yay!", riefen Leo und Samantha und klatschten in die
Hände.

Marina kehrte in die Küche zurück. Nachdem sie sich
die Hände gewaschen hatte, holte sie die Becher für das Eis
heraus. Aus dem Augenwinkel sah sie Jack auf der Bank an
dem Tisch vor der Küche sitzen. Scouts Verhalten schien
ihm peinlich zu sein. Sie schenkte ihm ein Glas Wasser ein
und reichte es über den Tresen.

„Danke", sagte Jack und trank einen großen Schluck.
„Hast du immer noch vor, im Theater Picknickboxen zu
verkaufen?"

Ein sicheres Thema, dachte Marina. „Ja, das ist im
Sommer ziemlich gut gelaufen und sollte uns über die ruhi-
gere Wintersaison bringen. Ivy und Shelly haben außerdem
gefragt, ob ich ein paar Spa-Lunches für die Wellnesswo-
chen zusammenstellen kann, die sie im Inn anbieten
wollen."

„Ja, der Schlüssel liegt darin, Leute außerhalb der Saison
nach Summer Beach zu locken", sagte Jack und rieb sich
über sein stoppeliges Kinn. „Ivys Kunstausstellung und dein
Der Geschmack von Summer Beach sind sehr gut angekommen."

Während des Vorfalls mit Scout und Pixie hatte Marina
den Mut verloren, ihm die Frage zu stellen, die sie nachts
wachhielt. Sie war nie sonderlich gut im Small Talk gewesen, aber Jack schien um das Thema einen großen Bogen zu
machen; dennoch konnte sie den Blick kaum von ihm lösen.
In seinen Augen funkelte Intelligenz, und sie sehnte sich
nach einer tieferen Verbindung mit ihm.

Doch in Wahrheit fürchtete sie sich vor seiner Antwort.
„Wie läuft es mit dem Buch?", fragte sie also stattdessen und

zuckte innerlich aufgrund des wenig originellen Themas zusammen.

„Deine Großmutter hat ziemlich viele Geschichten auf Lager", antwortete er. „Der Verlag hat gerade ein weiteres Buch der Serie bestellt, deshalb arbeite ich bereits an neuen Illustrationen. Ich hätte nie gedacht, dass ich mal mit einem Sohn, einem Haus und einem Hund in Summer Beach leben würde – geschweige denn, dass ich meine Zeit damit verbringe, Kinderbücher zu illustrieren und zu redigieren."

„Ja, das ist ziemlich weit vom Ruhm eines Pulitzerpreises entfernt."

Jack sah sie stirnrunzelnd an. „Um diese Anerkennung ist es mir nie gegangen. Das ist eine Ehre, die man sich verdient, und ich hätte für die Geschichte sehr leicht mein Leben verlieren können."

Jack hatte als investigativer Journalist gearbeitet, bevor er sich eine Auszeit genommen und nach Summer Beach gekommen war. Deshalb waren ihm gefährliche Situationen nicht fremd. Marina kam ein Gedanke. „Vermisst du es, wichtige Geschichte zu verfolgen?"

Jack winkte ab, doch ein Schatten huschte über sein Gesicht. „Ich bin damit durch. Das letzte Angebot in diese Richtung habe ich abgelehnt. Im Moment geht es allein um Leo. Vanessa ist zwar auf dem Weg der Besserung, aber ich versuche immer noch, so viel für Leo zu machen, wie sie zulässt. Und mit der Schule, den Hausaufgaben und seinem Sport ist das eine ganze Menge."

Das leise Fauchen und Spucken der Kaffeemaschine verriet, dass der Kaffee fertig war. Marina holte einen Becher heraus und griff nach der Kaffeekanne. Dabei dachte sie nach. Leo war das Produkt eines verzweifelten One-Night-Stands bei einem gefährlichen Auftrag. Vanessa hatte Jack erst von der Existenz des Jungen informiert, als bei ihr eine seltene, schwere Krankheit diagnostiziert worden war und sie begann, ihre Angelegenheiten in

Ordnung zu bringen. Selbst Jack hatte zugegeben, dass er damals kein guter Ehemann oder Vater gewesen wäre, und Vanessa hatte sowieso nicht heiraten wollen. Marina musste die Stärke und Voraussicht der Frau, für ihren Sohn zu sorgen, bewundern.

Während sie den Kaffee für Jack einschenkte, versuchte sie, den Ausdruck in seinen Augen zu deuten. War es Enttäuschung oder Bedauern darüber, eine hochkarätige Karriere hinter sich gelassen zu haben? Oder vielleicht fühlte er sich von den Ansprüchen seiner überraschenden Vaterschaft überfordert? Was auch immer es war, es ließ ihn ausgezehrt wirken.

Mit einem dankbaren Grinsen hob er den Becher an den Mund und trank einen Schluck. „Der Nektar der Götter. Ich weiß nicht, was ich ohne dich tun würde."

Marina legte den Kopf schief. „Was meinst du damit?"

„Mit Leo herzukommen ist der Lichtblick meiner Tage." Jack strich mit den Fingerspitzen über ihren Handrücken. „Wir sind gute Freunde, Marina. Ich habe das Gefühl, dass ich mit dir über alles reden kann. Du lässt diesen unfähigen Vater in Vanessas Augen gut dastehen. Sie vertraut mir immer mehr mit Leo, und das habe ich dir zu verdanken."

Gute Freunde. Seine Wortwahl verletzte sie, doch sie versuchte, sich nichts anmerken zu lassen. Jack wusste wirklich nicht, was er wollte. Wenn sie nur verhindern könnte, dass sich ihr Brustkorb jedes Mal zusammenzog, wenn er in der Nähe war.

„Ich habe mich um meinen Anteil an Prellungen, Sonnenbränden und gebrochenen Herzen meiner Kinder kümmern müssen", sagte sie leichthin. „Du kriegst den Dreh schon noch raus."

Sie entzog ihm ihre Hand und eilte in den Kühlraum, um Karamellsoße und gehackte Nüsse zu holen.

Als sie zurückkehrte, sah Jack sie stirnrunzelnd an. „Das wirkte gerade etwas abrupt. Ist alles in Ordnung?"

Marina verzog den Mund, während sie die Karamellsoße in einem kleinen Topf auf dem Herd erhitzte. „Wir haben beide viel zu tun, und ich verstehe, was für Anforderungen an dich gestellt werden. Du wirst das schon überstehen." Sie öffnete den Tiefkühlschrank.

„Mit dir", sagte er und hielt ihren Blick fest. „Du hast keine Ahnung, wie viel es mir bedeutet, mit dir zu reden."

„Du findest mich jederzeit hier hinter dem Tresen." *Kam er nur für einen Kaffee und einen elterlichen Rat hierher?* Marina gab Vanilleeis in die beiden Glasbecher und träufelte die heiße Karamellsoße darüber.

Jack beobachtete sie. „Leo mag gerne extra viele Nüsse."

Sie gab Schlagsahne und gehackte Mandeln darauf und setzte je eine frische Kirsche obenauf.

„Ich bringe die eben raus", sagte sie und schlüpfte aus der Küche. Kai war bereits gegangen, um sich auf den Abend vorzubereiten.

Den Kaffeebecher in der Hand folgte Jack ihr nach draußen.

Nachdem Marina den Kindern ihre Eisbecher gebracht hatte, räumte sie ein paar Tische ab, bevor sie in die Küche zurückkehrte. Ihre Großmutter, die unvergleichliche Ginger Delavie, war mittlerweile da und suchte Teebeutel heraus. Sie hatte den Wasserkessel aufgesetzt und zwei ihrer Lieblingsbecher herausgeholt. Mit ihrer gebieterischen Haltung und ihrer „Geht nicht gibt's nicht"-Einstellung strahlte sie pure Tatkraft aus. Das Coral Café existierte nur, weil sie Marina ermutigt hatte, das alte Gästehaus zu übernehmen.

„Jack und Leo sind inzwischen ja richtige Stammgäste geworden", sagte Ginger und nickte in Richtung des Tisches der beiden. „Er verwöhnt den Jungen, wenn er ihm jeden Tag so einen Eisbecher erlaubt."

„Leo treibt viel Sport. Er verbrennt die Kalorien wieder."

Nachdem Ginger eine Auswahl an Tees zusammengestellt hatte, senkte sie die Stimme. „Gibt es was Interessantes von Jack zu berichten?"

Frustriert schüttelte Marina den Kopf. Sie spürte, wie sie dabei errötete.

„Ich will nicht neugierig sein, ich will dich nur beschützen", sagte Ginger. „Nach diesem grauenhafte Grady steht fest, dass du eine zweite Meinung brauchst. Und was Jack angeht …"

„Unsere Beziehung ist einfach versandet", sagte Marina, auch wenn sie Gingers Besorgnis zu schätzen wusste. Nachdem ihre Eltern gestorben waren, hatte ihre Großmutter sich immer mit äußerster Liebe und Fürsorge um Marina und ihre Schwestern gekümmert.

„Das tut mir leid", sagte Ginger sichtlich enttäuscht. „Ich habe ehrlich gedacht, dass Jack besser ist." Sie strich sich mit einer manikürten Hand über die rostbraunen Haare, die sie gerade im Salon im Ort hatte schneiden und färben lassen. „Betrachte es als Testlauf, der dir gezeigt hat, dass du für eine neue Beziehung bereit bist, meine Liebe." Sie hielt inne. „Jack ist übrigens ein brillanter Mitarbeiter. Das wird eine wundervolle Buchserie werden. Ich hoffe nur, dass du dich in seiner Gegenwart nicht allzu unbehaglich fühlen wirst."

„Das kriege ich schon hin. Er scheint sehr hart an den Büchern zu arbeiten."

Ginger zog eine Augenbraue hoch und nickte weise. „Hat er dich je auf ein Date eingeladen?"

Marina schüttelte den Kopf. „Er hat mich gerade eine ‚gute Freundin' genannt und mir gesagt, wie sehr er meine Erziehungsratschläge zu schätzen weiß." Sie warf eine Hand in die Luft. *War er wirklich so ahnungslos?*

Ginger berührte ihre Schulter. „Aus guten Freunden wird manchmal mehr."

„Dieses Mal nicht", sagte Marina. „Am Anfang dachte ich, da wäre was zwischen uns." Während sie die Zutaten wegräumte, fragte sie sich, ob ein paar Küsse wirklich *mehr* bedeuteten für einen Mann wie Jack, der die Welt bereist und vermutlich unzählige Frauen kennengelernt hatte. Vielleicht bedeuteten sie für ihn aber auch gar nichts.

„Er muss sich in seinem neuen Leben und seiner neuen Rolle erst noch finden", sagte Ginger gedankenverloren.

Marina spürte, dass ihre Großmutter es hasste, die Hoffnung aufzugeben. „Du meinst also, ich solle auf ihn warten?"

„Das war einfach eine neutrale Beobachtung, meine Liebe. Ziehe daraus keine Schlüsse, um die Antwort zu finden, die du willst. Normalerweise irre ich mich nicht, aber dieses Mal könnte es sein. Du musst Jack loslassen. Denk daran, das Leben hat seinen eigenen Weg, damit alles gut wird – aber nur, wenn man daran arbeitet." In diesem Moment pfiff der Wasserkessel, und Ginger winkte einer älteren Frau zu, die auf die Terrasse trat. „Perfektes Timing. Da ist meine Freundin. Wir wollen vor Kais großer Verkündungsparty noch einen Tee zusammen trinken. Das wird so ein Spaß heute Abend. Ich gehe mit Maeve hin, aber wir sehen uns dort."

„Ich werde nicht hingehen."

Ginger zog überrascht die Augenbrauen in die Höhe. „Nur weil deine Schwester sich selbstbewusst gibt, heißt das nicht, dass sie nicht die Unterstützung ihrer Familie braucht. Das hier ist ihre erste Produktion in dem neuen Theater, und das wird ganz Summer Beach zugutekommen. Hier ist nicht viel los, also dreh das Geschlossen-Schild um und gesell dich für eine Stunde zu uns." Sie richtete den Kragen ihres gestärkten Karohemds.

Marina lächelte. Selbst in lässiger Jeans war Ginger eine Macht, mit der man rechnen musste. „Ich denke darüber nach."

„Das klingt wie ein Nein."

Marina umarmte ihre Großmutter. „Zieh keine voreiligen Schlüsse, Ginger."

Ein großer, gut gebauter Mann kam in diesem Augenblick über die Terrasse. Marina warf ihm einen Blick zu und sagte: „Siehst du, ich muss bleiben. Da ist ein neuer Gast." Sie nahm eine Speisekarte in die Hand und ging nach draußen, um besagten Gast zu begrüßen.

„Willkommen im Coral Café", sagte sie und zeigte auf den Platz direkt neben Ginger. „Von diesem Tisch aus hat man den besten Blick aufs Meer."

„Es sieht so aus, als hätte man den von überall. Was für ein wunderschöner Ort." Er sah sie neugierig an und zögerte. „Entschuldigung. Du bist Marina, oder?"

„Ja. Kennen wir uns?"

„Vielleicht erinnerst du dich nicht, aber ich war ein Freund von Stan. Wir haben zusammen in Afghanistan gedient."

Erinnerungen an Kartenabende und Gelächter schossen ihr durch den Kopf. „Bist du das, Cole?"

Ein Lächeln erhellte sein verwittertes Gesicht. „Ganz genau. Ich wusste nicht, dass du ein Café hast. Das Letzte, was ich gehört habe, war, dass du Nachrichtensprecherin in San Francisco bist. Das ist eine ziemliche Veränderung."

„Das Leben steckt voller Überraschungen", sagte Marina. Obwohl er gealtert war und sich eine dünne Narbe über eine Augenbraue zog, war Cole Beaufort immer noch so attraktiv und fit wie eh und je. Er und Stan waren sehr gut befreundet gewesen.

„Ich habe oft an dich gedacht", sagte er und machte einen Schritt auf sie zu. „Das mit Stan war verdammt hart. Ich vermisse ihn immer noch. Wie geht es den Zwillingen – Heather und Ethan, oder?"

Marina war erfreut, dass er sich noch an die beiden erinnerte. „Heather ist in der Nähe auf dem College, und Ethan hat vor, Profigolfer zu werden. Was ist mit deiner Familie?"

„Meinen Mädchen geht es gut. Helen ist auf dem College und Deborah hat sich gerade verlobt. Sie will mich zu einem jungen Großvater machen." Er schüttelte den Kopf. „Sind wir wirklich schon so alt?"

Marina lachte. „Du siehst immer noch gut aus, Cole. Und wie geht es Babs? Ist sie auch hier?"

„Das mit uns hat leider nicht gehalten." Seine dunklen Augen wurden unter der Erinnerung weich. „Meine Auslandseinsätze haben nicht geholfen. Babs fühlte sich einsam und wurde immer missmutiger, was ich ihr nicht vorwerfen kann. Nach der Scheidung hat sie einen guten Mann geheiratet. Auch einen Marine, der genau wie ich im Ruhestand ist." Cole zog einen Stuhl für Marina unter dem Tisch heraus. „Hast du ein paar Minuten Zeit, dich zu mir zu setzen? Es wäre schön, zu erfahren, wie es dir ergangen ist."

Marina schaute sich auf der Terrasse um. Die anderen Gäste waren gegangen, und die einzigen besetzten Tische waren die von Jack und Ginger. Ihre Großmutter konnte sich in der Küche selbst bedienen, und Jack würde nichts Weiteres brauchen. Sie sah, dass er einen Blick in ihre Richtung warf und leichtes Interesse an diesem Neuankömmling zeigte.

Genau wie Ginger.

„Das wäre schön", antwortete sie. „Was kann ich dir bringen?"

„Wenn du hast, einen Kaffee. Ich habe noch keinen Hunger. Nachdem ich in dem stockendsten Verkehr aller Zeiten aus Los Angeles rausgeschlichen bin, muss ich ein wenig wach werden, meine Beine ausstrecken und aufs Meer schauen."

„Kommt sofort." Marina eilte in die Küche und kehrte ein paar Minuten später mit zwei Bechern und einem Teller mit zimtbestäubten Churros, die sie am Morgen frisch geba-cken hatte, zurück. Ginger war derweil an den Tisch getreten und unterhielt sich nun mit Cole, der für sie aufgestanden war.

„Einmal ein Marine, immer ein Marine", sagte sie anerkennend. „Und ein guter Freund von Stan, der eine wundervolle Seele war. Ich bin so froh, dass Sie zu Besuch gekommen sind."

„Ja, was für ein Zufall", erwiderte er. „Sind Sie sicher, dass Sie und Ihre Freundin sich nicht zu uns gesellen wollen?"

„Vielen Dank, aber Sie und Marina haben vermutlich viel zu reden. Es war schön, Sie kennenzulernen." Ginger wandte sich an Marina und zog als Zeichen ihrer Zustimmung leicht die Augenbrauen in die Höhe, bevor sie zu ihrer Freundin zurückkehrte.

Coles Augen strahlten auf, als er das Tablett sah, das Marina in den Händen hielt. „Churros hatte ich seit Jahren nicht mehr. Hast du die früher nicht schon immer gemacht?"

„Ja. Für unsere Kartenabende." Sie stellte einen dampfenden Becher mit Strandmotiv vor ihn hin und den Teller mit den Churros in die Mitte des Tisches.

„Stan war ein großartiger Pokerspieler." Die Erinnerung ließ Cole leise lachen.

„Er war in allem großartig."

„Darunter in der Wahl seiner Ehefrau", sagte Cole und fing ihren Blick auf.

Bei dem Kompliment lächelte Marina. „Bleibst du in Summer Beach oder bist du nur auf der Durchreise?"

„Ich hatte vor, zu einem hübschen kleinen See südlich von hier zu fahren und meine Angel auszuwerfen, um vielleicht ein paar Fische zu fangen. Ich bin mit dem Camper hier und dachte, ich bleibe ein paar Tage in der Gegend. Zu Hause besitze ich einige Bungalows, die ich renoviert habe und jetzt vermiete, sodass ich zeitlich ziemlich flexibel bin."

Marina schaute zu dem Gefährt, das Cole einen

Camper genannt hatte. Wie üblich war er bescheiden. Am Straßenrand stand ein modernes Luxuswohnmobil, das vermutlich so viel gekostet hatte wie ein Haus. Die silber- und blaumetallicfarbene Lackierung funkelte in der Sonne.

Während sie an ihrem Kaffee nippte, dachte sie an das nette Leben, das er hatte, und freute sich für ihn. „Warum bleibst du nicht für ein paar Tage in Summer Beach? Ich kann wieder für dich kochen – so wie in alten Zeiten."

Cole schüttelte den Kopf. „Du kochst schon genug. Lass mich dich heute Abend zum Essen ausführen. Es gibt noch so viel, worüber wir uns austauschen müssen."

Marina zögerte, lächelte bei der Vorstellung aber.

„Ich will nicht anmaßend sein", fügte er schnell an. „Wenn es jemand anderen gibt …"

„Nein, den gibt es nicht." Marina spürte Jacks Blick auf sich und schaute zu Ginger, die zustimmend nickte. Sie würde sich heute Abend um das Café kümmern. „Ja, das wäre schön. Danke."

Cole hatte schon immer einen besonderen Platz in ihrem Herzen gehabt, und er war Stan ein guter Freund gewesen. Sie plauderten noch eine Weile, bis Ginger und ihre Freundin sich erhoben.

Ginger blieb an Marinas Tisch stehen und sah auf die Uhr. „Wie die Zeit vergeht … Vielleicht hat Cole Lust, mit zu Kais Feier zu kommen?" Sie sah Cole an. „Marinas Schwester und ein Freund von ihr eröffnen ein Amphitheater in Summer Beach und wir gehen alle hin, um sie zu unterstützen."

„Tja, ich weiß nicht, ob Cole …", setzte Marina an, doch er unterbrach sie.

„Das würde ich sehr gerne tun. Wir müssen unsere Familien unterstützen."

„Ganz genau", bestätigte Ginger. „Ich werde das *Geschlossen*-Schild aufhängen und dann mit meiner Freundin rübergehen. Wir treffen uns dort."

Auf der anderen Seite der Terrasse machten Jack, Leo und Sam sich ebenfalls zum Aufbruch bereit.

Marina hob eine Hand und winkte Jack zu, doch er nickte nur knapp.

Ginger bemerkte es ebenfalls und presste die Lippen aufeinander, was, wie Marina wusste, ihr Missfallen ausdrückte.

Das war es dann wohl. So sehr Marina ihn auch mochte, sie musste Jack loslassen. Die aufkeimende Beziehung zwischen ihnen würde nirgendwo hinführen. Denn Worte ohne Taten wurden sehr bald schal.

„Ich räume hier eben auf und bin gleich zurück", sagte sie zu Cole und warf einen Blick auf sein Wohnmobil. „Ich denke, wir sollten mit meinem Wagen fahren. Der ist wesentlich kleiner."

Cole zeigte mit dem Daumen auf sein Fahrzeug. „Auf längeren Touren habe ich mein Auto auf dem Anhänger dabei, aber ich habe nicht damit gerechnet, heute Abend eine bezaubernde Frau auszuführen."

Marina lachte. „Es ist nur ein Abendessen." Doch als sie in Coles warme braune Augen schaute, fiel ihr das darin schimmernde Interesse auf.

Sie sammelte Jacks Kaffeebecher und die leeren Eisbecher der Kinder ein und trug alles in die Küche.

Danach ging sie hoch zum Cottage und stieg die knarzenden Stufen zu ihrem alten Kinderzimmer hoch, das hinter dem von Kai und dem von Brooke lag. Nachdem sie ihre Kochjacke ausgezogen hatte, schlüpfte sie in einen dünnen Kaschmirpullover in einem zarten Rosaton, der gut zu ihrer dunklen Jeans passte. Den Pullover hatte Ginger ihr vor einigen Jahren zu Weihnachten geschenkt.

Sie wollte für Cole hübsch aussehen – aber nur, weil sie danach zum Essen ausgehen würden. Er war immerhin Stans Freund gewesen. Sie setzte sich kurz auf das Bett mit dem schmiedeeisernen Gestell und zog sich andere Schuhe

an. Dann gab sie ein paar Spritzer von ihrem Verbenen-
parfüm auf Handgelenke und Hals, um den Küchengeruch
zu überdecken, der an ihrer Haut klebte.

Während sie ihre rotbraunen Haare vor dem Spiegel
glättet, dachte sie darüber nach, was Ginger gesagt hatte,
und lächelte ihr Spiegelbild an. Vielleicht hatte das Leben
wirklich so seine Wege, um alles gut werden zu lassen.

2

*A*ls Marina vor dem Seabreeze Inn vorfuhr, sah sie Kai, die sich mit Ivy Bay, der Besitzerin, unterhielt und ankommende Gäste begrüßte.

„Geht in den Ballsaal", wies Kai die Leute an. „Axe wird eure Daten aufnehmen."

Cole entfaltete seine langen Beine, als er aus Marinas türkisfarbenem Mini Cooper ausstieg, und gemeinsam gingen sie an sich in der Brise wiegenden Palmen vorbei und die Stufen zu dem alten Strandhaus hinauf.

„Und wen haben wir hier?", fragte Kai neugierig.

„Das ist Cole, ein alter Freund", erklärte Marina. „Er und Stan haben gemeinsam in Afghanistan gedient."

Kai tippte sich mit dem Finger ans Kinn. „Du hast eine ausgezeichnete Ausstrahlung. Ich bin mir sicher, dass wir eine Rolle für dich finden."

Lachend hob Cole die Hände. „Ich bin nicht zum Vorsprechen hier. Marina und ich gehen nachher zusammen essen."

„Ginger hat uns gebeten, zu kommen, um euch zu unterstützen", erklärte Marina schnell. „Cole ist nur auf der Durchreise."

„Solltest du deine Meinung ändern: Summer Beach ist ein großartiger Ort zum Leben", sagte Kai: „Einige sagen sogar: ‚Das Leben ist besser in Summer Beach.' Wir waren als Kinder oft hier, und ich wollte immer hierher zurückkommen." Sie warf Marina einen kurzen Blick zu, bevor sie sagte: „Vielleicht wird es dir genauso gehen, Cole."

„Meine Schwester macht ständig Scherze", schaltete Marina sich ein. „Komm, gehen wir rein."

„Wow, sieh sich das einer an." Cole betrat das Haus und blieb stehen, um die spanische Kolonialarchitektur der alten Strandvilla zu bewundern.

Kai, die ihnen gefolgt war, flüsterte Marina zu: „Ich versuche nur, zu helfen. Er ist wahnsinnig attraktiv."

„Pst. Ich brauche deine Hilfe nicht."

„Ja, vermutlich nicht." Kai zwinkerte ihr zu. „Pech gehabt, Jack."

„Cole ist nur ein alter Freund", erwiderte Marina und betrat dicht hinter Cole das Haus. Dabei dachte sie, dass er aber auch etwas Solides und Beruhigendes an sich hatte.

Kai hatte sich mit Shelly, der Schwester von Ivy, angefreundet, und so hatten die beiden Schwestern ihr angeboten, den Ballsaal für das Vorsprechen zu nutzen.

„Was für ein unglaubliches Haus", sagte Cole.

„Es hat eine sehr interessante Geschichte", erklärte Marina. „Meine Großmutter kannte die ursprüngliche Besitzerin Amelia Erickson, wobei sie stets sagt, dass es ihr noch immer nicht erlaubt ist, über sie zu sprechen."

Interesse blitzte in Coles Augen auf. „Ich bin mir nicht sicher, dass ich das verstehe."

„Dieses Haus hat viele Geheimnisse", führte Marina weiter aus. „Unser Großvater war Diplomat, und Ginger hatte eine faszinierende Karriere in der Regierung. Sie hat viele Geschichten – einige, die sie erzählen kann, und andere, die immer noch unter Verschluss sind."

„Ihre Geschichten verändern sich sowieso wie die Wellen am Meer", warf Kai ein.

Das stimmte, auch wenn Marina schätzte, dass das nicht Ginger nachlassendem Gedächtnis zuzuschreiben war, sondern ihrem kreativen Geist. Sie mochte es einfach, Leute zu unterhalten. Vermutlich hatte Ginger Zugriff auf viele Staatsgeheimnisse gehabt, genau wie ihr Mann Bertrand. Und vielleicht war das ihre Art, die Leute im Ungewissen zu lassen – oder zu unterhalten.

„Kommt rein!", rief Axe und winkte sie in den Ballsaal mit den funkelnden Kronleuchtern, in dem im Hintergrund Weihnachtslieder spielten. Er war ein breitschultriger Mann mit aschblondem Haar, einem wohltönenden Bariton und einer freundlichen Natur. Seine für Montana typischen Cowboystiefel ließen ihn noch größer wirken, als er es von Natur aus war.

Als Marina über den Parkettfußboden ging, der im Alter einen warmen Honigton angenommen hatte, klapperten ihre Kitten Heels neben Coles italienischen Slippern.

Interessante Wahl für einen Angelausflug, dachte sie mit einem Blick auf seine Schuhe. Wobei er vermutlich in seinem rollenden Palast ausreichend Platz für eine umfangreiche Garderobe hatte.

Poppy, die Nichte von Ivy und Shelley, war gerade dabei, den letzten in einer Reihe von Weihnachtsstrümpfen an den großen Kamin zu hängen, der eine Wand des Ballsaals einnahm. Wo Marina auch hinschaute, entdeckte sie die alten Weihnachtsornamente, die sie letztes Jahr im Inn gefunden hatten. Sie hingen an Tannenzweigen, deren Aroma den Raum mit weihnachtlichem Duft füllte. Obwohl es um diese Jahreszeit in Summer Beach nicht so kalt war, wie Marina es aus ihrer Zeit in San Francisco gewohnt war, genoss sie die festliche Stimmung.

„Hi Marina", begrüßte Poppy sie und warf sich die

langen, blonden Haare über die Schulter. „Wie schön, dich zu sehen."

Marina stellte ihr Cole vor. „Er ist ein alter Freund der Familie", sagte sie und fand, dass das angemessen klang.

„Schön, dich kennenzulernen", sagte Poppy. „In ein paar Wochen werden wir den Weihnachtsbaum, eine Menora und eine Kinara aufstellen. Wir veranstalten für unsere Gäste, die uns in dieser Zeit besuchen, Weihnachtsfeiern und das Lichterfest. Unsere Türen stehen allen offen, die kommen wollen."

Marina warf Cole einen Blick zu und zögerte, aber nur kurz. „Solltest du dann hier sein, hast du vielleicht Lust, dazuzukommen?"

„Das wäre schön", sagte er und berührte freundschaftlich ihre Schulter. „Das ist es, was ich am Leben in einer Kleinstadt vermisse. Ich bin in einer ländlichen Gemeinde im Central Valley von Kalifornien aufgewachsen. Meine Kinder besuchen mich dort nicht gerne – sie verbringen Weihnachten meist mit Babs. Und viele der Leute, die ich kannte, sind weggezogen, sodass es nicht mehr dasselbe ist."

„Dann wäre das bestimmt eine schöne Abwechslung für dich", sagte Marina.

Cole lächelte. „Ich bin so froh, dass ich dir über den Weg gelaufen bin. Das war unerwartet, aber ich bin dankbar, dass du mich eingeladen hast."

„Du warst wie Familie, Cole. Und das wirst du immer sein." Bei ihm konnte Marina sich entspannen. Er und Stan hatten sich mit so viel Liebe und Fürsorge um ihre jungen Frauen gekümmert. Marina erinnerte sich, dass sie und Babs zur gleichen Zeit schwanger geworden waren. Aber dann war Stan nicht aus Afghanistan zurückgekehrt, während Cole weiterhin dort seinen Dienst ableistete. Marina war zu Ginger gezogen und hatte die Zwillinge auf die Welt gebracht. Die Erinnerungen ließen sie kurz blinzeln.

Cole hier zu haben war, als wäre ein Teil von Stan in ihr Leben zurückgekehrt. Das hatte ihr gefehlt.

Kai stand in der Nähe des Kamins und besprach sich mit Axe. Dann nickte sie und begann, Papierstapel an die Anwesenden zu verteilen. Marina nahm sich einen Zettel und reichte den Rest des Stapels an Leilani und Roy Miyake weiter, die Besitzer des Gartencenters *Hidden Garden*, wo sie alle Pflanzen für ihren Garten und die Terrassen gekauft hatte.

Neben ihnen saß Darla, eine ältere Frau, die neben dem Inn wohnte. Ihre königsblauen Haare und die mit Strass besetzte Sonnenblende waren ihr Markenzeichen – genau wie ihre etwas ruppige Persönlichkeit.

Eine Minute später eilte Marinas Schwester Brooke in den Saal. Ihre Birkenstocksandalen klapperten auf dem Parkett. Ginger bedeutete ihr, sich zu ihr zu gesellen.

Jack war auch bereits da. Er hatte Leo und Samantha bei sich. Nachdem sie ihm kurz zugenickt hatte, versuchte Marina, nicht in seine Richtung zu schauen, obwohl sie immer noch die magnetische Anziehung zwischen ihnen spürte.

Sie seufzte. Diese Gefühle mussten aufhören. Das mit Jack hatte keine Zukunft. Warum hatte er sie nicht einfach ausgeführt und seine Absichten deutlich gemacht? Sie hätten ihre Anziehung auf die eine oder andere Weise klären können, anstatt diesen wahnsinnig machenden Eiertanz aufzuführen. Vielleicht hätte auch *sie* ihn einladen sollen, doch was das anging, war sie ein wenig altmodisch. Anstatt sich dafür zu schelten, wandte sie ihre Aufmerksamkeit lieber wieder Kai und Axe zu.

Nachdem der Saal sich gefüllt hatte, ergriff Axe das Wort: „Willkommen zur offiziellen Verkündung unseres neuen Festtagprogramms für das *Summer Beach Zentrum für darstellende Kunst*, auch bekannt als die Muschel. Das Programm ist in Zusammenarbeit mit der unvergleichlichen

Kai Moore geschrieben worden – mit speziellem, post-
humem Dank an Charles Dickens. Und jetzt übergebe ich
an Kai, die euch alles Weitere erzählen wird."

Die Menge jubelte und klatschte.

„Wo-hooo!", rief Shelly von der Tür aus.

Kai lachte und machte weiter. „Viele von euch haben
nach dem neuen Stück gefragt, und endlich kann ich es
euch verraten. Trommelwirbel bitte!"

Lachend trommelten die Anwesenden mit den Händen
auf Armlehnen und Tische. Marina war stolz auf ihre
Schwester. Sie fing Gingers Blick quer durch den Saal auf
und nickte. Sie war froh, dass sie doch gekommen war. Nur
weil Jack ihr ein wenig die Laune verdorben hatte, war das
kein Grund, Kai nicht zu unterstützen.

Gestern hatte sie gehört, wie ihre Schwester Jack gefragt
hatte, ob er sich nicht für das Stück bewerben wolle – was
der Grund dafür war, dass sie nichts mit dieser Veranstaltung hatte zu tun haben wollen. Doch Summer Beach war
auch ihr Ort. Und er war es gewesen, lange bevor Jack
Ventana überhaupt mit seinem alten VW-Bus und seinem
tollpatschigen Hund hergekommen war.

Obwohl sie zugeben musste, dass sie Scout wirklich
mochte. Sie biss sich auf die Unterlippe und schaute zu Kai.

Ihre Schwester lächelte strahlend. „Axe und ich haben
ein altes Buch zu einem Musical umgeschrieben und ihm
ein Strandthema verpasst. Das Stück nennt sich: *Ein Weihnachtsmärchen … am Strand*. Vermutlich kennt ihr alle die
Geschichte von Ebenezer Scrooge und den drei Geistern
der Weihnacht. Es gibt noch ein paar weitere Rollen, und
wir brauchen zudem ein ganzes Team für Bühnenbild und
Kostüme sowie freiwillige Helfer. Wir haben eine Liste mit
den verfügbaren Rollen erstellt, und ihr könnt euch für die
bewerben, die euch interessieren. Das Vorsprechen beginnt
morgen in Ginger Delavies Coral Cottage am Strand. Auf

der Rückseite der Zettel, die ich verteilt habe, findet ihr eine Wegbeschreibung."

„Ich muss euch jedoch warnen", schaltete Axe sich ein. „Die Konkurrenz wird brutal sein, also gebt euer Bestes. Nicht alle Rollen haben einen Gesangspart, aber einige schon. Dafür haben wir spezielle Coaches."

„Ich bin die Regisseurin und damit dafür da, euch zu helfen." Kai deutete eine Verbeugung an. Dann zeigte sie mit der Hand auf die Tür. „Und ihr werdet besondere Instruktionen von einer Wohltäterin bekommen, die das eine oder andere übers Singen weiß. Sie ist unser ganz eigenes Weihnachtsmärchen: Carol Reston."

Die in Summer Beach wohnende Grammy-Award-Gewinnerin trat hinter Shelly hervor und winkte. Carols lockige, rote Haare waren hoch auf ihrem Kopf aufgetürmt, was ihrer zierlichen Gestalt ein wenig mehr Größe verlieh. Ihre Stimme war der Soundtrack von so vielen Leben in diesem Ort. Marina war damit aufgewachsen, zu Carols Liebesliedern im Radio zu tanzen.

„Die Show wird großartig", sagte Carol. „Ich kann es nicht erwarten, mit euch allen zusammenzuarbeiten."

Applaus erhob sich, und bald waren alle in angeregte Gespräche darüber vertieft, was sie tun wollten.

„Bewirbst du dich für eine Rolle?", fragte Cole.

Marina schüttelte den Kopf. „Dazu habe ich keine Zeit."

Kai, die in der Nähe stand, hörte sie. „Wir brauchen auch viele Nebenrollen. Das könntest du hinkriegen. Der Zeitaufwand ist sehr gering. Komm schon, Marina."

„Wir werden sehen." Nur wenn Jack nicht dabei ist, beschloss sie, auch wenn sie es nicht laut aussprach.

„Ich kriege dich schon noch weich", sagte Kai.

Cole lachte leise. „Deine Schwester klingt genauso hartnäckig wie du, Marina." Er tippte sich an die Schläfe. „Ich habe nicht vergessen, wie du beim Kartenspielen warst."

Marina lachte. „Vielleicht fordere ich dich noch mal heraus."

„Ja, vielleicht", sagte er, und etwas an der Art, *wie* er das sagte, erregte ihre Aufmerksamkeit. Gingen seine Gefühle für sie über reine Freundschaft hinaus?

„Lass mich wissen, wann du zum Essen aufbrechen willst", fügte Cole an.

Marina nahm ihre Handtasche. „Ich bin so weit."

Sie wusste, dass das Leben sich innerhalb einer Sekunde verändern konnte. Aber ihr Herz eher nicht. Entschlossen, nicht zu Jack zu schauen, hakte sie sich bei Cole unter und verließ gemeinsam mit ihm den Saal.

3

*J*ack stand vor dem offenen Kühlschrank und drehte sich zu Leo um. Sein Sohn war gerade dabei, am Küchentisch in dem kleinen Cottage am Strand seine Hausaufgaben zu machen. Durch die offenen Fenster drang das rhythmische Rauschen der Wellen herein, und eine frische Brise hob Jacks Laune. „Pizza oder Hamburger heute Abend?"

Leo schaute auf und verzog das Gesicht. „Äh, Dad, ich habe diese Kochsendung im Fernsehen gesehen. Sie haben da echt coole Sachen gemacht, so wie Tante Denise. Ich kann helfen, wenn du das mal probieren willst?"

„Ich dachte, Kinder mögen diese ausgefallenen Sachen nicht."

„Ein paar schon. Und ich bin Pizza langsam leid."

„Das hat bestimmt noch kein Kind jemals gesagt." Jack lachte. „Wie wäre es mit Chicken Nuggets?"

Leo legte seinen Stift ab. „Ich bin nicht wie andere Kinder. Du weißt, dass ich viele Sachen mag, oder?"

Jack versuchte verzweifelt, alles zu lernen, was Leo anging, aber Vanessa hatte zehn Jahre Vorsprung, und er hatte das Gefühl, ständig hinterherzuhinken. Außerdem waren seine Talente arg begrenzt. „Okay, dann also Burger."

„Können wir ins Coral Café gehen?" Leo wippte mit den Füßen gegen das Stuhlbein. „Ich würde Marina gerne sehen."

„Was das angeht … Vielleicht habe ich es mit den Eisbechern übertrieben." Und vielleicht hatte er es mit Marina untertrieben. Innerlich schalt Jack sich dafür, seine Gelegenheit verpasst zu haben. Er war zu abgelenkt und zu langsam gewesen. Und jetzt war dieser Cole aufgetaucht und hatte seinen Platz eingenommen. Nicht, dass Jack irgendwelche Ansprüche geltend machen konnte, was Marina anging, aber er hatte nicht damit gerechnet, dass er sich ohne sie *so* fühlen würde. „Wir legen mal eine Pause mit dem Coral Café ein."

„Okay." Leo zuckte mit den Schultern. „Eisbecher sind gut, aber nicht jeden Tag. Mom meint, sie sollten etwas Besonderes sein. Zum Beispiel, wenn ich eine Eins in Mathe bekomme."

„Und wie es aussieht, wirst du die bekommen, nachdem Ginger dir Tipps gegeben hat. Es ist nett von ihr, das Matheprogramm an der Schule zu unterstützen. Vergiss nicht, dich bei ihr zu bedanken."

„Das werde ich nicht." Leo wand sich auf dem Stuhl. „Ich habe Hunger. Rosa macht gute Fisch-Tacos. Mom meint, die wären auch aus biologischen Zutaten. Da sie jetzt wieder mehr essen kann, holen wir uns ab und zu welche von Rosas Imbiss im Ort. Sie meint, Rosa bereitet frisches Essen mit viel gutem Gemüse zu."

„Und du magst Gemüse, richtig?" Sein Sohn konnte eine Tomate wie einen Apfel essen. Eines musste man Vanessa lassen: Sie hatte einen großartigen Jungen erzogen. Das sollte Jack jetzt nicht vermasseln.

Leo nickte. „Können wir ein paar von diesen lustig

geformten Tomaten ziehen, die Marina im Garten hat? Die mag ich am liebsten."

„Die haben wir auch auf der Farm gezüchtet, als ich so alt war wie du. Und ich habe sie für Marina und Ginger gepflanzt, nachdem Scout ihren Garten umgegraben hat." Er schloss die Kühlschranktür und steckte die Haustürschlüssel ein. „Du hast recht, wir können was Besseres essen als Chicken Nuggets. Komm, gehen wir zu Rosa. Nimm eine Jacke mit; wenn die Sonne untergeht, wird es kalt." Er pfiff nach Scout, der sofort aus seinem Körbchen in der Ecke aufsprang und auf ihn zukam.

Zum Geräusch der heranrollenden Brandung gingen Jack und Leo zu Fuß die wenigen Meter in den Ort und stellten sich in der Schlange vor dem beliebten Foodtruck an. Scout blieb immer in ihrer Nähe.

Als Jack in Summer Beach angekommen war, hatte er schnell erfahren, dass Rosa und ihre Familie seit drei Generationen frisches mexikanisches Essen anboten, und dass die nächste Generation sich bereits in der Ausbildung befand. Diese Art zu essen war für ihn ein echtes Highlight. Er vermisste die Straßenstände in New York, wo er einfach seine Wohnung verlassen und selbst an einem kalten, verschneiten Abend eine heiße Bratwurst an der Ecke kaufen konnte.

Doch er wusste auch, dass der frisch gegrillte Fisch mit selbst gezogenem Salat, Kohl, Tomaten, Möhren und Zwiebeln für ihn und Leo wesentlich besser war. Und die hausgemachten Maistortillas und die scharfe Jalapeño-Salsa waren köstlich.

Leo lachte, als Jacks Magen knurrte. Er presste sich die Hand auf den Bauch, der flacher geworden war, seitdem er hier wohnte. Seine Versuche, bei seinen morgendlichen Joggingrunden am Strand mit dem Bürgermeister mitzuhalten, hatten ihn schlanker werden lassen, und zudem hatte er an Muskelmasse dazugewonnen. In Summer Beach fühlte er sich gesünder und mehr wie der entspannte Junge von der Farm in Texas, der er einst gewesen war.

Er biss sich auf die Wange. Ab und zu überkam ihn immer noch das Verlangen nach einer Zigarette, aber er hatte dem nur einmal nachgegeben, als er mit einem alten Kollegen aus New York, der auf der Durchreise gewesen war, ein paar Martinis getrunken hatte. Dennoch, wenn er an Marina dachte, wuchs das Verlangen. Das war ein Zeichen für seinen Frust, und er war nicht sicher, was er deswegen unternehmen sollte.

Nachdem sie ihre Bestellung aufgegeben und ihre Tacos sowie eiskalte Erdmandelshakes mit Vanille und Zimt erhalten hatten, gingen sie zu einer Bank mit Blick auf die Hauptstraße auf der einen und auf das Meer auf der anderen Seite. Sie setzten sich, und Jack atmete tief die Seeluft ein. Die untergehende Sonne warf goldene Licht-strahlen auf die Wellen und tauchte den Himmel in bunte Farben. Scout lag hechelnd zu ihren Füßen.

„Das hier ist das gute Leben, Leo", sagte er und machte eine ausladende Geste. „Zwei Männer, großartige Tacos, ein ziemlich guter Hund und der Strand. Was brauchen wir mehr?" Er gab Jalapeño-Salsa und scharfe Soße auf seinen Taco. Er mochte das feurige Gefühl – je schärfer, desto besser –, auch wenn er später vermutlich dafür würde bezahlen müssen.

„Hey, da ist Marina", sagte Leo und winkte quer über die Straße. „Hi Marina!"

Jack schaute auf. Marina war gerade dabei, mit dem Mann, mit dem sie im Seabreeze Inn gewesen war, ein Restaurant zu betreten. „Pst", sagte er.

Leo zog die Stirn kraus. „Warum? Sie ist unsere Freundin."

„Ja, aber ..." Jack wusste nicht, was er sagen sollte. „Sie ist auf einem Date. Da haben die Leute gerne ihre Privatsphäre."

In diesem Moment drehte Marina sich um. „Hi Leo."
Sie lächelte und winkte, dann öffnete ihr Date die Tür zum
Beaches für sie. Auch wenn Jack dort noch nie gegessen hatte,
wusste er, dass es als das feinste – und romantischste –
Restaurant in Summer Beach galt.

Scout richtete die Ohren auf und winselte Jack an.
„Bleib, mein Junge." Selbst sein Hund wollte bei Marina
sein.

„Geht sie mit diesem Mann aus?" Leo klang besorgt.

„Sieht so aus." Jack wusste nicht, wie er mit seinem Sohn
über Beziehungen reden sollte, und er fragte sich, wie viel
Leo darüber wusste.

Ein trauriger Ausdruck huschte über Leos Gesicht. „Ich
schätze, das ist in Ordnung, weil du mir gesagt hast, dass
Marina nicht deine Freundin ist." Er starrte seinen Taco
an. „Ich wünschte jedoch, sie wäre es. Du solltest sie auf
ein Date einladen, Dad. Ich glaube, das würde ihr
gefallen."

Jack hätte sich beinahe an seinem Shake verschluckt.
„Vielleicht mache ich das mal."

„Das wäre cool." Leo strahlte. „Wenn sie deine Freundin
wäre, könnten wir sie immer sehen. Und ihr könntet
heiraten."

Bei diesen Worten schaute selbst Scout auf und grinste.

Jack fühlte sich überstimmt. Warum war er so ein Idiot?
Er war immer stolz darauf gewesen, das durchzuziehen, was
wichtig war. Er war normalerweise gut darin, wichtige
Einzelheiten zu bemerken, einen Artikel vernünftig zu
formulieren und alle Quellen und Interviews korrekt wieder-
zugeben.

Doch trotz seines Erfolgs als investigativer Journalist war
er ein lausiger Partner gewesen – was ihm mehrere Frauen
bestätigt hatten. Vanessa war, abgesehen von jener heißen
Nacht, als sie dem Tod den Mittelfinger gezeigt hatten, nicht
an ihm interessiert gewesen.

„Vielleicht brauche ich Unterricht darin, wie man ein guter Freund ist", murmelte er vor sich hin.

Leo kicherte. „Ich auch."

Wieso hast du das laut gesagt? Jack schlug sich innerlich gegen den Hinterkopf. Nachdem er so lange allein gelebt hatte, hatte er sich angewöhnt, laut vor sich hinzusprechen. Das war ihm gar nicht aufgefallen, bis Leo angefangen hatte, zu reagieren.

„Ich schätze, den brauchen wir beide", sagte er. Ob er bereit war oder nicht, wie es aussah, würde er das Thema mit Leo angehen müssen.

Leo schaute zu ihm auf. „Wo bekommt man so einen Unterricht?"

„Ich habe keine Ahnung." Jack lachte.

„Ich gucke mal im Internet." Leo schnappte sich Jacks Handy, das neben ihm auf der Bank lag. Er drückte einen Knopf und sagte: „Recherchiere, wie man ein guter Freund wird."

„Warte mal …"

Leo starrte mit gerunzelter Stirn auf das Display. „Dad, was ist ein …" Er hielt inne und versuchte langsam, das unbekannte Wort auszusprechen: „Aphrodisiakum? Habe ich das richtig gesagt?"

„Das ist ein Wort für Erwachsene", sagte Jack und nahm ihm das Handy weg. „Darüber sprechen wir später. Jetzt iss deinen Taco."

„Habe ich was Falsches gesagt?"

„Vergiss das alles einfach. Einschließlich Marina."

„Warum?"

„Es ist kompliziert", stieß Jack seufzend aus. Genau wie Vater zu sein.

„Ich könnte dir helfen, es unkompliziert zu machen." Leo strahlte. „Ich könnte sie für dich auf ein Date einladen. Das hat mein Freund so gemacht."

„Warte mal … du datest?" Jack verlor den Griff um

seinen Teller und sein Taco glitt herunter.

Scout sprang auf und schnappte sich den Taco aus der Luft wie ein professioneller Footballspieler.

„Scout, nein!" Jack griff danach, aber Scout war schneller.

„Ich nicht, aber mein Freund", sagte Leo. „Aber der ist auch schon zwölf."

„Zwölf?", stieß Jack ungläubig aus. Vergiss Unterricht in wie man ein guter Freund wird, dachte er. Wichtiger wäre, zu lernen, wie man ein guter Vater wird. Und zwar sofort.

Scout verschlang den Taco, fing jedoch kurz darauf an, den Kopf zu schütteln. Dann zog er sich ein paar Schritte zurück, kratzte sich mit der Pfote am Maul und begann zu jaulen.

Jack warf die Hände in die Luft. „Ich habe versucht, dich davon abzuhalten, alter Junge."

„Was stimmt mit Scout nicht, Dad?", fragte Leo alarmiert.

„Der Taco war ziemlich scharf." Jack hielt seinem Hund den Erdmandeldrink hin. „Trink einen Schluck, mein Junge."

Scout zog sich knurrend und bellend weiter zurück.

Die Leute im Ort fingen an, in ihre Richtung zu schauen.

„Beruhig dich, Scout." Jack griff nach ihm, doch Scout fuhr fort, bellend zurückzuweichen. Jack versuchte es noch einmal, aber Scout entwand sich seinem Griff und lief auf das Restaurant zu.

Davor blieb er stehen, kratzte mit der Pfote an der Tür und bellte.

Das Herz rutschte Jack in die Hose, als er ihm nachlief. Er wusste, wo der Hund hinwollte, und er musste ihn aufhalten.

In dem Moment öffnete ein Gast die Tür, und Scout rannte hinein.

4

*C*ole hatte seine Hand leicht auf Marinas Schulter gelegt und begleitete sie ins Restaurant. Diese sanfte Berührung gab ihr ein Gefühl der Sicherheit. Sie hatte sich in Coles Nähe schon immer wohlgefühlt. Doch auch wenn er definitiv attraktiv war, hatte sie ihm damals keine große Aufmerksamkeit geschenkt, weil sie bis über beide Ohren in Stan verliebt gewesen war.

Cole jetzt wieder hier zu haben hatte so viele gemeinsame Erinnerungen hervorgerufen. Es war, als würde sie in eine sicherere Zeit zurückkehren, an einen Ort, bevor ihre Welt explodiert war. Mehr noch, Cole war ein Marine. Neben seiner soliden, beeindruckenden Gestalt fühlte sie sich geborgen und beschützt.

Er zeigte auf die breite Fensterfron, die mit festlichen Girlanden und roten Beeren geschmückt war. „Wir haben Plätze in der ersten Reihe für den Sonnenuntergang."

„Das ist wunderschön", sagte Marina. Die Bleiglasfenster rahmten den Strand ein, und der Ausblick war eine der Hauptattraktionen des Restaurants. Außerdem hatte es einen ausgezeichneten Ruf, was das Essen anging. Die Köchin hatte an Marinas *Der Geschmack von Summer Beach-*

Festival teilgenommen und Marina mit ihren *Shrimp Provençal* beeindruckt.

Sie nannte dem Oberkellner ihren Namen und warf einen Blick in die offene Küche. „Ist Chef Marguerite hier?"

„Ich sage ihr Bescheid, dass Sie hier sind."

Kurz darauf kam eine kompakte Frau aus der Küche. „Marina, bist du das? Willkommen in meinem Restaurant."

„Ich wollte schon längst vorbeikommen, aber das Café hält mich auf Trab." Marina stellte Cole vor.

„Ich freue mich so, Sie kennenzulernen", sagte Marguerite. „Russel, unser Oberkellner, wird sich gut um euch kümmern." Sie nickte ihrem Angestellten zu. „Den besten Tisch für die beiden, bitte."

Russel führte sie zu einem Tisch mit Blick über den Strand, an dem die Wellen einander jagten, über Felsen rauschten und Tropfen in die Luft warfen. Der Sonnenuntergang verlieh allem einen besonderen Schimmer, und mit den flackernden Kerzen auf dem Tisch dachte Marina, dass das hier eines der romantischsten Settings war, die sie je in Summer Beach gesehen hatte – oder überhaupt.

Während sie die Speisekarte studierten, schickte Marguerite eine Flasche Bordeaux an den Tisch. Ein Kellner öffnete sie und schenkte ihnen zwei Gläser ein.

„Das war eine hervorragende Wahl, Cole. Woher kanntest du das *Beaches*?"

„Ich habe mich im Inn mit dem Bürgermeister unterhalten. Er hat erwähnt, dass es eines der beliebtesten Lokale in Summer Beach ist. Bennet macht einen sehr netten Eindruck."

Marina lächelte. „Das ist er. Er und meine Freundin Ivy haben diesen Sommer erst geheiratet."

„Wirklich?" Ein Lächeln breitete sich auf Coles Gesicht aus, und er beugte sich ein wenig vor. Dann hob er sein Glas und sagte: „Ich schätze, es ist nie zu spät, es noch einmal zu versuchen."

Bei diesem Kommentar stieg Hitze in Marina auf, dennoch konnte sie nicht anders, als die Frage zu stellen, die ihr durch den Kopf schoss. Immerhin waren sie Freunde. Also stieß sie mit ihm an und fragte: „Hast du es noch einmal probierte?"

„Nicht wirklich. Nach der Scheidung war ich am Boden zerstört. Ein paar Freunde haben mich mit netten Frauen zusammengebracht, aber sie waren nicht Babs. Ich hätte nie damit gerechnet, dass die kleinen Probleme, die wir hatten, zu so einem Ausbruch führen würden. Ich habe die Liebe meines Lebens verloren, aber das liegt nun in der Vergangenheit." Cole wandte den Blick ab, als ob ihm das, was er gerade enthüllt hatte, peinlich wäre. „Wie auch immer, als ich endlich erkannte, dass ich so eine Frau wie sie nicht wiederfinden würde, waren meine Freunde weggezogen und ich war allein."

„Das verstehe ich." Marinas Herz weitete sich für ihn. Er hatte jemanden verloren, den er sehr geliebt hatte. Es war so schade, aber sie schätzte, dass es nun zu spät war, etwas daran zu ändern.

Cole verwirbelte seinen Wein im Glas und trank einen Schluck. „Ich habe herausgefunden, dass es lange dauert, jemanden kennenzulernen."

„Das stimmt." Marina dachte an Grady, ihren Ex-Verlobten, und daran, wie wenig sie seinen wahren Charakter gekannt hatte. Als ein Fernsehreporter fröhlich die Nachricht von Gradys anderer Verlobung mit einem wesentlich jüngeren Promi verkündet hatte, hatte Marina vor laufender Kamera einen Zusammenbruch erlitten. Das hatte sie ihre langjährige Stellung als Nachrichtensprecherin und ihre Würde gekostet. Die Zukunft, die sie geplant hatte, war auf einen Schlag verschwunden.

Cole lächelte, und um seine Augen bildeten sich kleine Fältchen. „Zu versuchen, jemanden zu finden, mit dem ich den Rest meines Lebens verbringen kann, erschien mir wie eine unmögliche Aufgabe, deshalb habe ich es aufgegeben. Meine Kinder und meine Arbeit halten mich beschäftigt, und ich gehe auf Reisen, wann immer ich kann. Ich denke, wenn mir eine neue Beziehung bestimmt ist, wird sich die Gelegenheit ergeben."

„Das sage ich mir auch", stimmte Marina zu. Nun wanderten ihre Gedanken zu Jack. Die Chancen, dass aus ihnen etwas wurde, schwanden immer mehr. Und auch wenn sie keine Eile hatte, wollte sie doch auch nicht ignoriert und hingehalten werden.

„Was ist mit dir?", fragte Cole. „Gibt es in deinem Leben jemand Besonderen?"

Sie strich sich eine Strähne hinter das Ohr, um Zeit zu gewinnen. Sie war sich sicher, dass er nichts über ihre Fehlschläge in der Liebe hören wollte. Also schenkte sie ihm stattdessen ein leichtes, nonchalantes Lächeln. „Heather und Ethan nehmen viel meiner Zeit in Anspruch." Obwohl sie sich, nachdem die beiden ausgezogen waren, ein wenig einsam fühlte.

Cole presste sich nachdenklich einen Finger an die Lippen. „Habe ich nicht was über dich und einen Architekten in San Francisco gehört?"

Entsetzt wurde Marina klar, dass er das Meme gesehen haben musste, das sich nach ihrer Reaktion auf Gradys Verlobung im Internet verbreitet hatte. Es war ihr gelungen, mit dem Absatz an ihrem Stuhl hängen zu bleiben und wenig galant zu Boden zu stürzen. Wenn dieses Video doch nur nicht in Endlosschleife zu eingespieltem Gelächter in den sozialen Medien und Late-Night-Shows abgespielt worden wäre. Sie seufzte.

„Wir haben schlussendlich doch nicht so gut zueinander gepasst", sagte sie leichthin und hoffte, dass das Kerzenlicht ihre rot angelaufenen Wangen verbarg. Schnell hob sie das Weinglas an die Lippen.

Dabei sah sie aus dem Augenwinkel Fell aufblitzen.

Wie ein gelber Blitz schoss Scout ins Restaurant und auf sie zu. Seine Augen waren aufgerissen und er wimmerte gequält.

„Nein! Runter, Scout!" Marinas Stuhl kippte nach hinten und sie landete auf dem Boden, mit Scout auf ihr drauf, der sich an sie presste, als wäre er panisch vor Angst. Wein spritzte in einem hohen Bogen über sie, und die Frau am Nachbartisch schrie auf.

Cole sprang auf. „Was zum Teufel?" Mit einer geschmeidigen Bewegung zog er Scout am Halsband weg und half Marina auf die Beine.

Jack tauchte hinter ihnen auf. „Lassen Sie meinen Hund los."

Scout stieß einen Schrei aus und kratzte panisch mit den Pfoten an Marina, während die Kellner der immer noch brennenden Kerze nachhechteten, die über den Boden rollte.

„Er will offensichtlich nicht zu dir", sagte Marina zu Jack und griff nach Scout, weil ihr mütterlicher Instinkt eingesetzt hatte. „Cole, ist schon gut. Du kannst ihn loslassen. Irgendetwas stimmt nicht mit ihm."

Scout kratzte an seinem Maul, als würde ihm etwas Schmerzen verursachen.

Marina kniete sich vor ihn und zog den wimmernden Hund an ihre Brust. Sie waren beide in Rotwein getränkt, deshalb machte es ihr nichts aus. „Was ist los, mein armer Junge?"

Jack fuhr sich, sichtlich peinlich berührt, mit der Hand durch die Haare. „Er braucht Wasser. Viel Wasser."

„Cole, magst du mir mein Glas reichen?" Er tat es, und Marina hielt es Scout vor die Schnauze. Der Hund schlabberte gierig. „Was ist passiert?"

Jack verlagerte sein Gewicht. „Er hat einen Taco mit scharfer Salsa gefressen."

„Du hast ihm einen Taco gegeben?" Marina funkelte

ihn an. „Das ist kein Futter für einen Hund. Wie dumm kann man bitte sein?"

Leo tauchte keuchend neben Jack auf. „Das war keine Absicht", sagte er, und Tränen sprangen ihm in die Augen.

„Das hoffe ich." Leo hatte mehr Mitgefühl als Jack. Marina zügelte ihren Ärger, zog Scouts Kopf an sich und hielt ihm erneut das Wasserglas hin. Der arme Hund konnte gar nicht genug trinken.

Das Pärchen an dem Tisch neben ihnen, das gerade mit dem Hauptgang fertig gewesen war, verließ abrupt das Restaurant. Der Oberkellner trat zu Marina. „Entschuldigen Sie, Ma'am, aber der Hund kann nicht hierbleiben, auch wenn Sie mit der Chefin befreundet sind."

„Wir gehen." Jack griff nach Scouts Halsband. „Ich kümmere mich um ihn."

„Nein, er kann mit mir kommen", gab Marina angespannt zurück. „Du hast keine Ahnung, wie man sich um einen Hund kümmert, geschweige denn um einen ..." Sie stoppte sich, bevor sie etwas sagen konnte, dass sie bereuen würde.

„Ich fahre dich", übernahm Cole die Kontrolle. „Der Hund kann auf die Rückbank, oder du kannst ihn auf den Schoß nehmen."

Leos Unterlippe bebte, dann fing er an zu weinen. „Das war nicht Scouts schuld. Er wusste nicht, was er da tut. Nehmt ihn uns nicht weg."

Marina streckte eine Hand zu Leo aus, und er schlang die Arme um sie und Scout.

„Bestraf ihn nicht", wimmerte er.

„Ich will nur sicherstellen, dass es ihm gut geht", versicherte Marina und strich ihm übers Haar und die Wange. Sie fühlte sich seinetwegen schrecklich. Was hatte Jack sich nur gedacht?

Schniefend fuhr Leo sich mit der Hand über die Augen. „Kann ich auch mitkommen?"

Der Oberkellner warf verzweifelt die Hände in die Luft, und Cole wandte sich an Marina. „Für den Jungen haben wir auch noch Platz." Er streckte ihnen beiden die Hände hin. „Aber wir sollten jetzt gehen."

„Leo bleibt bei mir", stieß Jack durch zusammengebissene Zähne aus und nahm die Hand seines Sohnes.

„Lasst uns alle einfach ruhig das Restaurant verlassen", schlug Cole vor. Dann half er Marina und Scout zur Tür.

Sobald sie draußen waren, beruhigte sich der Hund und schlich zu Jack zurück.

„Hey, es tut mir leid, mein Junge." Jack kraulte ihn hinter den Ohren. „Du warst zu schnell für mich. Aber ich werde in Zukunft mit der scharfen Soße vorsichtiger sein."

„Das würde ich dir auch raten", sagte Marina und verschränkte die Arme vor der Brust. Jack war das wandelnde Chaos. Wie hatte sie je denken können, dass sie mit diesem Kind im Mann irgendetwas gemeinsam haben könnte? „Und denk nicht mal daran, ihm Schokolade, Alkohol oder Zwiebeln zu geben."

Jack funkelte sie an. „Hältst du mich für einen totalen Vollidioten?"

„Die Antwort willst du besser nicht hören." Marina presste angewidert die Lippen zusammen. „Innerhalb von drei Sekunden kann man online eine Liste mit Lebensmitteln finden, die für Hunde gefährlich sind. Ich schlage vor, die druckst du dir mal aus."

„Ich bin sehr wohl in der Lage, mich um Scout und Leo zu kümmern", gab Jack grollend zurück. „Kommt, Jungs. Wir gehen nach Hause."

„Ich habe aber immer noch Hunger, Dad." Leo zeigte auf den Taco, den er auf der Bank zurückgelassen hat und aus dem sich gerade eine getigerte Katze ein Stück Fisch herausangelte.

„Erst werden wir das wegwerfen", sagte Jack. „Und dann holen wir uns noch einen zum Mitnehmen."

Während Jack die Tacoreste entsorgte, kniete Marina sich hin und verabschiedete sich von Leo. „Ruf mich oder deine Mutter an, wenn du irgendetwas brauchst, okay?" Sie gab ihm einen Kuss auf die Wange.

„Versprochen."

Jack rief: „Leo, komm."

Marina schaute ihm nach, als Leo über die Straße trottete. Der Junge sah traurig aus, und das brach ihr das Herz. Aber wenigstens hatte er Vanessa.

„Geht es dir gut?", fragte Cole.

Marina nickte und hakte sich bei ihm unter. Cole war der Typ Mann, den sie in Betracht ziehen sollte. „Ich hatte nur nicht mit so etwas gerechnet. Möchtest du ins Restaurant zurückgehen?"

„Ein andermal." Er zeigte auf ihren Pullover. „Du willst dich vermutlich sowieso erst einmal umziehen."

Marina schaute an sich herab. Rotweinflecken und Pfotenabdrücke zierten die rosafarbene Wolle. „Wie sehe ich denn aus? Aber ich verspreche dir, mein Leben ist nicht immer so."

Cole lachte leise. „Dessen bin ich mir sicher. Ich erinnere mich, dass du immer sehr klug und organisiert gewesen bist. Komm, ich fahre dich nach Hause. Während du dich umziehst, kann ich in meinem alten Camper ein verdammt gutes Käse-Sandwich grillen."

„Das ist nett von dir, aber komm doch mit zum Cottage. Ich ziehe mich um, dann können wir gemeinsam in der Küche kochen. Es kann sein, dass Ginger da ist, und ich bin mir sicher, dass sie die Geschichte von heute Abend hören will. Außerdem hat sie einen unglaublichen Weinkeller. Schläfst du heute Nacht in deinem Wohnmobil?"

„Wenn es da stehen bleiben kann, wo es ist?"

„Ja, ich denke schon." Sie lächelte. „Und ich werde fahren, denn ich bin mir nicht sicher, ob du hinter das Lenkrad meines Minis passt."

5

„och ein Stück Frittata, Cole?" Mit Gingers silbernem Servierlöffel hob Marina ein Stück saftige Frittata mit gedünstetem Kürbis und Zwiebeln an. Sie saßen an dem alten roten Resopaltisch in Gingers Küche, in die das Licht der Morgensonne fiel.

Nachdem sie am Vorabend ins Cottage zurückgefahren waren, hatte Marina ihre Gourmet-Käse-Sandwiches zubereitet, für die sie dicke Scheiben Sauerteigbrot mit Pesto bestrich, mit dünn geschnittenen Tomaten und Frühlingszwiebeln aus dem Garten belegte und mit Havarti, Fontina und Gruyère in der Pfanne überbuk. Nach dem Essen hatten sie noch eine Weile zusammengesessen, über alte Zeiten gesprochen und gelacht, bis Cole irgendwann zum Schlafen in sein Wohnmobil gegangen war.

„Gerne", sagte Cole. „Die Eier sind köstlich, und es ist definitiv besser, als irgendein Fertiggericht im Camper zuzubereiten."

„Dein Wohnmobil sieht aber ziemlich bequem aus", sagte Marina und nickte zu dem glänzenden Gefährt draußen, das locker die Größe eines Tourbusses hatte.

„Für einen Junggesellen ist es ausreichend, und es

schenkt mir die Freiheit, beinahe überall hinfahren zu können, wo ich will." Er aß einen Bissen und fügte dann an. „Ich besuche oft meine Kinder oder befreundete Marines aus den alten Zeiten – wenn ich sie denn aufstöbern kann."

Marina trank einen Schluck Kaffee und freute sich, dass Cole ihr Essen schmeckte. „Das klingt, als hättest du ein gutes Leben, Cole. Das freut mich für dich."

„Das habe ich. Und ich weiß, dass ich Glück habe. Dennoch kann es manchmal einsam sein." Er atmete ein, als wolle er eine Frage stellen, aß dann aber stattdessen noch einen Bissen.

Die seltsame Stille, die sich auf sie senken wollte, wurde durch Ginger vertrieben, die in die Küche kam. „Wie schön, einen Mann im Haus zu haben", sagte sie lächelnd. „Ich habe mich gefragt, ob Sie, nachdem Sie mit dem reichhaltigen Frühstück fertig sind, das meine Enkelin zubereitet hat, wohl ein wenig Zeit hätten, um mir bei etwas zu helfen? Ich habe ein paar Punkte auf meiner To-do-Liste, die ich gerne abhaken würde, bevor Kai heute hier ihr Vorsprechen abhält."

Cole lachte. „Sehr gerne."

Marina fiel auf, dass Ginger ihre Arbeitskleidung trug – oder zumindest ihre Version von Arbeitskleidung: gebügelte dunkle Jeans, ein blau-weiß kariertes Hemd und Camel-Boots. Mit ihren diskreten Perlenohrringen und einem feschen Baumwolltuch um den Hals schaffte sie es, schick auszusehen, auch wenn sie nur vorhatte, im Haus oder Garten zu arbeiten. Ja, von ihrer Großmutter konnten sie alle noch das eine oder andere lernen.

Marina schien nur zwei Kleidungsstile zu kennen: die konservativen Kostüme aus ihrer Fernsehzeit und ihre alten Strandklamotten.

„Ich bin überrascht, dass Kai noch nicht runtergekommen ist", sagte sie. „Vor allem, wenn heute Nachmittag das Vorsprechen beginnt."

„Sie ist heute früh aufgebrochen, um sich am Theater mit jemandem zu treffen", erklärte Ginger. „Ich habe sie auf dem Weg zu meiner Meditationswanderung gesehen. Sie war schon weg, bevor Brooke kam, um deine Brote und Muffins für den Markt abzuholen."

Cole wirkte beeindruckt von Gingers morgendlicher Aktivität. „Sich fitzuhalten ist sehr wichtig."

„Da Sie in so guter Form sind, können Sie mir im Garten helfen", sagte Ginger zu ihm. „Außer, Sie haben etwas Besseres vor. Wobei ich mir das nicht vorstellen kann, wenn Sie planen, weiterhin Marinas frische Gerichte zu genießen."

Marina lachte leise, als Coles Ohren sich rot färbten.

„Nein, Ma'am, es wäre mir eine Ehre, Ihnen zu helfen, sobald ich den Tisch abgeräumt habe."

„Danke für das Angebot, aber das musst du nicht", sagte Marina. Doch Cole gab nicht nach. Was ihr gefiel.

Nachdem er aufgegessen hatte, wusch er das Frühstücksgeschirr ab, während Marina sich entspannte. Seine Effizienz beeindruckte sie. Sie wusste, dass das von seiner Ausbildung zum Marine kam, und es erinnerte sie an Stan. Es war schön, Cole hier zu haben, und sie genoss es, sich mit ihm über die alten Zeiten zu unterhalten. Sie hatte nicht mehr viele Freunde aus jenen Jahren.

„Ich habe bereits beinahe alles ins Wohnzimmer gebracht", sagte Ginger.

„Was hast du vor?", wollte Marina wissen.

Gingers Augen leuchteten auf. „Abgesehen vom Austausch der Glühbirnen an der Decke, an die ich nie herankomme, dachte ich, dass wir die Leute, die heute vorsprechen, inspirieren könnten. Ich fände es schön, wenn wir dieses Jahr etwas früher damit anzufangen, das Cottage für Weihnachten zu schmücken. Kommt mit", sagte sie und zeigte in Richtung des Wohnzimmers.

Dort standen bereits die Kartons mit dem Weihnachtsschmuck, die Ginger heruntergeholt hatte, während Marina das Frühstück zubereitet hatte. „Wir haben noch ein paar Kartons in der Abstellkammer", sagte Ginger. „Würden Sie so lieb sein, Cole, und mir mit denen helfen?"

„Sicher doch", sagte er.

„Ich räume nur schnell das Geschirr weg und helfe euch dann", sagte Marina und begann, die Sachen, die Cole abgewaschen hatte, wegzupacken, während er Ginger zur Kammer folgte.

Eines musste Marina ihrer Großmutter lassen: Sie war clever. Normalerweise dauerte es mehrere Tage, bis das Haus komplett geschmückt war, doch mit Coles Hilfe würde es wesentlich schneller gehen. Vielleicht wären sie sogar fertig, bis das Vorsprechen begann. Wobei Marina sich außerdem noch um die Mittagsgäste im Café kümmern musste.

Zum Glück hatte Brooke inzwischen den Stand auf dem Markt übernommen. Jeden Samstagmorgen holte sie die frischen Backwaren von Marina ab und bot sie gemeinsam mit der Ernte aus ihrem Garten auf dem Bauernmarkt in Summer Beach an. Brooke liebte diese Arbeit, die ihr außerdem eine Verschnaufpause von ihrem Mann Chip und ihren drei halbstarken Söhnen verschaffte.

Nachdem Brooke letzten Sommer frustriert über ihre, wie sie es nannte, wilde Meute von zu Hause geflohen war, hatte sie mit Chip eine Vereinbarung getroffen, dass er und die Jungs das Haus am Samstagmorgen putzen würden, während sie auf dem Markt war. Dazu gab es noch die eine oder andere Aufgabe zu erledigen. Bisher lief es gut für alle.

Dass Brooke sich gemeinsam mit der Teilzeitangestellten, die Marina angeheuert hatte, um den Stand kümmerte, half auch Marina, ein ausbalancierteres Leben zu führen, vor allem an den Wochenenden.

Die Marktmanagerin Cookie O'Toole hatte Marina erzählt, dass Brooke ein Naturtalent war. Ihre Schwester teilte Rezepte und Gartentipps mit den Kunden, und ihr Gemüse war jedes Mal ausverkauft. Sie verkaufte auch mehr von Marinas Broten, Keksen und Tartes, als Marina es getan hatte. Dank ihrer ruhigen, mütterlichen Art vertrauten die Leute ihr und ihrem Rat. Wenn sie über die gesundheitlichen Vorteile von Brokkoli und Ballaststoffen redete, hörten die anderen zu.

Marina freute sich, Brooke helfen zu können und gleichzeitig ein wenig mehr Freizeit zu haben. Nach Ende der Sommersaison hatte sie angefangen, das Café am Montag zu schließen. Ihr Restaurant auf die Beine zu stellen und ins Laufen zu bringen war harte Arbeit gewesen, und sie war erleichtert, endlich wieder ein besseres Gleichgewicht in ihrem Leben zu haben.

Nachdem sie die Küche aufgeräumt hatte, gesellte sie sich zu Ginger und Cole ins Wohnzimmer.

„Das ist beinahe alles", sagte Ginger gerade und ließ ihren Blick über die Kartons gleiten.

Cole zog die Augenbrauen in die Höhe. „Wenn da noch mehr ist, kann ich mich darum auch kümmern."

„Die Außendekorationen sind im Gartenschuppen", erklärte Ginger. „Um die kümmern wir uns als Nächstes. Ich kann Ihnen gar nicht sagen, wie dankbar ich Ihnen bin."

Marina lachte. „Na, Cole, bedauerst du es schon, für einen Kaffee im Coral Café vorbeigeschaut zu haben?"

„Überhaupt nicht", antwortete er grinsend. „Ehrlich gesagt glaube ich, dass es Schicksal war, das mich hierhergeführt hat."

Ein Lächeln huschte über Gingers Gesicht. „Sind Sie sicher, dass es Schicksal war und nicht Teil einer Aufklärungsmission?"

Dieses Mal liefen Coles Ohren feuerrot an. „Ich gebe zu, dass ich eine Rezension über das Coral Café gelesen habe. Und ich habe vielleicht gesehen, dass meine alte Freundin

Marina Moore es leitet. Aber ich hatte wirklich vor, angeln zu gehen."

Marina öffnete erstaunt den Mund. „Woher wusstest du das, Ginger?"

Ihre Großmutter zuckte nur mit den Schultern. „Manche Dinge sind einfach zu gut, um ein Zufall zu sein. Nachdem ich die Chancen berechnet habe, war es ein einfacher Eliminierungsprozess, um eine begründete Annahme zu treffen. Ich habe meine Theorie überprüft, und Cole hat sie gerade bestätigt. Damit ist die Beweisaufnahme abgeschlossen."

Nun wurden auch Coles Wangen rot. „Ich dachte, es wäre nett, wieder Kontakt mit Ihrer Enkelin aufzunehmen, Ma'am." In seiner Stimme schwang ein gewisser Respekt mit.

Ginger nickte zufrieden. „Nenn mich doch bitte Ginger. Du solltest wissen, dass mir nicht viel entgeht. Aber du bist so ein reizender junger Mann, dass ich dir vergebe." Sie nickte in Marinas Richtung. „Außerdem kann ich es dir nicht wirklich verdenken. Sie ist bezaubernd, oder?"

„Hallo, ich stehe direkt neben euch." Marina stemmte nur halb amüsiert eine Hand in die Hüfte. Mit ihrer Direktheit konnte Ginger einen manchmal ganz schön in Verlegenheit bringen.

„Natürlich tust du das, meine Liebe." Ginger zeigte auf die Anrichte. „Kannst du das andere Ende der Girlande nehmen und es mit Cole zusammen darüber legen?"

Bevor Marina noch weitere Fragen an Cole richten konnte, legte Ginger ein klassisches Weihnachtsalbum von Bing Crosby auf ihren alten Plattenspieler und fuhr fort, Anweisungen zu geben, wo was hin sollte. Trotz der süßen Klänge von „White Christmas" fragte Marina sich, warum Cole nicht erwähnt hatte, dass sein Besuch in Summer Beach geplant gewesen war. Und warum hatte er so getan, als wäre es ein zufälliges Aufeinandertreffen gewesen?

Doch ein Blick auf Gingers zufriedene Miene beantwor-
tete ihre Frage. Cole war einsam. Das hatte er selbst gesagt.
Ginger musste gewusst haben, dass er es genießen würde,
mit ihnen zusammen das Haus zu schmücken, und sie sah
ihm an, dass er Spaß hatte.

„Wenn ihr damit durch seid, könnt ihr die kleinen Weih-
nachtsbäume links und rechts vom Kamin aufstellen", sagte
Ginger. „Und das andere Paar neben die Eingangstür."

Marina machte sich mit Cole an die Arbeit, und es
dauerte nicht lange, bis sie lachend die Dekorationen in den
Räumen verteilten. An die meisten Stücke erinnerte sie sich
noch aus ihrer Kindheit, was ein warmes Gefühl in ihr
weckte. Einige waren Geschenke von ihren Eltern gewesen,
bevor sie in jener grauenhaften Nacht bei einem Autounfall
ums Leben gekommen waren. Marina nahm einen alten
Nikolaus zur Hand, den ihre Mutter gemacht hatte.
Lächelnd stellte sie ihn auf einen Ehrenplatz auf dem
Esstisch.

Als Nächstes kamen waldgrüne Girlanden, fein bestickte
Weihnachtsstrümpfe und exquisite, mundgeblasene Glasor-
namente, die Ginger und Bertrand in ganz Europa gesammelt hatten, zum Vorschein. Jedes Ornament hatte eine
Geschichte, und Marina liebte es, sie zu hören – auch wenn
diese Geschichten sich von Zeit zu Zeit veränderten.

Sie hob das Ende einer Girlande hoch und legte sie über
den Kaminsims. „Was hältst du davon, Ginger?"

In dem Moment ging die Haustür auf. „*To the left, to the
left*", sang Kai und wackelte mit gespreizten Händen.
„Wartet nur, bis ihr seht, wie viele Leute sich zum Vorsprechen angemeldet haben. Wir werden heute Nachmittag ein
volles Haus haben." Sie schaute sich um. „Wow, sieh sich
einer diese Dekorationen an – das wird den Leuten helfen,
in ihre Rollen zu finden."

„Steh nicht einfach nur da rum", sagte Marina fröhlich.
„Sondern hilf uns."

Nachdem sie Kais Enthusiasmus gesehen hatte – und die Vorfreude der Gemeinde am Vortag – wurde sie von einem warmen, glücklichen Gefühl erfüllt. Dieses Jahr wäre sie zu Weihnachten von Familie und neuen Freunden umgeben; es würde das fröhlichste Weihnachtsfest seit Jahren sein.

Sie schaute zu Cole und fragte sich, ob er für die Feiertage zurückkehren würde. Doch bei dem Gedanken zog sich ihr Magen zusammen. Sie hatte geglaubt, diese Zeit mit Jack und Leo zu verbringen, aber mit dem ungewissen Zustand ihrer Beziehung schien das nicht mehr sicher zu sein. Dennoch hatte sie es genossen, besondere Geschenke für Leo auszusuchen – wobei sie für Jack noch nichts gekauft hatte. Was vermutlich auch ganz gut war.

„Wo sollen Weihnachtsmann und Weihnachtsfrau hin?", fragte Kai, die gerade ein Paar handgefertigter Puppen aus einem Karton genommen hatte.

„Zusammen in eine Ecke auf dem Sofa bitte", antwortete Ginger.

Marina öffnete einen weiteren Karton. „Und die Festtagskerzen?"

„Stell sie hin, wo immer du Platz findest", sagte Ginger. „Ein paar auf dem Esstisch sehen immer nett aus. Da soll auch die silberne Menora hin. Und schreib Kerzen auf die Einkaufsliste. Wir werden dieses Jahr viele Freunde bewirten." Sie wandte sich an Cole. „Während die Mädchen hier auspacken, können wir die Außendekorationen aus dem Schuppen holen."

„Vergesst nicht das Weihnachtsmann-Surfbrett!", rief Kai und wickelte eine antike Schneekugel mit dem Nordpol aus.

„Das hatte ich beinahe vergessen", gestand Marina. „Als Kinder haben wir ein altes Surfbrett bemalt", erklärte sie an Cole gewandt. „Ich hatte keine Ahnung, dass es das noch gibt."

„Du bist ja auch schon lange nicht mehr zu Weihnachten hier gewesen", merkte Kai an.

Als Cole fragend die Augenbrauen hob, erklärte Ginger: „Es war für mich leichter, Marina und die Kinder in San Francisco zu besuchen. Kai war jedoch in den Ferien von ihrer Musicaltruppe immer hier."

„Ich bin auch oft nach San Francisco gefahren", sagte Kai. „Ich habe es geliebt, den Weihnachtsschmuck am Union Square und am St. Francis Hotel zu sehen. Und das Shopping ist großartig. San Francisco ist während der Feiertage einfach magisch."

„Vermisst du die Stadt?" Cole sah Marina an.

„Ein wenig", antwortete sie. „Es war für viele Jahre mein Zuhause, aber bei meiner Familie zu sein ist etwas ganz Besonderes."

„Mit der gesamten Familie hier werden wir dieses Jahr eine wunderschöne Zeit haben", sagte Ginger. „Lass uns jetzt nach dem Weihnachtsmann-Surfbrett schauen." Sie ging mit Cole zusammen zum Gartenschuppen hinaus.

Kaum waren sie verschwunden, wandte Kai sich an Marina. „Ich bin beeindruckt. Keine zwei Stunden, nachdem ich dich gestern im Café zurückgelassen habe, hattest du schon ein Date. Ich glaube, damit hast du meinen Rekord gebrochen. Wo um alles in der Welt hast du diesen attraktiven neuen Freund gefunden?"

Lachend stellte Marina die Kerzen auf den Esstisch. „Er ist nicht *mein* Freund, sondern *ein* Freund. Besser gesagt, ein alter Freund von Stan."

„Wenn er nicht dein Freund ist, solltest du Jack das sagen. Du hättest sehen müssen, wie er Cole gestern während des Meetings ausgecheckt hat."

„War das so offensichtlich?"

„Ich war nicht die Einzige, der es aufgefallen ist. Und dann war da der Streit um dich im *Beaches*."

„Was? Wo hast du denn diesen Unsinn gehört?"

„Shelly hat mir erzählt, dass Mitch die Geschichte heute früh im Java Beach von jemandem gehört hat, der gestern zum Abendessen dort war." Kai riss die Augen auf. „Seid ihr wirklich rausgeworfen worden?"

„So war das nicht", gab Marina angespannt zurück und konzentrierte sich darauf, einige miteinander verheddert te Girlanden zu entwirren, was sie aber schnell frustriert wieder aufgab.

„Hey, lass es nicht am Boten aus – oder an der Deko."

Marina seufzte. „Es war Scout." Sie hockte sich auf den Rand des Sofas und erzählte Kai, was wirklich vorgefallen war.

„Also haben sich Jack und Cole nicht deinetwegen gestritten?", fragte Kai enttäuscht.

„Wohl kaum", antwortete Marina. „Außerdem hat Jack mich seit dem Sommer nicht ein einziges Mal mehr auf ein Date eingeladen."

„Ich dachte, das mit euch wäre nach dem Food-Festival gut gelaufen."

„Das dachte ich auch", sagte Marina. „Ich verstehe, dass er mit Leo eine große Verantwortung hat – dazu ein neues Zuhause und das Buchprojekt mit Ginger. Aber ich habe wirklich geglaubt, dass sich zwischen uns etwas Besonderes entwickelt."

Kai wickelte einen Schneemann aus. „Er kommt immer noch oft ins Café."

„Aber normalerweise hat er Leo dabei. Ich bin mir nicht sicher, was ich davon halten soll – oder wie lange ich auf ihn warten sollte." Marina hängte funkelnde Zuckerstangen an den Kronleuchter. „In anderen Bereichen seines Lebens weiß er ziemlich gut, was er will. Man gewinnt keinen Pulitzerpreis, wenn man nicht zielorientiert ist."

„Du bist diejenige, die mir immer sagt, dass Herzensangelegenheiten etwas anderes sind." Nachdem sie den Schneemann neben einen mit Edelsteinen besetzten, künstlichen Weihnachtsbaum gestellt hatte, warf Kai ihrer Schwester einen Blick zu. „Und jetzt kommt Cole und verkompliziert deine Gefühle noch mehr, oder?"

„Er ist so ein netter Mann." Marina seufzte. „Stan hat immer große Stücke auf ihn gehalten." Sie hielt inne. „Vermutlich würde er das sogar gutheißen."

In dem Moment ging die Tür auf und Ginger tauchte auf. Sie zeigte zum Garten. „Cole ist so ein Schatz", verkündete sie und warf einen bewundernden Blick auf das, was er mit der Terrasse und dem Rasen gemacht hatte. „Wir werden den Rest der Außendekoration anbringen, während Kai ihr Vorsprechen abhält."

Kai begann, die Möbel im Wohnzimmer umzustellen, und Marina räumte derweil auf. Sie würde bald ins Coral Café hinübergehen müssen, um mit den Vorbereitungen für die Mittagsgäste zu beginnen. Sie schaute nach draußen und sah einen Truck vorfahren.

„Axe ist hier", sagte sie und stapelte die leeren Kartons im Flur. Ginger könnte Cole später bitten, sie wegzubringen.

Kais Augen leuchteten voller Vorfreude auf. Sie nahm ihr Notizbuch zur Hand und eilte zur Tür. Noch nie hatte Marina ihre Schwester so glücklich gesehen. Sie tat, was sie liebte, und dabei kamen sie und Axe einander immer näher.

An der Tür drehte Kai sich zu Marina um. „Bist du sicher, dass du es dir nicht noch mal überlegen willst, bei dem Stück mitzumachen?" Sie klang so voller Hoffnung. „Ich weiß, dass du viel zu tun hast, aber es wäre so schön, wenn du ein Teil von all dem wärst. Du könntest Statistin sein. Das nimmt nicht viel Zeit in Anspruch. Und es wäre so ein Spaß."

Marina wusste, dass es Kai sehr viel bedeuten würde, wenn ihre Familie mitmachte. Wären die Rollen vertauscht, würde sie ihre Schwester auch an ihrer Seite haben wollen. Also lächelte sie und sagte: „Na gut. Ich bin dabei."

Kai sprintete auf sie zu und umarmte Marina. „Das macht mich so glücklich. Ich verspreche dir, es wird dir nicht leidtun. Du wirst bei den Proben Spaß haben, und dann sind da die Premiere und die abendlichen Aufführungen und die Abschlussparty."

Axes schwere Schritte hallten über die vordere Veranda, und Kai ließ ihre Schwester los, um ihm die Tür zu öffnen. Er trug ein kariertes Hemd, eine Jeans und eine Weste mit dem Logo seiner Firma *Woodson Construction*. Dazu wie immer Cowboystiefel.

„Es ist alles bereit", verkündete Kai statt einer Begrüßung. „Ich bin froh, dass du es geschafft hast."

„Ich komme direkt von einem neuen Job, aber meine Crew hat alles unter Kontrolle." Er schaute sich um. „Die Deko sieht umwerfend aus. Das wird die Leute in die richtige Stimmung versetzen."

„Das war die Idee." Kai setzte sich an den Esstisch und tippte auf ihr Notizbuch. „Ich habe mir aufgeschrieben, wer für welche Rolle vorsprechen will. Die wichtigsten Parts sind der alte Mr. Scrooge, sein Angestellter Bob Cratchit und die drei Geister – Vergangenheit, Gegenwart und Zukunft. Und Cratchits Familie, vor allem Tiny Tim."

Axe ließ sich auf dem Stuhl neben ihr nieder. „Hast du schon irgendwelche Favoriten?"

Kai strahle ihn an. „Leo würde einen großartigen Tiny Tim abgeben."

„Er wirkte ziemlich begeistert", stimmte Axe zu. „Hast du einen Plan für heute?"

Kai schlug ihr Notizbuch auf. „Na klar." Sie schaute durchs Fenster. „Wie es aussieht, sind die Ersten schon da. Leo und Jack. Und ich sehe weitere kommen. Wir werden viel zu tun haben. Sollen wir mit Jack oder mit Leo anfangen?"

Marina wirbelte herum. „Jack will tatsächlich vorsprechen?"

„Ja, für die Rolle von Bob Cratchit", sagte Kai. „Ist er dafür nicht wie geschaffen? Er war auf der Highschool und auf dem College in der Theater-AG, deshalb wette ich, dass unter der ernsten Autorenfassade ein paar Schauspieltalente stecken."

Sofort wünschte Marina, sie könnte ihr Versprechen, das sie Kai gerade gegeben hatte, zurücknehmen. Wie sollte sie es überstehen, Jack jeden Tag zu sehen?

6

*H*eute würde Kai die Ergebnisse des Vorsprechens an der Pinnwand im Eingang zum Coral Café veröffentlichen, deshalb rechnete Marina mit vielen Gästen.

In einem roten Glitzerpullover kam Kai quer über die Terrasse auf sie zu. „Die Ergebnisse sind da", sagte sie und wedelte mit einer Liste.

Während sie diese an die Pinnwand hängte, versuchte Marina, über ihre Schulter zu linsen, doch Kai war größer als sie. Den ganzen Morgen über hatte ihre Schwester „Rudolph the Red-Nosed Reindeer" vor sich hingesummt, und nun hatte Marina einen Ohrwurm.

„Bei einigen Rollen war die Entscheidung sehr knapp", erklärte Kai. „Wer hätte gedacht, dass wir so viele talentierte Schauspieler und Sänger in Summer Beach haben?" Mit einer kleinen Verbeugung trat sie beiseite. „Ta-da!"

Marina beugte sich vor. Da, neben der Rolle des armen, überarbeiteten Bob Cratchit, stand der Name, den sie befürchtet hatte.

Jack Ventana.

Wie sollte sie jetzt, wo sie nicht miteinander ausgingen,

mit ihm umgehen? Ihr dämmerte, dass es ihm womöglich auch unangenehm sein würde. Vor allem, weil Cole sich als Statist gemeldet hatte.

Ginger hatte ihm die Erlaubnis gegeben, sein Wohnmobil so lange, wie er wollte, auf dem Grundstück zu parken, doch er hatte einen Campingplatz in der Nähe gefunden.

Worüber Marina erleichtert war. Obwohl er ein guter Freund war, war ihr ein wenig Abstand nur recht. Sie dachte an das alte Sprichwort: „Willst du was gelten, mach dich selten." Wenn sie nur Jack aus ihrem Herzen verbannen könnte, um den Weg für einen guten Mann wie Cole freizumachen.

Kai starrte sie an. „Und? Was denkst du?"

„Was für eine Besetzung." Marina versuchte, begeistert zu klingen.

„Kannst du glauben, dass ich in einer Szene vor Carol Reston singen werde? Ich bin quasi ihr Eröffnungsakt. Und warte nur, bis du Axe und seine Songs hörst. Er klingt unglaublich." Kai stieß einen kleinen Freudenschrei aus. „Das wird so großartig."

„Da bin ich mir sicher", sagte Marina. Jack hatte Zeit für ein Weihnachtsmusical, konnte sich aber nicht einen Abend freinehmen, um mit ihr allein zum Essen zu gehen? Das war alles zu viel für sie.

Schweren Herzens schaute Marina sich die restliche Besetzung an.

Ein Weihnachtsmärchen ... am Strand
Besetzungsliste
Erzählerin – Ginger Delavie
Ebenezer Scrooge – Axe Woodson
Bob Cratchit – Jack Ventana
Scrooges Neffe Fred – Mitch Kline

Emily Cratchit (Bobs Frau) – Leilani Miyake
Tiny Tim (Sohn der Cratchits) – Leo Ventana
Geist der vergangenen Weihnacht - Kai Moore
Geist der gegenwärtigen Weihnacht – Carol Reston
Geist der zukünftigen Weihnacht – Bruder Rip
Statisten – Kinder
Logan Rushmore, Samantha Davis,
Alder, Rowan und Oakley Gardner,
Estelle Garcias Theater-AG der Summer Beach
Grundschule
Statisten – Erwachsene
Marina Moore, Brooke Gardner, Shelly Bay, Cookie
O'Toole, Roy Miyake, Nan Ainsworth, Arthur Ainsworth,
Flint Bay, Cole Beaufort
Weitere Personen nach Bedarf

MARINA ERBLICKTE BROOKES NAMEN. „Wer wird sich um den Verkauf der Picknickboxen kümmern?"

„Brooke hat Chip abgestellt, den Vor-Ort-Verkauf zu übernehmen", erklärte Kai. „Aber ich würde verstehen, wenn du sie fürs Café brauchst. Wobei ich mir vorstellen könnte, dass die meisten Leute ihre Boxen vor der Show abholen, so wie es im Sommer war." Sie grinste. „Brooke hat dieser Tage definitiv die Hosen an."

„In einem Haus voller tobendem Testosteron muss sie das, sonst wird sie wieder überrollt", sagte Marina. „Ich bin froh, dass Chip sich endlich wie ein Vater und nicht wie einer der Jungs benimmt."

Kai verschränkte die Arme. „Er weiß, sollte er das tun, würde Brooke sofort wieder hierherkommen."

Die ersten Leute trudelten ein, um sich die Besetzungsliste anzuschauen, und Marina kehrte in die Küche zurück. Sie wollte Jacks Glückwünsche nicht hören.

Während sie einen Topf mit Kürbissuppe auf den Herd stellte, kam ihr ein unangenehmer Gedanke. Vielleicht benahm sie sich wie Scrooge. Auch wenn sie nicht glücklich war über die nachlässige Art, mit der Jack sie behandelte, nachdem er ihr gesagt hatte, wie sehr er sich von ihr angezogen fühlte, musste sie zugeben, dass er Talent hatte.

Er war ein ausgezeichneter Schreiber, und Kai und Axe konnten sich vermutlich glücklich schätzen, ihn dabei zu haben. Sie stieß den angehaltenen Atem aus. Manchmal war es schwer, nicht zu vergessen, dass Vergebung und Danksagung zu den Festtagen dazugehören. Wenn sie ihre Haltung nicht änderte, würde sie eine lausige Weihnachtszeit haben.

Aber es war nicht leicht. Ihr Herz schlug immer noch Purzelbäume, sobald Jack in der Nähe war.

Sie nahm einen Laib Sonnenblumenbrot und begann, ihn für das heutige Spezialgericht in Scheiben zu schneiden, um daraus Truthahnsandwiches mit Cranberry-Soße zu machen.

Coles Stimme drang an ihr Ohr. „Hey, herzlichen Glückwunsch."

Marina lächelte. „Wie schön, dich zu sehen." Und das meinte sie ernst. Sie musste sich Jack aus dem Kopf schlagen, und Cole war genau der Richtige, um ihr dabei zu helfen.

„Wie wäre es, wenn wir unser Debüt als Off-Broadway-Statisten feiern?"

„Das klingt gut", sagte sie. „Was schwebt dir vor?"

„Wie wäre es mit einem Dinner am Lagerfeuer? Dieses Mal koche ich." Er lachte leise. „Ich glaube, dass wir im *Beaches* erst mal nicht sonderlich willkommen sind."

„Das macht nichts. Ich war im Laufe der Jahre in vielen schicken Restaurants in San Francisco, aber es ist eine Ewigkeit her, dass ich ein Essen am Lagerfeuer hatte."

„Wir fahren mit dem Camper", sagte er. „Der hat alles, was wir benötigen."

Brooke kam in die Küche und stellte eine Tüte mit Gemüse neben die Spüle. „Bin ich zu spät? Ich habe mich eben mit Cookie O'Toole unterhalten. Sie freut sich riesig auf das Musical. So wie wir alle." Sie warf sich die Zöpfe über die Schultern. „Ich bin froh, dass du mich um Hilfe gebeten hast. Da draußen ist eine riesige Menschenmenge, die sich die Besetzungsliste anschaut und über die Show redet. Kai wird eine Weile zu tun haben."

„Ich bin froh, dass du helfen kannst." Marina drehte sich um und schaute zu ihrer jüngeren Schwester, die auf der Terrasse stand. Den Sommer über hatte Kai im Café gekellnert, aber dazu würde sie nun keine Zeit mehr haben. Heather wollte während der Semesterferien ein paar Schichten übernehmen, doch auch ihre Zeit war bis zu den Abschlussprüfungen begrenzt.

Marina stellte Cole und Brooke einander vor. Brooke begrüßte ihn, dann nahm sie ihren Kellnerblock zur Hand. „Gibt es abgesehen von der Kürbissuppe und den Truthahnsandwiches noch irgendwelche saisonalen Spezialitäten?", fragte sie.

„Süßkartoffel-Pommes-frites mit Knoblauch-Aioli", antwortete Marina. „Ich habe auch ein paar Gerichte mit Winterkürbis, Brokkoli und Rosenkohl im Kopf. Dein frisches Gemüse ist großartig."

Brooke lächelte stolz und schwebte dann auf die Terrasse hinaus.

„Du hast eine unglaubliche Familie", sagte Cole.

Marina holte den Truthahn, den sie bereits gebraten und in Scheiben geschnitten hatte, aus dem Kühlschrank. „Sie waren mein Felsen, nachdem Stan gestorben war. Mit den Zwillingen hatte ich alle Hände voll zu tun. Dazu kam die Trauer. Ich weiß nicht, was ich ohne Ginger gemacht hätte."

Cole schaute zur Terrasse. „Wie es aussieht, wirst du heute auch alle Hände voll zu tun haben. Sag mir Bescheid, wenn du Hilfe brauchst. Ich bin ziemlich gut darin, Essen an die Tische zu bringen."

„Danke. Vielleicht ziehe ich dich dafür ein", sagte Marina.

„Für deine Einheit würde ich mich freiwillig melden", sagte er und zwinkerte ihr zu.

„Oh, das war nicht als Wortspiel gemeint." Marina spürte, wie sie unter seiner Antwort errötete. Das amerikanische Militär zog schon seit Jahren keine Rekruten mehr ein, aber sie erinnerte sich noch daran, wie ihre Eltern sich darüber unterhalten hatten. „Warum gehst du nicht raus und machst dich mit deinen neuen Schauspielkollegen bekannt? Wir können später reden."

Cole nickte und wandte sich zum Gehen. Marina bewunderte sein Selbstbewusstsein. Sie sah, wie er Axe und die neuesten Mitglieder der Truppe begrüßte, die sich um Kai versammelt hatten.

Ginger gesellte sich ebenfalls dazu und gratulierte Leilani und Roy, die einen samtroten Weihnachtsstern für das Café mitgebracht hatten. Nan Ainsworth, die im Rathaus arbeitete und der das *Antique Times* in der Hauptstraße gehörte, war mit ihrem Mann Arthur da. Selbst Darla war gekommen, um sich die Liste anzusehen und allen zu gratulieren. Heute hatte ein Lächeln ihre sonst mürrische Miene ersetzt.

Es dauerte nicht lange, bis Jack und Leo sowie Samantha und Logan auftauchten. Die Kinder wirkten aufgeregt, und alle gratulierten ihnen und Jack.

Und das sollten sie auch, ermahnte Marina sich und versuchte erneut, ihre Gefühle für ihn außer Acht zu lassen. Sie reckte das Kinn. Vielleicht würde sie ihm auch gratulieren, nur um zu beweisen, wie großherzig sie war.

„Bestellung kommt!", rief Brooke und klemmte einen

Zettel an den runden Zettelhalter über Marinas Arbeitsplatz. Dann schnippte sie mit den Fingern. „Erde an
Marina. Die Leute warten." Und schon war sie wieder auf
dem Weg zum nächsten Tisch.

Marina hatte keine Zeit, um über Jack nachzudenken.
Sie warf einen Blick auf die Bestellung und holte die vorbe-
reiteten Süßkartoffel-Pommes-frites aus dem Kühlschrank.

Doch als sie sich umdrehte, stand sie auf einmal Jack
von Angesicht zu Angesicht gegenüber. Sofort löste ihr Mut
sich in Luft auf, die Schüssel mit den Pommes frites geriet
ins Wanken und entleerte sich über seine Brust.

„Was machst du hier?", schrie sie auf.

„Sorry, ich wollte dich nicht erschrecken." Er kniete sich
hin, um die rohen Süßkartoffeln vom Boden aufzuheben.

Marina warf frustriert die Hände in die Luft. „Bist du
gerannt, oder was? Ich habe dich doch eben erst ankommen
sehen."

Ein kleines Lächeln umspielte Jacks Mundwinkel. „Ich
wette, dass das hier meine Bestellung ist."

„Dann wirst du warten müssen." Genervt blies Marina
sich eine Strähne aus der Stirn. „Jetzt muss ich weitere
Pommes frites vorbereiten."

„Gib mir einen Gemüseschäler, dann mache ich die
schnell sauber."

„Das geht nicht."

„Warum nicht? Das sind meine Pommes frites. Wir
könnten sogar die Zwei-Sekunden-Regel geltend machen.
Wenn man da gewesen ist, wo ich war, macht einem ein
wenig Dreck vom Boden nichts aus."

Marina funkelte ihn an. „Zum einen serviere ich sie mit
der Schale. Und zum anderen bist du unmöglich." Sie
lehnte sich zur Seite, um einen Blick auf die Terrasse zu
werfen. „Ich hoffe, du hast Scout heute an der Leine."

„Er ist beim Hundefriseur." Wieder zuckte ein Lächeln
um seine Mundwinkel. „Sein Fell war mit Rotwein durch-

tränkt. Ich habe versucht, ihn zu Hause abzuduschen, aber er hielt das für ein Spiel und hat ständig in den Schlauch gebissen. Am Ende waren Leo und ich nasser als er." Er stieß einen übertriebenen Seufzer aus. „Das war das letzte Mal, dass ich ihn zum Abendessen ins *Beaches* ausgeführt habe."

Trotz dieses albernen Kommentars konnte Marina nicht anders, als bei der Vorstellung zu lachen. „Ich habe noch Süßkartoffeln in der Vorratskammer. Du kannst sie waschen, dann schneide ich sie. Denn ich traue dir nicht mit Küchengeräten. Aber danach musst du hier verschwinden und mich meine Arbeit erledigen lassen."

Brooke kam mit einer weiteren Bestellung herein, die sie an den Zettelhalter steckte, bevor sie auf die Terrasse zurückkehrte. Während Marina und Jack sich an die Arbeit machten, erhaschte sie einen Blick auf Cole, der sie aus leicht zusammengekniffenen Augen beobachtete.

Mit einem Mal wurde ihr bewusst, dass sich da vielleicht ein Problem entwickelte.

7

*A*ls Jack im Seabreeze Inn ankam, war Kai bereits dabei, die Texte an die Besetzung zu verteilen, die sich im Ballsaal versammelt hatte.

„Willkommen, liebe Mimen", sagte sie. „Hier sind eure Texte für das Weihnachtsmusical. Sobald ihr einen Platz gefunden habt, werden wir das Stück einmal mit verteilten Rollen lesen, damit ihr eure Passagen markieren könnt." Sie reichte Jack und Leo jeweils einen Ausdruck.

„Hey Dad, lass uns vorne sitzen", sagte Leo und stürmte auf einen Stuhl in der ersten Reihe zu.

Jack nahm neben ihm Platz und schaute sich um, ob Marina da war. Er nickte Leilani und Roy zu, die ihm geholfen hatten, Gingers Garten neu anzulegen, nachdem Scout darin gebuddelt hatte. Nan und Arthur von *Antique Times* waren auch da – bei ihnen hatte er einen Tisch und Stühle für die Küche in seinem neuen Haus gekauft. Auch ihnen winkte er lächelnd zu.

Das Ganze hier erinnerte ihn an seine Zeit in der Theater-AG auf dem College. Damals hatte er die Atmosphäre genossen und sogar mit dem Gedanken gespielt, Theaterautor oder Schauspieler zu werden. Am Ende hatten der

Journalismus und die Suche nach der Wahrheit gewonnen, aber seine Zuneigung für die Bühne und die Beziehung mit dem Publikum hatte er nie verloren.

„Das sind die besten Plätze im Saal", sagte er und zerzauste Leo die Haare. Er war froh, dass sie beide eine Rolle in dem Stück hatten. Vanessa ruhte sich nachmittags meistens aus, sodass Jack seine Illustrationen für Ginger vormittags anfertigte, um die Nachmittage mit Leo zu verbringen.

Er öffnete das Textbuch und blätterte zu Leos Part. „Hier geht es für dich los, mein Sohn."

„Danke, Dad."

„Du wirst einen großartigen Tiny Tim abgeben." Jack legte einen Arm um die Schultern seines Sohnes. Seine Rolle als Vater war für ihn immer noch so neu, dass sein Herz jedes Mal anschwoll, wenn er *Sohn* sagte oder Leo *Dad* sagen hörte. Er fragte sich, ob das sich je ändern würde.

Während die Leute Platz nahmen, überflog Jack den Part von Bob Cratchit, dem überarbeiteten und nicht genug gewürdigten Angestellten des legendären Geizhalses Ebenezer Scrooge.

Ein Weihnachtsmärchen ... am Strand war eine Adaption von Charles Dickens' Weihnachtsklassiker. Anstatt sich im winterigen England die kalten Finger abzuarbeiten, schuftete der am Strand lebende Cratchit bis in die späten Abendstunden, um Surfbretter für die Fabrik des gnadenlosen Scrooge herzustellen.

Jack lachte leise.

Es klang vielleicht ein wenig albern, aber es würde sicher lustig werden. Vor allem mit den Gesangseinlagen und dem großen Finale von Carol Reston, der Grammy-Award-Gewinnerin, die in Summer Beach lebte. Er hatte gehört, dass Carol und ihr Mann Hal eine großzügige Spende geleistet hatten, um die erste Saison des neuen Amphitheaters zu unterstützen. Die *Muschel* ähnelte der *Hollywood Bowl* in Los Angeles, war jedoch wesentlich kleiner. Dennoch würde sie sicher Gäste anziehen, was der Gemeinde im Ganzen zugutekäme.

Jack wusste, dass diese erste Produktion ein Erfolg werden musste. Für ihn war es nur eine angenehme Ablenkung, aber auch ein Weg, der Gemeinde etwas zurückzugeben, die ihn so herzlich willkommen geheißen hatte. Er hätte nie auch nur im Traum daran gedacht, aus New York wegzuziehen, doch das Leben hatte in letzter Zeit einige Überraschungen für ihn bereitgehalten.

Einen Sohn. Einen Hund. Ein Häuschen am Strand. Einen neuen Beruf.

Und Marina.

Als er an sie dachte, spürte er ihre Anwesenheit und schaute hinter sich. Und richtig, in diesem Moment betrat sie den Ballsaal, bemerkte ihn und suchte sich einen Platz auf der anderen Seite des Raumes.

Jacks Brustkorb zog sich zusammen, aber er hatte es nicht besser verdient. Was jedoch noch schlimmer war – Cole war bei ihr.

Leo zupfte an seinem Ärmel. „Dad, Marina ist hier. Können wir uns zu ihr setzen?"

„Nicht jetzt. Du kannst später mit ihr reden." Jack zeigte zu Kai und Axe. „Wir beginnen gleich mit der Lesung, deshalb müssen wir aufpassen. Das hier ist wie Schule, nur besser."

Aufgeregt wandte Leo sich wieder nach vorne.

Jack war sich schmerzhaft bewusst, dass es nachlässig von ihm gewesen war, Marina nicht auf ein Date einzuladen. Er hatte ihr gesagt, dass er viel um die Ohren hätte, doch das war die leichte Erklärung gewesen. Die Wahrheit war wesentlich komplizierter.

Seine Erfolgsbilanz, was Frauen anging, war nicht beeindruckend. Nicht, dass er ein totales Arschloch gewesen war, aber es hatte eine Zeit gegeben, in der er nie gewusst hatte, ob er den Tag überleben würde. Drohungen, Vergeltung, Bombenangriffe – er hatte über ein paar ziemlich fiese Typen recherchiert, die keine Kompromisse machten.

Immer, wenn er vorgehabt hatte, es ruhiger anzugehen, war eine neue Story aufgetaucht, die er unbedingt hatte verfolgen müssen. Er hatte seine Tasche gepackt, sich von seiner jeweiligen Freundin verabschiedet und war aus ihrem Leben verschwunden, um ihr weiteren Herzschmerz zu ersparen. Der Gedanke daran, zu heiraten und möglicherweise Frau und Kind zurückzulassen, hatte ihm Angst gemacht. Die Alternative wäre gewesen, sicherere Aufträge anzunehmen, so wie es viele seiner verheirateten Kollegen getan hatten. Deren Aufträge waren dann an ihn gegangen – so war es auch mit der Geschichte gewesen, die ihm den Pulitzerpreis eingebracht hatte.

Zugegeben, Jack hatte Probleme damit, sein Leben auf die langsamere Bahn zu lenken. Auch wenn er die Veränderungen willkommen hieß, war er ab und zu rastlos. Doch er konnte Leo nicht verlassen. Und er fürchtete, seinen Frust an Marina auszulassen, was jede Chance, die er bei ihr womöglich hatte, zunichtemachen würde. Es war idiotisch von ihm gewesen, zu glauben, er könnte sie hinhalten. Eine wunderschöne, talentierte Frau wie sie – da war es kein Wunder, dass ein Kerl wie Cole vorbeigekommen war.

Bei dem Gedanken zog sich ihm der Magen zusammen und er biss sich auf die Unterlippe. Was sollte er deswegen unternehmen?

Mit einem Mal stieß Leo ihn an. „Dad, du musst aufpassen."

„Jack, bist du bei uns?", fragte Kai ihn. „Cratchit ist dran. Bitte sehr."

Schnell blätterte Jack zu der entsprechenden Seite und fing an zu lesen. „In der Fabrik *Surfbretter von Scrooge*, ist Bob Cratchit in einem verwaschenen T-Shirt und Hoodie dabei, im schummerigen Licht Surfbretter zu schmirgeln, während

Scrooge sich weigert, mehr Licht oder bessere Werkzeuge zur Verfügung zu stellen."

Jack fühlte sich in Cratchits demütiges Verhalten ein und las: „Vielleicht können wir uns nächstes Jahr neues Schmirgelpapier leisten, Sir." Er hob die Hand, als hielte er darin ein abgenutztes Blatt Schmirgelpapier.

„Benutz die Ecken!", bellte Axe als Scrooge. „Du bist schon wieder verschwenderisch. Sieh dir nur all die Reste in der Mülltonne an." Er tat, als würde er kleine Stücke Schmirgelpapier aus dem Müll ziehen.

Die Leute lachten, und Jack fuhr mit dem Lesen fort.

Dann wechselte die Szene zu Scrooges Neffen Fred, gespielt von Mitch Kline, dem Besitzer des Java Beach.

Mitch fuhr sich mit der Hand durch seine stacheligen blonden Haare. „Fred betritt die Bühne: Ein lässiger Surfertyp, der Weihnachten liebt. ‚Hey, Onkel Scrooge. Wir chillen dieses Jahr wieder auf der Weihnachtsparty. Warum kommst du nicht mit?'"

Alle lachten über Mitchs Slang und Darbietung.

Die perfekte Besetzung, dachte Jack lächelnd. Er mochte Mitch und wusste, dass er trotz seiner lockeren und umgänglichen Art echte unternehmerische Fähigkeiten hatte.

Sie fuhren fort, die Szenen durchzugehen, und Kai und Axe stimmten einige der Musicalnummern an.

Kai tippte auf ihr Textbuch. „Das ist jetzt die Abendbrotszene im Haus der Cratchits. Leo ist Tiny Tim." Sie schaute sich im Saal um. „Hebt eure Hände, wenn ihr einer der jungen Statisten seid."

Leo strahlte, und seine Freunde Samantha und Logan hoben die Hand.

Brookes drei Söhne winkten ebenfalls.

„Ihr seid die Cratchit-Kinder, die alle um den Tisch sitzen", erklärte Kai und streckte ihnen die Hände hin, woraufhin die Kinder zu ihr nach vorne kamen. „Wenn die

Zuschauer das erste Mal Tiny Tim sehen, erkennen sie, dass er sehr krank ist. Er mag ans Bett gefesselt sein, doch er ist der Fröhlichste von allen."

„Das kriege ich hin", sagte Leo und warf seinem Vater einen Blick zu.

Jack wusste, dass er an seine Mutter dachte und daran, dass Vanessa immer optimistisch gewesen war, selbst als sie unter ihrer Krankheit gelitten hatte.

Kai berührte seine Schulter. „Das ist gut, Leo. Und jetzt lies uns deinen Part vor."

Während Jack seinem Sohn zuhörte, der mit der richtigen Betonung und begleitenden Gesten las, wallte Stolz in ihm auf. Leo war ein Naturtalent.

Der Rest des ersten Lesens verlief gut, und Jack freute sich für Kai und Axe, dass es immer wieder an den richtigen Stellen Lacher gegeben hatte. Er sah, dass sie sich in ihren Textbüchern Notizen machten, und nahm an, dass sie noch ein paar Veränderungen vornehmen würden, wie es in diesem Stadium eines Theaterstücks häufig vorkam. Vor allem, wenn es sich um ein neues Stück handelte.

Während des Lesens hatte Jack versucht, Marina nicht anzuschauen, doch sein Blick wurde immer wieder von ihr angezogen. Er wusste, dass Cole ein alter Freund der Familie war. Und doch kannte er den Blick, mit dem er Marina ansah. Es war ein Blick, der verriet, dass Cole eine Beziehung mit ihr wollte.

Cole wirkte wie ein guter Kerl. Und normalerweise freute Jack sich für die Frauen, die er zurückließ. Er sagte sich, dass sie am Ende ohne ihn besser dran wären.

Aber dieses Mal nicht.

Obwohl er versuchte, fair zu sein, merkte er, dass diese alte Einstellung nicht länger zu seinem Besten war.

8

*M*arina band sich eines von Gingers karierten Hemden um die Taille und ging auf Coles Wohnmobil zu. Das riesige Fahrzeug hatte glänzende blaue und silberne Streifen. Es war Welten entfernt von Jacks gemütlichem alten VW-Bus mit seinem Retrolook. Sie dachte an den Tag, an dem sie damit zum Strand gefahren waren.

Die Erinnerung irritierte sie, deshalb verbannte sie alle Gedanken an Jack schnell aus ihrem Kopf.

Cole ging vor ihr und schaltete die Lampen ein. Er trug eine Wildlederweste über einem Flanellhemd, dazu Jeans und Wanderstiefel mit dicken Sohlen. „Pass auf, die Stufen könnten für dich ein wenig steil sein."

„War das eine Anspielung auf meine Körpergröße?", zog Marina ihn auf. Es machte ihr nichts aus, dass sie eher klein und zierlich war – auch wenn sie im Moment ein paar Kilo mehr auf den Hüften hatte. Aber es gefiel ihr, zu sehen, wie Cole sich wand. Früher hatten sie sich bei den gemeinsamen Kartenspielen mit Stan und Babs immer gegenseitig aufgezogen.

„Nein, Ma'am", sagte Cole grinsend. „Aber wenn du willst, fällt mir bestimmt etwas Passendes ein."

„Die *Ma'am* sparst du dir mit mir besser. Ich bin nicht deine Mutter."

„Alte Gewohnheiten sind schwer abzulegen. Einmal ein Marine …"

„Immer ein Marine. Ich weiß, Cole. Aber wir sind hier unter uns."

Er lachte und hob sie die letzte Stufe hoch. „Du bist immer noch leicht wie eine Feder. Willkommen in meinem Camper."

Als er sie herunterließ, schaute Marina direkt in seine warmen braunen Augen. Sie hätte sich in diesem Moment eigentlich von ihm angezogen fühlen müssen … Vielleicht kommt das noch, sagte sie sich. Immerhin waren sie noch immer von Erinnerungen an Stan und Babs umgeben. Sie wandte den Blick ab und sagte: „Das ist ja ein wahrer Palast auf Rädern."

Das luxuriöse Wohnmobil war wunderschön eingerichtet. Dunkelblau, strahlendes Weiß und schimmernde Silbertöne beherrschten die Kabine – von den gepolsterten Clubsesseln bis zu dem großen Sofa und den Einbaumöbeln.

Marina drehte sich um. Eine Seite des Wohnmobils wurde komplett von einer Küche mit Herd, eingebautem Kühlschrank und Echtholzschränken eingenommen. Ein Flachbildfernseher hing an der Wand gegenüber vom Sofa. „Hier drinnen hat man ja wirklich alles, was man braucht."

Cole verstaute die Lebensmittel, die er gekauft hatte, im Kühlschrank. „Es kam mit Vollausstattung und hat sogar eine Klimaanlage, Fußbodenheizung, eine Marmordusche und einen Durchlauferhitzer für unbegrenzt heißes Wasser."

„Wow, das ist der Inbegriff von Glamping", sagte Marina und dachte daran, wie sehr das alles Kai gefallen würde. „Gibt es hier einen Platz, an dem ich mein Cran-

berry-Relish und das Maisbrot verstauen kann, damit es
während der Fahrt nicht durch die Gegend fliegt? Ich habe
neue Rezepte für mein Weihnachtsmenü ausprobiert."

„Kein Problem, ich stelle es hier in den Schrank." Er
nahm ihr die Sachen ab. „Auf der anderen Seite der Küche
befindet sich das Badezimmer. Das Schlafzimmer ist hinten.
Nur für den Fall, dass du es brauchst", fügte er schnell an.
„Wenn wir an unserem Platz angekommen sind, können
wir die Seitenwände ausfahren, sodass es noch geräumiger
ist."

„Ich bin beeindruckt", sagte Marina, der der Stolz und
die Aufregung in Coles Stimme aufgefallen waren. Es war
offensichtlich, wie sehr er es liebte, mit seinem Wohnmobil
auf Reisen zu gehen. Sie wünschte, sie könnte auch so
verreisen, aber da beinahe ihre ganze Zeit für das Café
draufging, würde sie dazu nur selten Gelegenheit haben.

Cole setzte sich auf den Fahrersitz, und nachdem
Marina ihre Handtasche verstaut hatte, nahm sie auf dem
Beifahrersitz Platz, der so gemütlich war wie ein Fernsehses-
sel. Die Fahrerkabine erinnerte sie an ein Flugzeugcockpit,
und die hohen, breiten Fenster boten einen hervorragenden
Ausblick.

Cole startete den Motor. „Bist du bereit?"

„Los geht's", antwortete sie fröhlich. „Wenn wir in den
Bergen sind, würde ich gerne ein paar Tannenzapfen und
Tannenzweige für die Feiertage sammeln." Sie hatte vor,
Kränze und Girlanden für das Cottage und das Café zu
binden. „Wir dürfen zwar keine aus den Naturschutzge-
bieten mitnehmen, weil sie für die Regeneration der Wälder
benötigt werden, aber wenn wir einen Landbesitzer sehen,
können wir ihn fragen."

„Das kannst du machen, während ich meine Angel
auswerfe, um unser Abendessen zu fangen – außer, du willst
auch angeln."

„Bräuchte ich dafür nicht eine Angellizenz?"

Er tätschelte ihr Knie. „Tja, ich schätze, dann bist du wirklich zum Tannenzapfensammeldienst eingeteilt."

Sie fuhren in südöstliche Richtung auf die Berge und den See zu, den Cole ganz am Anfang erwähnt hatte. Bald wichen der Sand und die Palmen gewundenen Bergstraßen und hohen Kiefern. Selbst die Luft duftete hier oben anders – frisch und belebend.

Während der Fahrt taute Cole immer mehr auf. „Ich will zwar angeln, wenn wir dort sind, aber für den Fall, dass ich nichts fange, habe ich Steaks und Fisch zum Grillen gekauft. Du sollst nicht denken, dass du in der Wildnis verhungern musst."

Marina hatte für das Abendessen auch Truthahnhack und frisches Gemüse von Brooke mitgebracht. „Das erinnert mich an die Campingtrips, wie wir immer zusammen unternommen haben. Weißt du noch?"

„Ja, aber das hier wird ganz anders." Cole lachte leise. „Damals haben wir uns einen ziemlich schäbigen Wohnwagen geliehen. Wir haben eine Münze geworfen, und du und Stan habt in dem Camper schlafen dürfen, während Babs und ich uns mit dem Zelt begnügen mussten. Ich weiß noch, es war eines dieser schweren Militärzelte, die nichts mit den leichten, eleganten Zelten zu tun haben, die man heute kaufen kann."

Die Erinnerung ließ Marina lächeln. „Und mitten in der Nacht hast du dich mit Stan rausgeschlichen, und ihr habt geheult wie Kojoten. Wir dachten, wir wären umzingelt, und hatten Todesangst. Bis uns auffiel, dass ihr beide nicht da wart." Marina lachte und genoss, wie leicht die Unterhaltung zwischen ihnen dahinfloss.

Cole machte es augenscheinlich nichts aus, über Babs zu sprechen, solange Stan auch erwähnt wurde. Die beiden Paare hatten einander damals während der Militärzeit sehr nahegestanden, auch wenn Marina nach Stans Tod den

Kontakt zu Cole und Babs verloren hatte. Mit den Zwillingen hatte sie kaum Zeit für irgendetwas anderes gehabt.

Ihre Großmutter war jahrelang das Rückgrat der Familie gewesen. Selbst als Brooke und Kai älter wurden, war Ginger zur Stelle gewesen, um zu helfen oder zu reden – außer, wenn sie unterrichten oder für einen Beratungsjob reisen musste.

„Ich sollte mal wieder mit Ginger hier hochkommen", sagte Marina und ließ den Blick über die Landschaft schweifen. „Als wir noch Kinder waren, ist sie im Herbst oft mit uns hierhergefahren, um das Herbstlaub zu bewundern und Äpfel zu pflücken."

„Ihr habt viele gemeinsame Erinnerungen sammeln können", sagte Cole. „Ich was noch, was mit deinen Eltern passiert ist, und es tat mir immer sehr leid. Und dann ist Stan gestorben, als du schwanger warst … Ich habe mich oft gefragt, wie du das alles überstanden hast."

„Es war schwer", gestand Marina leise. Selbst nach all diesen Jahren vermisste sie ihre Eltern und Stan noch. Vor allem während der Weihnachtszeit. Aber sie hatte gelernt, liebevoll an sie zu denken, und sie fühlte oft ihre Gegenwart.

Cole parkte das Wohnmobil so nahe am See, wie es möglich war, dann gingen sie das letzte Stück zu Fuß. Am See saß ein Angler, und Cole fragte ihn danach, wie die Fische anbissen und ob sie wohl ein paar Tannenzapfen von seinem Grundstück sammeln dürften. Nachdem der Mann die Erlaubnis gegeben hatte, gingen sie weiter.

Auf dem Weg suchte Cole nach dem besten Platz, um seine Angel auszuwerfen. An einer flachen Uferstelle blieb er stehen. „Das hier sieht gut aus."

„Angelst du oft?", fragte Marina.

„So oft ich kann. Letztes Jahr habe ich einen guten Immobilienverwalter angestellt, sodass ich nun mehr Freizeit habe. Nach den Feiertagen werde ich quer durchs Land

fahren, um die Kinder zu sehen. Sie werden nach Weihnachten bei Babs sein."

„Aber nicht an Weihnachten selbst?"

„Dieses Jahr nicht. Sie sind beide frisch verliebt und
wollen die Feiertage mit den Familien ihrer Freunde verbringen. Das tut mir für Babs zwar leid, aber sie hat ja ihren
Mann und viele Freunde, also wird sie nicht einsam sein."

„Genauso wie du nehme ich an." Als Cole von Babs
gesprochen hatte, meinte sie, einen Anflug von Traurigkeit
in seiner Stimme gehört zu haben, nahm aber an, dass das
nach einer Scheidung normal war. „In Richtung Osten zu
fahren klingt nach einem großen Abenteuer für dich."

Cole zögerte, als läge ihm etwas auf dem Herzen. „Was
glaubst du, wie lange du bei deiner Großmutter wohnen
bleiben wirst?"

„Darüber habe ich noch nicht nachgedacht. Das Coral
Cottage ist mein Zuhause, und ich habe gerade erst das
Café eröffnet."

„Aber das kannst du schließen, wann immer du willst.
Oder du kannst jemand anderen finden, der es leitet."

Marina wusste nicht, worauf er hinauswollte, doch ihr
gefiel nicht, dass er ihre Anstrengungen bezüglich des Cafés
so kleinredete. „Ich habe gerade erst angefangen und es
macht mir wahnsinnig viel Spaß. Schon seit Jahren habe ich
davon geträumt, ein eigenes Café zu führen."

„Ist das wirklich das, was du in deinem Alter machen
willst?"

„So alt bin ich nun auch wieder nicht." Marina wusste
nicht, wie sie auf diese Frage reagieren sollte. „Ehrlich
gesagt hatte ich gedacht, dass ich mich jetzt gerade auf dem
Höhepunkt meiner Fernsehkarriere befinden würde, aber
stattdessen habe ich noch mal ganz neu anfangen müssen.
Und weißt du was? Ich habe dabei unglaublich viel Spaß."

„Vielleicht könnte es noch besser sein."

„Ich bin im Moment ziemlich glücklich mit meinem

Leben." Eine seltsame Stimmung breitete sich zwischen ihnen aus. Worauf Cole auch immer mit seinen Fragen hinauswollte, sie war dazu noch nicht bereit. „Komm, holen wir deine Sachen. Ich will nicht, dass dir die besten Fische entgehen." Sie drehte sich um und machte sich daran, den Pfad zum Wohnmobil zurückzugehen.

„Ich kann die holen", sagt Cole und schloss zu ihr auf.

Marina beschleunigte ihre Schritte. „Okay. Während du das machst, sammle ich ein paar Tannenzweige und Zapfen."

Cole wirkte ein wenig enttäuscht, erholte sich aber schnell. „Wenn du damit fertig bist, komm doch zu mir runter."

„Na klar", flötete Marina und ging ins Wohnmobil, um die Tüten und die Gartenschere zu holen, die sie extra eingepackt hatte. Mit klopfendem Herzen schlug sie dann einen ansteigenden Weg in Richtung der höchsten Bäume ein.

„Pass auf Berglöwen auf!", rief Cole ihr hinterher.

Gefährliche Wildkatzen oder nicht, sie musste sich zusammenreißen, um nicht loszurennen.

Sobald sie ein wenig Distanz zwischen sie gelegt hatte, lehnte sie sich an einen Baum und atmete tief durch. Auch wenn sie nicht in körperlicher Bestform war, mangelnde Kondition war nicht der Grund dafür, dass ihr Herz drohte, zu explodieren.

Cole war der Typ Mann, der auf dem Papier gut aussah, aber immer die Kontrolle haben musste. Daran erinnerte sie sich nun aus den alten Zeiten. Stan war auch so gewesen. Dennoch hatte ihr Mann sie respektiert und ihre Meinung wissen wollen. Vielleicht war Cole mit dem Alter sanfter geworden. Vielleicht zeigte er sich auch nur von seiner besten Seite.

Und ganz vielleicht war ihre Reaktion ein wenig übertrieben.

Aber aufgrund ihrer unglücklichen Geschichte mit Grady – und nun auch Jack – war sie extra vorsichtig.

Um sich abzulenken, nahm Marina sich Zeit, um zwischen den hohen Bäumen umherzuwandern, dem Gesang der Vögel zu lauschen und dem Plätschern des Bachs, der in der Nähe floss. Die Zweige der großen Kiefern und Douglastannen wiegten sich sanft in der Brise, und der Teppich aus Kiefernnadeln und niedrig wachsendem Gestrüpp federte ihre Schritte ab. In der Ferne strahlte das Laub der Eschen orangefarben und golden in der Sonne, und das Rascheln von kleinen Tieren im Gebüsch erfüllte die Stille.

Während Marina Tannenzapfen und Zweige sammelte, dachte sie an die bevorstehenden Festtage. Ihr größter Wunsch war, ihre Familie um sich zu haben – einschließlich aller Probleme. Sie war so stolz auf Kai, weil sie es gewagt hatte, die Planung und Durchführung des Weihnachtsmusicals zu übernehmen. Nachdem Dimitri ihre Karriere bei der Musicaltruppe zerstört hatte, hätte Kai sich in sich zurückziehen können, und niemand hätte ihr daraus einen Vorwurf gemacht.

Und eben weil sie das nicht getan hatte, würde Marina die Qualen auf sich nehmen, die es bedeutete, Jack bei den Proben zu sehen. Kai bei der Verwirklichung ihres Traums zu unterstützen war das Wichtigste, was sie für ihre Schwester tun konnte, die ihr geholfen hatte, das Café ans Laufen zu bringen, und die immer noch dort kellnerte, wenn Heather mit dem Studium zu viel um die Ohren hatte. Ginger liebte es auch, zu helfen und zu kochen. Das Coral Café war ein Familienbetrieb, und Marina konnte sich nicht vorstellen, es zurückzulassen, um mit Cole quer durchs Land zu fahren.

Sie blieb stehen und hob ihr Gesicht dem belaubten Baldachin über sich entgegen. Tief atmete sie den Duft der

Natur ein. Diesen Herbst hatte sie vieles, wofür sie dankbar sein konnte.

Vielleicht war Cole nicht der Richtige, aber wenn nicht er, wer dann? Wenn ihre Erwartungen zu hoch waren, würde sie nie einen Partner finden. Andererseits wollte sie sich auch nicht nur auf eine Beziehung einlassen, um nicht allein zu sein. Das wäre, wie einen zu kleinen Schuh anzuziehen, der einem nur Schmerzen bereitete. Von dem Stiletto-Leben hatte sie beim Fernsehen mit dem hippen Hal und der zuckersüßen Babe genug gehabt. Das war eine Situation gewesen, die von außen gut aussah, aber von innen sehr schmerzhaft gewesen war.

Daraus hatte sie definitiv etwas gelernt – und zwar nicht nur, Schuhe zu ertragen, die unbequem waren.

Entschlossen, sich gegenüber Cole und seinen Plänen – welche auch immer das sein mochten – zu behaupten, wandte sie sich wieder dem Weg in Richtung See zu, wobei sie immer wieder innehielt, um weitere Tannenzapfen zu sammeln. Nach Stans Tod hatte sie ihr Leben allein gemeistert, und es gab keinen Grund, warum sie das nicht weiterhin können sollte.

Dennoch hatte ihr Leben nun, wo Heather und Ethan ihre eigenen Pläne verfolgten, einen anderen Rhythmus angenommen. Cole hatte nicht unrecht: Mit ihrer Schwester zusammen bei ihrer Großmutter zu wohnen war vermutlich nicht das, was sie langfristig tun wollte. Zudem hatte Ginger ein wenig Privatsphäre verdient, auch wenn sie immer behauptete, die nicht zu benötigen.

Der Gedanke an ein eigenes Haus gefiel Marina, doch sie hatte die dumpfe Befürchtung, dass sie dort einsam wäre. Wobei, nach einem Tag im Café mit all den Gästen könnte es sogar schön sein, allein zu sein.

Sie schaute den Hügel hinunter zu Cole. Eines war sicher: Das Leben veränderte sich ständig, und oft dann, wenn sie es am wenigsten erwartete.

Auf dem Rückweg hielt sie am Wohnmobil an, um ihre Tüten zu verstauen. Als sie danach am See ankam, hatte Cole einen Fisch an der Angel.

„Das sieht nach unserem Abendessen aus", sagte sie und suchte sich einen Weg durch das niedrige Gestrüpp zum Ufer.

„Der hier kann wieder zurück", sagte er und entfernte vorsichtig den Haken aus dem Maul. Dabei sprach er sanft auf den Fisch ein, bevor er ihn wieder ins seichte Wasser setzte. „Ich will nicht, dass der kleine Kerl allzu arg traumatisiert wird", sagte er und wirkte ein wenig verlegen.

„Das finde ich sehr liebenswert." Marina gefiel es, eine andere Seite an Cole zu sehen.

„So war ich nicht immer." Er zuckte mit den Schultern. „Wie gesagt, ich habe andere Sachen gekauft, die wir auf den Grill werfen können. Wie wäre es, wenn ich anfange, ein Feuer zu machen?"

„Das klingt gut."

„Aber etwas weiter oben, in der Nähe es Campers."

Marina zögerte und dachte an die Tiere, die sie im Wald gehört und gesehen hatte. „So sehr ich es lieben würde, dort oben neben einem knisternden Lagerfeuer zu sitzen, so sehr hasse ich die Vorstellung, dass es außer Kontrolle gerät und ein Stück Wald vernichtet, das einheimische Tiere beherbergt."

Cole stand auf und wischte sich die Hände an der Jeans ab. „Ich treffe alle nötigen Vorkehrungen, um sicherzustellen, dass keine Glut übrig bleibt, die sich später entzünden könnte."

„Dessen bin ich mir sicher. Aber du hast einen Herd. Ich würde mich wohler fühlen, wenn wir darauf kochen."

Cole lachte. „Du hast dich kein bisschen verändert. Die Tiere haben dir schon immer am Herzen gelegen."

„Wirklich?"

„Erinnerst du dich noch an den Hund, den wir gerettet

haben? Ein Nachbar hatte einen Hund aus dem Tierheim, der sein Grundstück bewachen sollte, nur hat er das arme Ding angeleint draußen gelassen und war selbst meistens nicht zu Hause. Du hast versucht, mit ihm zu reden, aber er hat nicht zugehört und den Hund weiter misshandelt. Also hast du einen Plan entwickelt, um den Hund zu retten und ein neues Zuhause für ihn zu finden."

Marina lächelte. „Das hatte ich ganz vergessen. Ich bin mir sicher, dass das inzwischen als Entführung gilt. Heute würde ich einfach die Behörden informieren." Sie ging ein paar Schritte und hielt dann inne, um sich zu Cole umzudrehen. „Aber ich würde es wieder tun, wenn ich müsste."

„Siehst du? Du hast dich nicht verändert."

„Das habe ich ehrlich gesagt doch", widersprach sie selbstbewusst. „Ich bin nicht mehr die naive junge Frau, die Stan geheiratet hat. Aus Notwendigkeit und Überzeugung bin ich mein ganz eigener Mensch geworden."

„Natürlich bist du das", versicherte Cole und strich sich übers Kinn. „Ich sollte mich schämen, wenn ich dich anders behandeln sollte – oder falls es so wirkt, als hätte ich das getan."

„Ich wollte nur, dass du es weißt."

„Ich schätze, ich habe mich auch verändert", sagte er. „Es war nicht leicht, sich in das Leben nach dem Militär einzufinden. Man erwartet, dass die Leute Kommandos gemäß der Befehlskette befolgen, aber so ist das im normalen Leben nicht."

Marina lächelte gedankenverloren. Vielleicht hatte er sich wirklich verändert. „Ja, so ist es nicht."

„Freunde? Lass uns noch mal neu anfangen, als zwei erfahrenere – und ein wenig vom Leben gebeutelte – Menschen." Er neigte den Kopf und griff nach ihrer Hand.

Kurz zögerte Marina, dann legte sie ihre Hand in seine. Er schien die Verbindung zu brauchen – und ein wenig

Mitgefühl. Sie würde ihm noch eine Chance geben. Gemeinsam gingen sie weiter.

Als ein seltsames Klopfen ertönte, legte Marina den Kopf schief. „Was ist das für ein Geräusch?"

Cole hielt inne und lauschte ebenfalls. „Spechte. Nicht alle von ihnen ziehen in den Süden. Vor allem nicht in Südkalifornien. Sie richten sich ihr Winterquartier in den Bäumen ein, indem sie Höhlen hineinpicken."

Sie nickte in Richtung seines Wohnmobils. „Ist das deine Höhle für den Winter?"

„Ja, für den Großteil der Zeit. Ich stehe meistens auf einem Campingplatz in Strandnähe. Von da aus sind es nur wenige Stunden nach Los Angeles, sodass ich nach meinen Immobilien sehen kann, wenn es nötig ist. Allerdings muss ich lernen, dem Verwalter zu vertrauen, weil ich in Zukunft wesentlich länger weg sein werde. Ich würde gerne kreuz und quer durchs Land fahren und unterwegs Freunde besuchen. Einige habe ich seit Afghanistan nicht mehr gesehen."

„Das wäre gut für dich", sagte Marina und ließ seine Hand los, um ins Wohnmobil zu steigen.

Cole drückte auf einen Knopf, um die Seitenwände auszufahren. Kurz darauf stand Marina am Herd und grillte Truthahnburger und Gemüse, während Cole draußen ein paar Klappstühle und einen Tisch mit Blick auf den See aufstellte. Marina bestrich das Maisbrot mit ihrem Cranberry-Relish, legte die Burger darauf und gab Salat und gegrilltes Gemüse dazu.

„Wow, das ist mal etwas anderes", sagte Cole.

Lächelnd sah Marina zu, wie er den ersten Bissen nahm. „Ich experimentiere gerne. Wie schmeckt es?"

„Köstlich."

Sie aßen in angenehmem Schweigen und lauschten den Geräuschen der Natur, die sie umgab. Marina hatte beinahe vergessen, wie sehr sie es genoss, draußen zu sein. In der

Nähe des Meeres zu wohnen war aufregend, aber das hier war eine andere, entspannte Erfahrung.

Nachdem Cole aufgegessen hatte, schob er seinen Teller von sich. „Marina, ich habe eine Frage, die ich dir stellen möchte."

Sofort spannten sich ihre Nerven an. „Was denn, Cole?"

„Wenn die Feiertage vorbei sind und Weihnachten hinter uns liegt, würdest du darüber nachdenken, mit mir auf Reisen zu gehen? Du hast gesagt, dass im Café im Winter nicht viel Betrieb herrschen wird … Vielleicht könnten Ginger und Brooke es so lange übernehmen? Du könntest von Florida aus zurückfliegen oder ich könnte dich im Frühling wieder hier absetzen."

Marina atmete tief ein. „Das ist eine lange Reise, Cole."

„Denk einfach darüber nach."

„Cole, ich muss darüber nicht …"

„Bitte antworte noch nicht", unterbrach er sie. „Ich weiß, dass du sorgfältig darauf achtest, mit wem du deine Zeit verbringst, aber ich möchte, dass du weißt, was ich dir bieten kann. Das würdest du mit Jack nicht bekommen."

„Wie bitte? Was hat Jack denn damit zu tun?"

Cole grinste verlegen. „Ich habe gestern im Ort einen Kaffee getrunken. Ein älterer Mann hat Wetten darüber abgeschlossen, mit wem du zusammenkommen wirst – mit Jack oder mit mir. Es klingt so, als hättest du eine Vergangenheit mit Jack."

„Eine sehr kurze Vergangenheit", sagte Marina und biss die Zähne zusammen. Bei dem Gedanken an Jack zog sich ihr Brustkorb zusammen. „War das im Java Beach?"

„Woher weißt du das?"

„Das ist die Klatsch- und Tratschzentrale. Sei vorsichtig mit dem, was du dort hörst. Das mit Jack und mir ist vorbei." Sie stand auf und trug die Teller hinein, bevor ihre Emotionen noch die Oberhand über ihren gesunden Menschenverstand gewinnen würden.

9

*G*inger öffnete die Tür zum Dachboden. „Ich habe ausreichend alte Strandsachen, die für das Musical zu gebrauchen sein könnten." Sie schaltete das Licht an.

Marina folgte ihr. Der muffige Geruch erinnerte sie an die Zeiten, als sie und ihre Schwestern zum Spielen hier hinaufgeklettert waren. Sie hatten es geliebt, den Inhalt der alten Truhen zu erkunden, die Ginger und Bertrand quer durch die ganze Welt geschleppt hatten.

Kai war direkt hinter ihr. „Das wäre spektakulär, Ginger. Die arme Lizzy. Sie muss über die Feiertage nach Ohio zurück, um sich um ihre kranke Mutter zu kümmern. Sie hatte nicht mal die Gelegenheit, mit dem Schneidern der Kostüme anzufangen."

„Sie ist ein Segen für ihre Mutter", sagte Ginger. „Was die Show angeht, aus der Not erwächst Kreativität. Kommt, öffnet die Truhen und lasst uns sehen, was wir finden."

Kai wirbelte herum, sodass die Glöckchen an ihren Ohrringen bimmelten. „Wo sollen wir anfangen?"

Ginger deutete auf eine staubige Truhe in der Ecke. „Die haben wir von London nach Paris mitgenommen", sagte sie. „Wenn wir die originale Weihnachtsgeschichte von Dickens aufführen würden, würden wir darin vermutlich etwas finden. Aber für ein am Strand spielendes Stück eher nicht.“

„Ich erinnere mich an die alten Ketten und Sarongs von eurem Urlaub auf Hawaii“, sagte Marina.

Ginger hob eine Augenbraue. „Richtig! Die sind dort.“ Sie zeigte auf eine Kiste, die in einer anderen Ecke stand.

Marina hob den Deckel an. Kai griff hinein und zog eine Handvoll polynesischer Stoffe in Korallen- und Grüntönen heraus.

„Als junge Braut habe ich daraus Vorhänge für dieses Haus genäht“, erinnerte Ginger sich lächelnd. „Die waren ziemlich schön. Wir könnten Sarongs oder fließende Kleider daraus machen.“

„Hm, das könnte gehen“, überlegte Kai laut.

Als Marina ein weiteres Stück Stoff untersuchte, spürte sie etwas Hartes. In den Falten des Materials lag ein dünnes Notizbuch. Sie schlug es auf. Die Seiten waren mit Buchstaben und Zahlen gefüllt – Gingers Chiffren und Codes. Marina hielt das Büchlein hoch. „Das hier sieht aus wie eins von deinen.“

Ein nostalgischer Ausdruck legte sich über Gingers Gesicht. „Mein erstes Lehrbuch. Damals fing ich gerade an zu lernen. Das ist wirklich eine alte Truhe.“ Sie klemmte sich das Büchlein unter den Arm. „Ist da noch etwas von Interesse drin?“

„Hier ist eines deiner schicken Sommerkleider.“ Marina hob ein rotes Kleid mit weißen Punkten und ausgestelltem Rock an. „Das sieht aus, als wäre es aus den Fünfziger- oder Sechzigerjahren.“

„Das war eines meiner Lieblingscocktailkleider.“ Gingers Blick schien in die Vergangenheit zu gehen. „Nach dem Krieg nannte man das den ‚neuen Look‘. Christian Dior hat die schmale Silhouette entworfen, die durch die Rationie-

rungen nötig geworden war, und Carmel Snow, die Chefre-
dakteurin von *Harper's Bazaar*, hat den Stil zum Hit gemacht.
Als Bertrand in Paris stationiert war, hatten wir einst einen
unterhaltsamen Abend mit ihnen. Ich weiß nicht, ob ich
euch je davon erzählt habe."

„Nein. Aber ich bin mir sicher, dass du das bald nach-
holen wirst." Kais Augen strahlten. „In Kombination mit
einem kurzen roten oder cremefarbenen Cape über den
Schultern wäre dieses Kleid perfekt für Emily Cratchit. Ich
glaube, dass es Leilani passen würde."

„Es ist so hübsch", sagte Marina und strich mit den
Händen über den schimmernden Stoff.

Ginger hielt ihr das Kleid an. „Mit dem passenden
Lippenstift würde das an dir bezaubernd aussehen, meine
Liebe. Du solltest öfter Rot tragen; das ist eine so fröhliche
Farbe."

„Wir suchen nach Kostümen, schon vergessen?" Kai
nahm ihr das Kleid ab. „Okay, eines haben wir, fehlen noch
viele. Was ist mit Bob Cratchit?"

Jack, dachte Marina.

„Bertrand hatte ungefähr Jacks Größe." Ginger durch-
querte den Dachboden und öffnete den Reißverschluss eines
Stoffschranks. „Bei einigen seiner Sachen habe ich es nach
seinem Tod nicht über mich gebracht, sie wegzugeben. Den
Großteil seiner Garderobe habe ich aus praktischen
Gründen gespendet, damit andere ihre Freude daran haben,
aber diese Stücke sind für mich mit besonderen Erinnerungen verbunden."

Kai tippte sich nachdenklich mit dem Zeigefinger gegen
das Kinn. „Für die Eröffnungsszene könnten wir Jack in
etwas abgerockte Strandkleidung stecken, aber ich hätte
auch gerne etwas, das er an Weihnachten mit seiner Familie
mit Stolz tragen würde."

„Da habe ich genau das Richtige." Ginger holte ein
rotes Dinnerjacket aus dem Schrank und musterte es ehrer-

bietig. „Das hat mein lieber Bertrand oft an Heiligabend oder am ersten Weihnachtstag getragen. Dazu ein feines weißes Hemd. Er hat die Feiertage geliebt und sich immer entsprechend gekleidet. Wir waren ein ziemlich modisches Paar. Ihr hättet uns sehen müssen, wenn wir eine kesse Sohle aufs Parkett gelegt haben."

Kais Augenbrauen schossen in die Höhe. „Ihr habt was?"

„Ich meine, ihr hättet uns tanzen sehen sollen. Wir waren fabelhaft." Ginger seufzte verträumt. „Ich bin so froh, dass wir schöne Erinnerungen zusammen geschaffen haben. Die schätze ich mehr als alle Perlen, die er mir geschenkt hat."

Marina lächelte. Ginger hatte diese bezaubernden Perlenketten unter ihren Enkeltöchtern aufgeteilt, sodass sie alle ein Erinnerungsstück an Grandpa Bertrand hatten.

Kai legte das Dinnerjacket auf den wachsenden Kleiderstapel. „Jack wird lachen, wenn er das sieht. Aber ich kann ihn mir darin vorstellen. Und mit Leilani in dem gepunkteten roten Kleid werden sie perfekt zusammenpassen."

„Genau wie wir damals", sagte Ginger mit einem Anflug von Wehmut in der Stimme. „Seht euch nur all die Überbleibsel des Lebens an, das wir geführt haben." Sie blinzelte ihre Erinnerungen fort und öffnete eine weitere Kiste. „Und hier sind die Babysachen von Heather und Ethan. Vielleicht wollen sie die eines Tages haben."

„Für den Moment können wir sie hierlassen." Marina berührte die Hand ihrer Großmutter. Auch wenn Ginger sentimental war, gab sie ihren Gefühlen nur selten nach und zog einen pragmatischeren Ansatz vor. Das hatte vor allem Marina beeinflusst, besonders nachdem sie die Zwillinge bekommen hatte. Nur durch praktisches Denken und gute Organisation hatte sie es geschafft, allein zwei Babys großzuziehen. Denn selbst mit Gingers Hilfe war das viel gewesen.

Ihre Großmutter hatte damals noch einen Vollzeitjob gehabt, sodass Marina an den meisten Tagen auf sich allein gestellt gewesen war.

„Danke, dass du uns für das Stück deine Habseligkeiten räubern lässt", sagte Marina.

Ginger wischte sich den Staub von den Händen. „Hier oben sind die Sachen keinem eine große Hilfe."

„Nach dem Ende der Saison werden wir alles reinigen lassen und zurückbringen", versprach Kai, die weiter in den verschiedenen Truhen wühlte und alles herausnahm, was sie möglicherweise brauchen könnte. „Aber das hier hilft schon mal sehr, um mit den Kostümen voranzukommen. Da Axe so ein großer Kerl ist, müssen die Kostüme für seinen Scrooge vermutlich maßgeschneidert werden. Aber ich werde mich erst einmal in den Kostümverleihen in Hollywood umhören, weil wir nicht sonderlich viel Zeit haben."

„Du kriegst das hin", sagte Marina. Während der Schulzeit hatte Kai immer einen Weg gefunden, Projekte in letzter Minute fertigzustellen.

„Um mich mache ich mir keine Sorgen." Kai biss sich auf die Unterlippe. „Auch nicht um Carol oder Axe. Es sind die anderen, die noch nie geschauspielert haben. Oder zumindest sehr lange nicht, so wie Jack. Wobei er so ein Profi ist, dass ich mir um ihn auch keine Sorgen mache."

„Es sah nicht so aus, als hätten die Schauspieler viel Text zu lernen", sagte Marina in dem Versuch, die Unterhaltung von Jack wegzulenken.

Kai nickte und legte sich die ausgewählten Kleidungsstücke über den Arm. „Ich habe es so geschrieben, dass der Großteil der Handlung und Geschichte durch die Musicaleinlagen erzählt wird. So können die Profis die großen Szenen tragen, während die weniger erfahrenen Schauspieler das Bild abrunden. Sie haben Familien und Jobs und daher nicht viel Zeit. Und für die meisten ist es ihr erster Auftritt."

„Das wird ganz wundervoll werden", sagte Ginger. „Da ich die Erzählerin bin, kann ich alle Fehler berichtigen, die sie machen."

„Das weiß ich sehr zu schätzen." Kai gab ihr einen Kuss auf die Wange. „Bis die neue Bühne fertig ist, werden wir weiterhin im Ballsaal vom Seabreeze Inn proben."

„Und ich schätze, am Premierenabend wird alles wie durch Zauberhand zusammenfinden", sagte Ginger.

„Ja, und dank harter Arbeit." Kais Augen funkelten aufgeregt. „Trotzdem könnte ich ein wenig Feenstaub gebrauchen. Und ich hoffe, dass die Nachricht über das, was wir hier machen, Dimitri erreicht, damit er erfährt, was ihm entgeht." Sie breitete die Arme aus. „Kai Moore bekommt begeisterte Kritiken für ihr Regiedebüt."

„Vergiss nicht, dass du das Stück auch geschrieben hast", sagte Marina grinsend. „Aber ist dir das wirklich noch wichtig? Axe scheint förmlich an deinen Lippen zu hängen."

Kai presste sich eine Hand aufs Herz. „Er ist so ein süßer Mann. Ein großer Teddybär aus Montana mit einer der schönsten Stimmen, die ich je gehört habe. Ich habe keine Ahnung, womit ich so viel Glück verdient habe. Vor allem nach Dimitri, dem ultimativen Poser." Bei der Erwähnung ihres Ex-Verlobten verzog sie das Gesicht.

„Gibt es etwas, das wir über dich und Axe wissen sollten?", fragte Ginger.

„O nein", antwortete Kai. „Ich will unsere erste Produktion nicht verkomplizieren. Dieses Mal steht mein Job auf dem Spiel, und so eine großartige Gelegenheit hat sich mir bisher noch nie geboten."

„Weise Entscheidung." Ginger nickte und warf Marina einen Blick zu.

Aber Marina kannte ihre Schwester. Kai machte nichts halbherzig. Wenn sie etwas wollte, verfolgte sie es mit Leidenschaft. Bei jedem Auftritt sang sie sich das Herz aus dem Leib, und sie war am Boden zerstört, wenn die Dinge nicht so liefen, wie sie es wollte. Dennoch bewunderte Marina, wie Kai sich von dem Dimitri-Desaster erholt hatte. Vielleicht hatte sie daraus etwas gelernt.

Ginger hob eine handbemalte Musikbox aus einem Karton und reichte sie Marina. „Bevor wir gehen, möchte ich, dass ihr ein paar Sachen mit nach unten nehmt. Es ist an der Zeit, die Deko im Haus ein wenig durchzutauschen." Sie wählte einen langen, jagdgrünen Umhang aus dem Kleiderschrank und gab ihn Kai. „Der wird sich auch als nützlich erweisen."

Obwohl Ginger immer noch stark und sicher auf den Beinen war, war Marina aufgefallen, dass sie sich vorsichtiger bewegte. Eine der besten Freundinnen ihrer Großmutter war vor Kurzem gestürzt, und Ginger schien sich seitdem der möglichen Gefahren bewusster zu sein. Dazu gehörte die Treppe zum Dachboden, die eng und steil war.

„Kann ich sonst noch etwas für dich tragen?", fragte Marina.

„Ich hätte dieses Jahr gerne dieses Teeservice im Esszimmer. Der französische Botschafter und seine Frau haben es uns vor vielen Jahren zu Weihnachten geschenkt. Die beiden waren so ein bezauberndes Paar, und wir hatten viel Spaß mit ihnen. Ich sollte sie dieses Jahr anrufen und ihnen *Joyeux Noël* wünschen. Sie haben uns zu den feinsten Plätzen in Paris geführt – die nicht immer die teuersten waren. Oft handelte es sich um kleine Restaurants, die von Touristen unentdeckt geblieben waren, aber dort wurden original französische Gerichte mit den frischesten Zutaten serviert. Nicht unähnlich dem, was Julia Child später berühmt gemacht hat."

„Das war lange, bevor das Internet alle Geheimnisse verraten hat", sagte Kai. „Ich helfe dir auch tragen, Ginger."

„Ich kann mich so glücklich schätzen, euch Mädchen zu haben. Ihr seid das beste Geschenk, das meine Tochter mir gegeben hat." Ginger legte ihre Arme um die beiden und zog sie an sich. „Und meine drei Mädels – und meine Enkelkinder – über die Feiertage bei mir zu haben ist das schönste Geschenk, das ich mir wünschen könnte. Glaubt ja nicht, dass ihr mir noch etwas anderes schenken müsst." Sie lachte leise. „Einige Leute sagen, aller guten Dinge sind drei. Ich muss nur euch Mädchen anschauen, um zu wissen, dass das stimmt."

Marina und Kai tauschten ein Lächeln. Ginger sagte immer, dass sie keine weiteren Geschenke brauchte, doch sie fanden jedes Jahr etwas, das sie erfreute. Oft überraschten die Schwestern sie mit Ausflügen oder Kurztrips. Einmal waren sie mit dem Zug zum Grand Canyon gefahren. Davon sprach Ginger immer noch. Obwohl sie fast die ganze Welt bereist hatte, war sie zuvor nie am Grand Canyon gewesen.

„Aber wir lieben es, dich zu verwöhnen", sagte Kai.

Ginger hob eine Hand. „Im Premierenstück des Theaters zu sein ist noch ein Geschenk, auf das ich mich freue. Der grüne Umhang ist perfekt für die kühleren Abendshows. Für sonnige Matinees ist er jedoch vermutlich zu schwer." Sie hielt inne. „Dieser Auftritt könnte sogar Teil meines Vermächtnisses werden."

Bei diesem Kommentar zog Marina die Stirn kraus. „Was soll das heißen?"

Ginger winkte ab und lächelte geheimnisvoll. „Keiner von uns weiß, wie viele Tage uns geschenkt sind, oder? Aber wir alle wollen das Gefühl haben, dass wir wichtig waren."

Ginger strahlte eine eingeübte Nonchalance aus, die Marina nur zu gut kannte. Kai schien es entweder nicht zu bemerken, oder sie war zu sehr mit ihrer Aufführung beschäftigt, um sich groß Gedanken darüber zu machen.

Marina glaubte nicht, dass mit Ginger irgendetwas nicht stimmte. Ihre Großmutter sagte oft, dass ihre Jahre auf der Erde nicht mehr wurden. Und auch wenn das auf sie alle zutraf, beschloss Marina, sie genauer zu beobachten und sicherzustellen, dass dieses Weihnachten für Ginger besonders erinnerungswürdig werden würde.

Sie konnte sich nicht vorstellen, Ginger jemals zu verlieren. Ja, Kai hatte Gingers *joie de vivre* und Brooke ihre Liebe für die Natur und fürs Kochen geerbt. Marina schätzte, sie selbst hatte ihren Sinn fürs Praktische von Ginger. Dennoch gab es vieles, das sie von ihrer Großmutter lernen mussten. Sie brauchten ihre weisen Ratschläge.

Marina streckte Ginger die Hand hin. „Lass mich dir die Treppe hinunterhelfen."

„Sei nicht albern." Ginger reckte das Kinn. „Ich kann immer noch auf Berge klettern. Aber du kannst zuerst gehen, wenn du dich dann besser fühlst."

Marina tauschte einen Blick mit Kai. Sie würden zwar beide auf ihre Großmutter aufpassen, aber sie nicht in Watte packen. Sie würden sie die fabelhafte Ginger Delavie bleiben lassen, die sie immer gewesen war.

„Wir müssen für den Augenblick leben und jeden Tag neue Erinnerungen schaffen", sagte Ginger, als sie die Tür zum Dachboden schloss. „Vor allem dieses Jahr zu Weihnachten."

10

Marina lenkte ihren Mini auf den Schotterparkplatz vor dem Amphitheater und wandte sich Kai zu. „Wie es aussieht, sind viele der Schauspieler und Bühnenarbeiter Axe Aufruf, zu helfen, gefolgt."

„Das ist gut", sagte Kai. „Der Premierenabend kommt schneller, als wir uns alle vorstellen können."

Der kleine Wagen holperte über die Wurzeln, als Marina weiterfuhr. „Ich dachte, dass Axe den Parkplatz bis zum Eröffnungsabend asphaltieren wollte."

„Ja, das versucht er", sagte Kai und zog die Stirn kraus. „Er hat einen Deal mit einem anderen Bauunternehmer gemacht, aber der ist derzeit mit bezahlten Jobs beschäftigt. Den Sommer über war es in Ordnung, aber nach dem Regen ist es ein wenig matschig. In Axes Truck ist das nicht so schlimm, aber ich weiß, dass er es machen lassen wird."

„Für die Aufführungen an den Festtagen werden wesentlich mehr Leute kommen."

„Das hoffen wir." Kai verzog das Gesicht.

Sie klang nicht so selbstbewusst wie mit der Auswahl der

Besetzung. „Habt ihr schon viele Eintrittskarten verkauft?", fragte Marina.

„Es könnte besser sein", gestand Kai. „Wir müssen die Einheimischen dazu bringen, uns zu unterstützen."

Marina schaltete den Motor ab und trommelte mit den Fingern aufs Lenkrad. „Vielleicht könnte Brooke auf dem Markt Tickets verkaufen. So haben wir auch das Café bekannt gemacht."

„Ja, das könnte funktionieren." Kais Miene erhellte sich. „Wir brauchen nur ein wenig magischen Feenstaub, richtig? Ich werfe einfach ein wenig Glitzer, sage *Abrakadabra* und die Leute werden sich um die Karten reißen."

Das Bild, das Kai heraufbeschwor, ließ Marina lachen. Aber es könnte funktionieren. Sie schaute zu den anderen Wagen auf dem Parkplatz und fragte: „Bereit, mit dem Rest deiner Crew zu hämmern und zu streichen?"

„Los geht's."

Marina stieg aus. Sie trug ihre älteste Jeans und Arbeitsstiefel. Heute wollten sie das Bühnenbild bauen und malen, und Marina konnte es nicht erwarten, die neue, größere Bühne zu sehen. Sie schob die Ärmel ihres alten College-Sweatshirts hoch. Heute ging es nicht darum, gut auszusehen. Und zum Glück war sie nicht darauf aus, jemanden zu beeindrucken – und das schloss sowohl Jack als auch Cole ein.

Aber vor allem Jack.

Bei dem Gedanken an ihn verspannten sich ihre Schultern. Dass Kai ihn für eine der wichtigsten Rollen besetzt hatte, störte sie immer noch. Er hatte nie erwähnt, dass er für den Part vorsprechen wollte. Und wer hätte gedacht, dass er singen konnte? Er war jeden Tag mit Leo ins Café gekommen und hätte etwas darüber sagen können, dass er interessiert war, bei dem Stück mitzumachen.

Gut, ein paar Mal hatte er reden wollen, doch sie war zu beschäftigt gewesen. Ehrlich gesagt war es mehr als nur ein paar Mal gewesen. Aber im Café hatte sie immer viel zu tun. Deshalb gehen Paare miteinander aus, dachte sie. Sie war immer noch irritiert, dass er sie nicht noch mal auf ein Date eingeladen hatte. Schnell presste sie die Lippen zusammen. Ein Beweis mehr dafür, dass sie nie ein Paar gewesen waren, sondern lediglich Freunde.

Vielleicht war sie ein wenig altmodisch, aber wie Ginger oft sagte: Man musste Standards haben. Marina wünschte, sie hätte die bei Grady angesetzt.

„Geht es dir gut?", fragte Kai und warf ihr einen Blick zu, als sie nach etwas auf der Rückbank griff.

„Na klar." Marina schüttelte die Gedanken an Jack ab. „Warum fragst du?"

„Du musterst die Materialien mit einem ziemlich finsteren Blick. Ich bin mir nicht sicher, was sie dir angetan haben, aber es muss schlimm gewesen sein."

Marina streckte ihrer Schwester die Zunge raus. „Ich war nur von der Sonne geblendet. Hier, nimm eine der Taschen." Sie drückte ihr den Beutel mit den Sachen, die sie bei *Nailed It* gekauft hatten, in die Arme.

Dann schaute sie zu der neu aufgebauten, perlweißen Abdeckung über dem Theater, die wie eine Muschel geformt war. Das Licht der untergehenden Sonne tauchte die Kuppel in ein Kaleidoskop aus Farben, von rostigem Gold bis zu dämmerigem Blau. Der Effekt verlieh dem Theater einen ganz eigenen Zauber.

Ihr Missfallen bezüglich Jack verbergend sagte Marina: „Ich habe eine Idee für einen Slogan. Wie wäre es mit *Sonnenuntergang an der Muschel?*"

„Damit können wir arbeiten." Kai hängte sich eine Tüte mit Pinseln über den Arm. Auf dem Weg zur Bühne warf sie Marina einen Blick zu. „Also los, raus damit."

„Was meinst du?"

„Ich merke immer, wenn dich etwas stört. Du tust dann alles, um normal zu wirken."

Marina wollte diese Unterhaltung nicht jetzt führen, wo sie kurz davor waren, die Bühne zu betreten. „Was sollte mich stören?"

„Wenn ich raten sollte, würde ich Jack sagen."

„Okay, dann lass uns darüber reden." Sie blieb stehen und drehte sich so, dass sie Kai anschauen konnte. „Warum hast du ihn besetzt? Von all den Leuten, die du hättest nehmen können, musstest du dich ausgerechnet für meinen Ex entscheiden?"

„Zuerst einmal: Ich habe nicht gewusst, dass sein Status sich in dem kleinen schwarzen Buch in deinem Kopf geändert hat. Und zweitens war er bei Weitem die beste Wahl. Das fand Axe auch. Hier geht es um die Show, Marina – nicht um dich. Für unser erstes Stück brauchen wir die besten Schauspieler. Außerdem ist das hier mein Debüt als Regisseurin, deshalb benötige ich Leute, auf die ich mich verlassen kann."

„Aber ausgerechnet Jack?" Auch wenn Marina sich beschwerte, wusste sie, dass Kai recht hatte.

„Es ist nur über die Feiertage. Und um ehrlich zu sein, haben wir hier nicht gerade eine Riesenauswahl an Schauspielern." Kai verzog das Gesicht. „Warum ist das überhaupt so wichtig? Du hast jetzt Cole. Lass die anderen Fische schwimmen. Viele Frauen werden dir dankbar sein."

„Hör auf damit."

Kai zog eine Augenbraue in die Höhe. „Wow, das ist aber eine ziemlich starke Reaktion wegen jemandem, an dem dir nichts mehr liegt."

Marina ignorierte den Kommentar, auch wenn er brannte. „Die Leute warten auf uns, und wir sind sowieso schon zu spät."

Kai grinste. „Okay, Mrs. Scrooge", sagte sie sarkastisch. „Ich bin froh, dass wir die Luft geklärt haben. Ich bitte dich nur, Spaß zu haben. Viele Leute arbeiten hart, damit es für alle Leute im Ort ein Vergnügen wird."

Seufzend setzte Marina den Weg fort. „Ich werde versuchen, seine Anwesenheit nicht an mich ranzulassen", sagte sie über ihre Schulter. War es gemein von ihr, für sich einzustehen? An einigen Tagen war die Grenze so fließend, dass sie es nicht wusste.

Kai lachte hinter ihr. „Du wirst deine Meinung noch früh genug ändern."

Als sie sich der Bühne näherte, sah Marina, dass Axe voll in seinem Element war. Er dirigierte die freiwilligen Helfer, die das Bühnenbild bauten. Der Boden der Bühne war zum Schutz mit Laken abgedeckt, und die ersten Requisiten aus Spanplatten und anderen Materialien nahmen bereits Form an. Dazu hallte über die Lautsprecher „Run Rudolph Run" von Chuck Berry. Kai fing an, mitzusingen.

Marina konnte ein Lächeln nicht unterdrücken.

„Überraschung", sagte Heather und steckte den Kopf hinter einem Stück des Bühnenbilds hervor. In einer Hand hielt sie einen Hammer, und ihre Augen strahlten vor Glück.

„Was machst du denn hier?", fragte Marina, und ihre Laune besserte sich sofort. Sie umarmte ihre Tochter. „Ich dachte, du müsstest einen Aufsatz abliefern."

„Du weißt doch, wie sehr mich Projekte und Prüfungen immer stressen", erklärte Heather und schob sich eine dunkelblonde Strähne hinters Ohr. „Ich habe vorgearbeitet und den Aufsatz gestern Abend fertiggestellt. Dann hat Tante Kai mich angerufen. Ich wünschte, ich könnte bei dem Stück mitmachen, aber die Aufführungen sind während der Abschlussprüfungen. Aber ich komme, sobald ich mit der letzten Prüfung fertig bin."

„Wir können immer weitere Helfer gebrauchen", sagte Kai.

„Das behalte ich im Hinterkopf."

Marina erinnerte sich daran, wie es war, jung zu sein und den Druck der Prüfungszeit zu verspüren. „Ich bin froh, dass du heute kommen konntest. Ist dein Bruder auch hier?"

„Ja, da drüben bei Jack." Sie nickte in die Richtung.

Marina verspannte sich und spürte, dass Kai sie beobachtete. „Danke, meine Süße."

Auf dem Weg zu Ethan versuchte Marina, nicht zu Jack zu schauen. Sie hatte vor, sich höflich und fröhlich zu geben. Heute sollte ein fröhlicher Tag für die Freiwilligen sein – und es war ein kritischer Tag für Kai und Axe. Es gab viel zu erledigen, und sie würde nicht riskieren, dem in die Quere zu kommen.

Als sie näherkam, schaute Ethan auf. Er war der geselligere der Zwillinge.

„Hi Mom. Was hältst du davon?" Er trat beiseite und zeigte ihr seine Arbeit. „Das hier ist der Hintergrund für die Surfbrettfabrik. Natürlich sehen die Zuschauer es aus der Ferne, sodass es nicht perfekt sein muss. Später werden wir echte alte Surfbretter dagegen lehnen. Cool, oder?"

„Das hast du super gemacht", sagte Marina und nickt anerkennend, während sie die gemalte Backsteinmauer musterte.

„Das war Jacks Idee", sagte Ethan. „Und der alte Schreibtisch da drüben wird der für Scrooges Büro werden."

Marina wurde klar, dass Ethan nichts von den Problemen zwischen ihr und Jack wusste. Ihr Sohn lebte in San Diego und hatte vor, Profigolfer zu werden. Deshalb arbeitete er in einem der Top-Golf-Clubs und perfektionierte sein Spiel bei jeder Gelegenheit. Ethan und Jack hatten sich angefreundet, und es gab keinen Grund, warum sich das ändern sollte.

„Ich habe mit Axe an dem Konzept gearbeitet", sagte Jack bescheiden.

„Wie es aussieht, bist du auch in größeren Maßstäben gut", machte Marina ihm ein kleines Kompliment. Seine Illustrationen für Gingers Bücher waren fesselnd. „Kreativ in einer Sache, kreativ in anderen Dingen", fügte sie leichthin an.

„Wie beim Kochen", sagte er und fing ihren Blick auf.

„Ja, vermutlich hast du recht." Sie hatte ihr Limit an Zeit, die sie in Jacks Nähe verbringen konnte, erreicht. „Ich bin im Deko-Team und sollte mich mal an die Arbeit machen. Wir sehen uns später, Ethan. Kai hat noch mehr Material mitgebracht, wenn du was brauchst."

„Jack hat auch viel Zeug mitgebracht", sagte Ethan. „Neue Pinsel und Werkzeuge."

Jack wirkte ein wenig unsicher, als er einwarf: „Es war nicht viel, aber ich dachte, Kai und Axe könnten alle Hilfe gebrauchen, die ich bieten kann."

„Das war sehr nett von dir", sagte Marina und meinte es aufrichtig.

„Wir könnten hier definitiv noch eine helfende Hand gebrauchen", meinte Jack.

Doch darauf würde Marina nicht hereinfallen. „Wenn ich jemanden sehe, der nichts zu tun hat, schicke ich ihn her. Bis später."

Sie wusste, was Jack gemeint hatte, aber sie musste von ihm weg. Doch als sie sich umdrehte, stieß sie direkt mit Leo zusammen, der die Arme um sie schlang. Scout stand hechelnd neben ihm und wartete, bis er schließlich die Geduld verlor und an Marina hochsprang, um ihr durchs Gesicht zu lecken.

„Hey ihr zwei", sagte sie lachend und wischte sich über die Wange.

„Das macht so einen Spaß", sagte Leo. „Komm, sieh dir an, was ich mache." Er nahm ihre Hand und zog sie daran zur linken Bühnenseite. „Die anderen Kinder und ich malen den Tisch an, den wir für das weihnachtliche Abendessen brauchen."

„Das sieht gut aus." Marina bewunderte seine Arbeit.

Sie begrüßte Samantha und Logan – Jacks Neffen – und

einige der anderen Kinder aus Summer Beach. Brookes Söhne waren ebenfalls da. Sie alle arbeiteten an dem Tisch und den Stühlen. Dunkelrote Farbspritzer zierten ihre Gesichter und Klamotten, doch sie hatten Spaß. Einige von ihnen verpackten leere Kartons als Weihnachtsgeschenke, während andere ein Regal mit Geschirr füllten und wieder andere einen Truthahn aus Pappmaschee bemalten.

Ginger, die mit Cole zusammenarbeitete, winkte Marina zu sich. „Oh, Marina meine Liebe. Komm, hilf uns."

Marina ging zu ihnen. „Woran arbeitet ihr?"

Ginger zeigte auf eine Tür, die auf ein paar Sägeböcken lag. „Das wird die Eingangstür zu Scrooges Wohnung. Das ist für die Szene, in der der Türklopfer sich in das Gesicht seiner verstorbenen Partnerin verwandelt. Cole wird ein Loch hineinschneiden, und ein Statist wird als Geist geschminkt, um es echt aussehen zu lassen."

„Wie clever." Marina lächelte.

Cole schaute von seiner Arbeit auf. „Während ich die nötigen Sachen baue, kannst du Ginger helfen, sie anzumalen." Er legte einen Arm um ihre Schultern. „Soll ich dir einen Pinsel holen?"

„Ich hole mir einen von Kai und komme dann wieder", antwortete sie.

Auch wenn sie Coles Geste als einfachen Ausdruck alter Freundschaft ansah, könnte mehr hineininterpretiert werden. Also tätschelte sie seine Hand und warf Ginger einen Blick zu, die glücklich darüber schien, produktiv sein zu können. Marina fragte sich, ob die Energie ihrer Großmutter jemals nachlassen würde. „Das wird heute ein langer Tag. Könntest du einen Stuhl für Ginger auftreiben?"

Trotz Gingers Protesten tippte Cole sich an den Schirm seiner Baseballkappe. „Ich treibe welche für euch beide auf."

Nachdem er gegangen war, sagte Ginger: „Wie nett von ihm. Einen Mann um sich zu haben hat durchaus seine Vorteile."

„Ich kann die Stühle auch allein tragen", sagte Marina. „Komm ja nicht auf komische Ideen."

„Oh, ich bin nicht diejenige mit den Ideen. Dieser Mann kann nicht aufhören, von dir zu reden."

„Wir sind nur alte Freunde", beharrte Marina.

Als sie quer über die Bühne ging, die sie an die Werkstatt des Weihnachtsmannes erinnerte, spürte sie Jacks Blick auf sich. Und nicht nur das. Sie hätte schwören können, dass die gesamten Stammkunden des Java Beach über sie sprachen und ihr immer wieder Blicke zuwarfen.

Dann erinnerte sie sich an die Wette. *Jack oder Cole.*

Lass sie reden, beschloss sie. Während ihrer Zeit als Nachrichtensprecherin hatte sie gelernt, dass es egal war, was sie machte – die Zuschauer hatten immer eine Meinung. Und zwar nicht nur zu den Nachrichten, sondern zu ihrem Stil, ihren Kleidern ... Dem einen Zuschauer war ihr neues Kostüm zu konservativ, während ein anderer fand, dass ihr Halstuch zu bunt war. Und dann waren da die Kommentare über ihre Haare: zu kurz, zu lang, zu lockig an einem Tag mit hoher Luftfeuchtigkeit. Sie hatte das alles ausblenden müssen, um sich darauf zu konzentrieren, ihre beste Arbeit abzuliefern.

Und genau das würde sie nun auch tun. Sie beschloss, Spaß zu haben, schob die Ärmel ihres Sweatshirts hoch, reckte das Kinn und begrüßte die Leute mit einem Lächeln.

Alle waren hier, um Festtagsfreude zu verbreiten und den Gemeinschaftssinn zu stärken. Durch Ginger war Marina dem Ort schon sehr lange verbunden. Doch nun war Summer Beach ihr Zuhause, und sie musste es hier schaffen. Wenn das bedeutete, sich mit Menschen anzu-freunden, die Wetten auf ihr Herz abschlossen, würde sie das tun.

Summer Beach war ein kleiner Ort; die Leute würden immer tratschen. Doch dieselben Leute wären auch die Ersten, die eine Hand reichten, wenn jemand in Not war.

Sie waren wie die erweiterte Verwandtschaft und dadurch verbunden, dass sie alle am Meer lebten – mit seinen Vergnügungen und den gelegentlichen Bedrohungen durch die Natur.

Marina stieß Kai an. „Hast du einen Pinsel für mich?"

Kai holte einen aus ihrer Einkaufstüte und flüsterte. „Also, ist es heute Team Jack oder Team Cole."

Marina verzog das Gesicht. „Team Marina."

„Das gefällt mir." Kai lachte. „Gut für dich, Schwesterherz."

Axe kam mit ausgebreiteten Armen auf sie zu: „*There's no business like show business*", sang er in seinem tiefen Bariton.

Kai schmetterte die nächste Zeile, und Axe wirbelte sie herum, während sie beide lachten.

„Die Bühnenbilder kommen gut voran", sagte Marina, die sich freute, die beiden so fröhlich zu sehen.

„Und wir sind froh, dass du dabei bist", antwortete Axe und tippte sich an seinen nicht vorhandenen Hut. „Kai, kannst du dir mal die Sachen ansehen, die bisher schon fertig sind, und mir sagen, was du davon hältst?"

Kai schaute sich um. „Die sehen alle super aus", sagte sie. „Ihr müsst schon vor Sonnenaufgang angefangen haben."

„Nicht ganz, aber viel später war es nicht", sagte Axe. „Dieser Cole ist eine Maschine. Er und Jack liefern sich eine Art Rennen. Sie haben die meisten Requisiten gebaut. Wenn das so weitergeht, sind wir in der Hälfte der veranschlagten Zeit fertig."

Marina konnte ein Lächeln nicht unterdrücken. Konkurrenz hatte durchaus auch ihre Vorteile.

Für den Rest des Vormittags arbeitete Marina mit Ginger, Cole und dem Rest ihres Teams zusammen. Ihr fiel auf, dass Jack und Cole immer wieder die Arbeit des jeweils anderen musterten und dann ihr Tempo beschleunigten – so sehr sogar, dass sie und Ginger nicht mehr mitkamen. Sie

mussten weitere Freiwillige dazuholen, um das Schlittenge-
spann des Weihnachtsmannes fertig zu kriegen. Auch wenn
das in der ursprünglichen Geschichte nicht auftauchte, hatte
Kai es am Ende des Stücks für die Kinder hineinge-
schrieben.

Als sie fertig waren, nickte Ginger zu Jack und Cole, die
sich gegenseitig beglückwünschten. „Dieser freundschaft-
liche Konkurrenzkampf war für das Theater richtig gut",
sagte sie. „Und für dich kann er auch nicht allzu schlecht
sein."

„Ich bin kein Preis, den man gewinnen kann", widersprach Marina. „Auch wenn es schmeichelhaft ist, weiß ich
nicht, ob ich mich überhaupt für einen der beiden
entscheide."

„Ja, vielleicht nicht", sagte Ginger fröhlich. „Entspann
dich einfach und genieß die Aufmerksamkeit, meine Liebe.
Eines Tages wirst du sie vermissen. Außer, du hast das
Glück, jemanden wie meinen Bertrand zu finden – der
leider viel zu früh von uns gegangen ist. Deshalb bin ich so
dankbar, meine Mädchen in der Nähe zu haben."

Marina umarmte ihre Großmutter. „Ich weiß nicht, was
ich ohne dich tun würde."

„Eines Tages wirst du es lernen müssen", sagte Ginger.
„Und dann wirst du mein Wissen an die nächste Generation
weitergeben – an Heather, Ethan und Brookes Jungs. Sie
werden es definitiv brauchen."

„Ginger, gibt es da etwas, das du mir verschweigst? Du
sagst in letzter Zeit öfter solche Dinge."

Ginger wusch ihren Pinsel aus und zuckte nur mit den
Schultern. „Das ist die Realität. Wir alle müssen irgendwann
gehen. Wo wir gerade davon sprechen, ich würde gerne bald
meine letzten Wünsche mit dir durchsprechen."

„Du wirst doch nicht …" Marinas Kehle schnürte
sich zu.

„Himmel nein. Ich denke nur praktisch."

Marina nickte. „Lass uns bis nach den Feiertagen warten", brachte sie hervor.

Ginger wirkte enttäuscht. „Wie du meinst. Aber du findest alles Nötige in meinem Safe. Die Kombination kennst du ja."

Kannte sie die? Es ist egal, dachte Marina. Ginger würde in der Weihnachtszeit nirgendwo hingehen.

11

*J*ack streckte sich in seinem Bett in dem Häuschen nahe dem Strand aus. Kühle Luft wehte durch das Fenster, das er über Nacht offengelassen hatte, und strich wohltuend über seine brennenden Gliedmaßen.

Als ein Mann, der den Großteil seiner Tage am Laptop und Skizzenblock verbrachte, spürte er an diesem Morgen jeden einzelnen Muskel in seinen Armen und seinem Oberkörper. Warum hatte er sich gestern von Cole zu einem Wettbewerb herausfordern lassen? Nun ja, wenigstens hatten sie die Bühnendekorationen in Rekordzeit fertiggestellt und ihm war es gelungen, ein Stück mehr als Cole zu bauen.

Es war eine kleine Elfe für die Schlussszene, aber sie zählte. Und sie machte den entscheidenden Unterschied für Leo, der mitgezählt hatte.

Leo war stolz auf ihn gewesen. Das war ein warmes Gefühl, das Jack noch nie zuvor verspürt hatte. Sein Sohn hatte volles Vertrauen in ihn, und er wollte ihn niemals enttäuschen.

Er schwang die schmerzenden Beine aus dem Bett und

zuckte zusammen. Heute bezahlte er für seinen gestrigen Übermut. Vorsichtig humpelte er ins Badezimmer. Er fühlte sich, als wäre er zweihundert Jahre alt. Aus dem Medizinschränkchen nahm er eine Packung mit Schmerztabletten und schluckte ein paar. Dann spritzte er sich kaltes Wasser ins Gesicht.

Zumindest fühlte er sich gut genug, um sich später in das kleine, sonnige Büro neben seinem Schlafzimmer zu setzen, wo er ein paar neue Illustrationen für Gingers Buch anfertigen wollte.

„Guten Morgen Dad", sagte Leo, der in der offenen Badezimmertür erschien. „Ich bin fertig."

„Ach ja? Wofür?"

„Um am Strand zu joggen, wie du es versprochen hast."

Jack stützte sich auf dem Waschbecken ab. „Richtig. Was das angeht …"

„Ich habe sogar die neuen Laufschuhe an, die du mir gekauft hast. Siehst du?" Leo lief auf der Stelle. „Ich wette, jetzt bin ich schneller als Samantha."

Jack schenkte ihm ein müdes Lächeln. „Ich bin nach gestern ziemlich geschafft. Wie wäre es, wenn wir das auf nächste Woche verschieben?"

Leos Enthusiasmus löste sich in Luft auf, und seine Miene fiel in sich zusammen. „Aber Samantha und ihr Dad erwarten uns am Strand. Wir werden zu spät kommen, wenn wir jetzt nicht losgehen."

„Sorry, das hatte ich ganz vergessen", sagte Jack schnell. Er war Samanthas Vater zu großem Dank verpflichtet, weil er sich all die Jahre um Leo gekümmert hatte – bevor Vanessa Jack angerufen hatte, um ihn in Leos Leben einzuladen. Doch wichtiger noch, er wollte Leo nicht enttäuschen.

„Gib mir eine Minute, um mir etwas anzuziehen", bat er und humpelte in sein Schlafzimmer zurück.

„Warum gehst du so komisch?", fragte Leo.

„Ich bin alt – also älter als du. Manchmal gehen Menschen meines Alters am Morgen so."

Leo verzog das Gesicht. „Das sieht unangenehm aus."

Jack streckte und dehnte sich, um seine Muskeln zu lockern. „In ein paar Minuten geht es bestimmt wieder."

Leo zog skeptisch die Augenbrauen zusammen. „Das hoffe ich."

„Putz dir die Zähne", sagte Jack und zerzauste seinem Sohn die Haare. „In fünf Minuten verlassen wir das Haus."

„Super!" Leo grinste breit.

Jack zog sich ein altes Sweatshirt über sein T-Shirt und schlüpfte in eine warme Jogginghose. Morgens war es jetzt empfindlich kühl, doch gegen Mittag brach die Sonne durch und verbreitete am Nachmittag für ein paar Stunden angenehme Wärme. Der Winter war nicht mehr weit.

Als er in New York gelebt hatte, hatte er es geliebt, der Stadt im Winter zu entfliehen, um lange Spaziergänge an der kalten, windgepeitschten Küste von New England zu unternehmen. Manchmal war er dabei in leichten Schneeregen gekommen, aber das hatte ihm nichts ausgemacht, weil die Luft so kühl und erfrischend gewesen war und die Großstadthektik in seinem Kopf beruhigt hatte.

„Bist du so weit, Leo?" Jack pfiff nach Scout und ging zur Haustür.

Der schlaksige Golden Retriever kam um die Ecke gerannt und schlitterte über den Parkettfußboden. Lachend streckte Jack eine Hand aus und kraulte ihn hinter den Ohren. „Hey mein Junge. Wollen wir an den Strand gehen?"

Scout richtete die Ohren auf und setzte sich. Sein Schwanz klopfte auf den Boden, während er darauf wartete, dass Jack ihn anleinte. Am Hundestrand ließ Jack ihn gerne frei laufen, doch am Hauptstrand gab es für Scout viel zu viele Ablenkungen. Und das Letzte, was Jack heute tun wollte, war, zu versuchen, einen nassen, außer Kontrolle geratenen Hund einzufangen.

Er öffnete die Tür, und Leo hüpfte an ihm vorbei und die Stufen hinunter. Sobald sie am Strand ankamen, winkte John ihnen, und Leo lief auf Samantha zu.

Trotz seiner brennenden Muskeln gelang es Jack, locker neben John herzujoggen.

„Wie fühlst du dich heute früh?", fragte John.

„Nicht allzu schlecht." Jack hasst es, Schwäche zuzugeben.

John grinste. „Wenn ich gestern so ein verrücktes Tempo vorgelegt hätte, würde ich dafür heute bezahlen."

Jack stieß den Atem aus und warf John einen verlegenen Blick zu. „Ist es so offensichtlich?"

„Wir können es langsam angehen, bis deine Muskeln sich aufgewärmt haben." John verlangsamte das Tempo, während die Kinder vorausliefen. „In ein paar Minuten haben wir die beiden wieder eingeholt. Solange wir sie sehen können, ist alles gut."

Scout zog an der Leine. „Ganz ruhig, mein Junge", keuchte Jack. „Bei Fuß, oder so."

Auch wenn er nicht in der gleichen Verfassung war wie John oder Bürgermeister Bennet, war er doch auf einem guten Weg. Endlich hatte sein Verlangen nach einer Zigarette nachgelassen, wobei er beim ersten Hauch von Zigarettenrauch immer noch einen pawlowschen Reflex verspürte.

Scout sah ihn an, als würde er lachen, hatte dann aber Mitleid mit ihm und lief langsamer neben ihm her.

John lachte. „Das wird dir eine Lehre sein, es mit einem Marine aufzunehmen."

„Ich weiß nicht, wovon du redest."

„Dann bist du der Einzige in Summer Beach. Ich habe gehört, die Chancen haben sich gestern zu deinen Gunsten verschoben. Ich habe möglicherweise auch ein paar Dollar auf dich gesetzt. Aber kein Druck, Kumpel."

Jack schüttelte den Kopf. „Was für ein Ort ist das hier, in dem Menschen so etwas tun?"

„Es ist eine Kleinstadt, Jack. Genau wie die, in der ich aufgewachsen bin. Deshalb verstehe ich das. Es ist gut, dass wir den Kindern immer noch so eine Kindheit bieten können. Meine Beratungsfirma ist sogar gewachsen, seitdem wir hierhergezogen sind. Und seitdem ich nicht mehr so viel Zeit in Meetings verplempere, bin ich wesentlich produktiver." Er grinste. „In kleinen Orten wird getratscht. Gewöhn dich besser daran."

„Ich bin selbst ein Farmjunge." Jack atmete schwer. „Trotzdem habe ich mich an die Anonymität in New York gewöhnt. Ich hatte meine Orte in der Nachbarschaft, aber es war leicht, mal für eine Weile unterzutauchen. Ich bin damals viel gereist. Aber ich hatte auch nichts, was mich gehalten hätte. Leo zu haben gefällt mir."

„So ging es mir in Los Angeles auch", sagte John. „Und mit Leo läuft es gut?"

„Ziemlich gut", antwortete Jack. „Er hat hier schnell Anschluss gefunden."

„Das freut uns." John nickte. „Unter uns: Denise und ich waren überrascht, dass du bereit warst, dich um Leo zu kümmern. Das hätten nicht viele Männer getan." Er zögerte. „Hast du in letzter Zeit mit Vanessa gesprochen?"

„Ja. Die neue, experimentelle Behandlung wirkt Wunder. Sie sieht gut aus."

„Ja, was das angeht …"

Alarmiert verlangsamte Jack das Tempo. „Ist etwas passiert?" Vanessa war nicht nur die Mutter seines Sohnes, sondern er zählte sie auch zu seinen engen Freunden. Er betete, dass ihre Krankheit nicht zurückgekehrt war.

„Nicht was du denkst", versicherte John schnell. „Aber

ich dachte, ich sollte dich vielleicht auf eine neue Entwicklung vorbereiten."

Jack spürte, wie seine Schultermuskeln sich verkrampften. Er wusste, dass John ehrlich zu ihm sein würde. „Was für eine?"

„Das Forscherteam in Europa ist von Vanessas Ergebnissen so beeindruckt, sie wollen, dass sie von ihren Erfahrungen berichtet."

„Das ist eine gute Idee."

„Sie haben sie gebeten, nach Zürich zu kommen."

„Ich bin immer bereit, mich um Leo zu kümmern."

„Aber es ist schon bald. Noch vor Weihnachten und bis nach Neujahr. Sie will Leo in die Schweiz mitnehmen."

Jack seufzte. „Leo wird arg enttäuscht sein, wenn er bei dem Theaterstück nicht mitmachen kann."

„Ich weiß." John klang unbehaglich. „Aber die Sache ist die … Sie könnten für lange Zeit wegbleiben."

Etwas in seiner Stimme brachte Jack dazu, zu sagen: „Sag mir nicht, dass sie dortbleiben will."

John wandte den Blick ab. Ihm schienen die Worte zu fehlen.

„Du machst Witze, oder?" Jack wartete auf eine Antwort, doch John schüttelte nur den Kopf. „Das kann sie nicht machen." Bei der Vorstellung, Leo nicht mehr jeden Tag zu sehen, fiel Jack das Atmen schwer.

„Denk daran, wie viel kostbare Zeit Vanessa noch bleibt", sagte John. „Vielleicht hat sie eine normale Lebenserwartung, aber das weiß man erst, wenn weitere Untersuchungen durchgeführt wurden."

Sofort fühlte Jack sich wegen seiner egoistischen Gedanken schuldig. Er hatte vermutlich noch wesentlich mehr Jahre mit Leo als sie, auch wenn er hoffte, dass er sich damit irrte. „Muss sie für die Behandlung in der Nähe bleiben?"

John atmete tief ein. „Das ist es nicht. Vanessa hat mit

einem der Forscher gesprochen, einem Dr. Noah Hess, der ein sehr bekannter Arzt und Wissenschaftler ist. Sie telefonieren sogar mehrmals am Tag miteinander. Er und sein Team haben sich mit Vanessa in Los Angeles getroffen, und als wir sie das letzte Mal dorthin gefahren haben, haben wir mit ihr und Noah zu Abend gegessen." Er zögerte. „Ich glaube, sie ist verliebt, Jack. Deshalb hat sie vor, wegzuziehen."

„O mein Gott." Jack fuhr sich mit der Hand durch die Haare. Das hatte er nicht kommen sehen. „Ich bin froh, dass Vanessa jemanden gefunden hat, aber Leo und ich habe gerade erst eine Verbindung zueinander aufgebaut. Wir haben noch einen langen Weg vor uns." Verbitterung und Betroffenheit wallten in ihm auf. „Ich habe mein ganzes Leben für Leo geändert. Und das habe ich gern getan."

„Das weiß sie. Deshalb weiß sie ja auch nicht, wie sie es dir sagen soll."

„Wow. Da habe ich wirklich nicht kommen sehen." Jack fühlte sich, als hätte ihm jemand in den Magen geboxt. „Kann sie nicht bis nach Weihnachten warten?"

„Noah will sie seinen Kindern vorstellen. Die sind schon erwachsen, aber soweit ich es verstanden habe, hat er sie gebeten, zu ihm zu fliegen, um Vanessa und Leo kennenzulernen."

„Das klingt ernst. Ich dachte immer, dass Vanessa nicht heiraten will."

„Vielleicht nicht, aber wie es aussieht, möchte sie eine Beziehung haben", sagte John. „Und nach allem, was sie durchgemacht hat, sollten wir uns für sie freuen und sie gehen lassen." Er räusperte sich. „Das ist für Denise auch nicht leicht. Die beiden sind seit Jahren beste Freundinnen. Wir sind für sie hierhergezogen. Versteh mich nicht falsch, ich bin froh, dass wir das getan haben, aber sie wird Denise schmerzhaft fehlen. Und Samantha wird es das Herz brechen, Leo zu verlieren."

„Die armen Kinder", sagte Jack und dachte an Leo. „Sie sind durch das alles wirklich zusammengewachsen."

John schüttelte den Kopf. „Du hast ja keine Ahnung. Sie sind zusammen aufgewachsen, deshalb sind sie eher wie Geschwister."

Vanessa hatte ein Anrecht auf ein eigenes Leben, aber Jack konnte sich nicht mehr vorstellen, ohne Leo zu sein. Er blinzelte hart, während er die Information verarbeitete. „Wann?"

„Sobald die Ferien beginnen. Vanessa hat es Leo noch nicht gesagt, will es aber diese Woche tun."

Jack wandte sich dem Meer zu. Die kalten Tropfen der Gischt trafen seine Wangen wie Nadelstiche. „Leo kann bis dahin noch bei dem Stück mitmachen. Und Kai kann derweil einen anderen Jungen als Ersatz anlernen. Wir brauchen diese gemeinsame Zeit, John."

„Ich werde es Vanessa gegenüber erwähnen. Aber du solltest auch mit ihr reden. Lass mich wissen, wann, dann kümmern Denise und ich uns um Leo, damit ihr ungestört seid."

Jack schlug mit John ein. „Vielen Dank."

Leo und Samantha hatten inzwischen umgedreht und kamen zu ihnen zurückgelaufen. Als sie bei ihnen ankamen, stürzte Leo sich in Jacks Arme.

Jack schwang ihn herum und umarmte ihn dann fest, während er versuchte, sich vorzustellen, was er ohne seinen Sohn tun würde.

Doch so weit musste es nicht kommen. Jack könnte mit Leo nach Zürich gehen und dort eine Arbeit finden. Vielleicht könnte er die Arbeit mit Ginger auch übers Internet weiterführen.

Dann fiel im Marina ein, und er fühlte sich hin und her gerissen. Das Gewicht einer verlorenen Gelegenheit drückte schwer auf sein Herz. Er hatte geglaubt, dass er und Marina noch ausreichend Zeit vor sich hatten.

Jack setzte Leo ab und zog ihn in die Arme. „Ich hab dich lieb, mein Großer."

Sein Sohn schaute strahlend zu ihm hoch. „Ich dich auch, Dad." Dann flitzten er und Samantha wieder los.

Jack schaute ihnen hinterher und hatte nur einen Gedanken: Das Leben ist nicht fair.

12

„Holt euch die heiß begehrten Eintrittskarten für den Premierenabend in der Muschel, Summer Beaches neuem Amphitheater." Kai stand auf dem Markt und wedelte mit ein paar Karten. Ihre Ohrringe in Form von Tannenbaumkugeln blinkten, und sie trug ein glitzerndes Sweatshirt mit der Aufschrift: *Ein Weihnachtsmärchen … am Strand.*

Marina, die hinter ihr stand, lachte und dachte daran, wie ihre Schwester ihr nach ihrer Ankunft in Summer Beach geholfen hatte, ihre Muffins und Brownies auf dem Markt zu verkaufen.

„In ihrem Aufzug ist sie wahrlich nicht zu übersehen", merkte Brooke an, die gerade dabei war, ihr selbst angebautes Wintergemüse auf der einen Seite des Standes zu arrangieren und Marinas Cranberry-Orangen-Muffins und das Kürbisbrot auf der anderen.

„Warte nur ab, bis sie anfängt zu singen", flüsterte Marina.

„Das habe ich gehört!", sagte Kai. Wie auf Kommando begann sie, einen Song aus *Auntie Mama* zu summen, bevor sie in lautes Singen ausbrach. „Wir brauchen ein wenig

Weihnachtsstimmung …"

Die ersten Marktbesucher hielten inne, um Kai zu lauschen.

„Jetzt", flüsterte Marina, und sie und Brooke begannen, Flyer zu verteilen.

Kai zwinkerte ihnen zu, als sie auf den Höhepunkt des Liedes zusteuerte. Die Besucher und anderen Marktbeschicker brachen in Applaus aus, und Kai verbeugte sich dramatisch und mit einem strahlenden Lächeln. „Kommt zur Premiere unseres Weihnachtsstücks. Noch sind Eintrittskarten vorhanden, aber wie die Milch und die Kekse für den Weihnachtsmann gehen sie schnell weg."

„Wo wir gerade davon sprechen", verkündete Marina. „Mit jeder Eintrittskarte gibt es Kekse: weiße Schokolade mit Makadamianüssen und Cranberrys. Ein Favorit im Coral Café. Und vergesst auch nicht, eure Picknickboxen für die Aufführungen in der Muschel zu reservieren."

Ein junges Paar trat an ihren Stand. „Ist die Show für Kinder geeignet?", fragte die Frau.

„Auf jeden Fall", antwortete Kai. „Ich habe das Stück mit Kindern im Hinterkopf geschrieben, und viele der Kinder und Jugendlichen aus Summer Beach treten in dem Stück auf. Am Ende jeder Show gibt es außerdem einen besonderen Gastauftritt." Sie legte eine Hand an den Mund, als würde sie ein Geheimnis verraten. „Er trägt einen roten Anzug, und sein Name fängt mit W an."

„Das klingt nach einem großen Spaß", sagte die Frau zu ihrem Mann. „Für welche Tage gibt es noch Karten?"

„Das kann Marina beantworten", sagte Kai fröhlich.

„Sehr gern", sagte Marina. „Hätten Sie gerne Karten für die Premiere? Ich glaube, da sind noch ein paar gute Plätze frei." Sie nahm den Kalender heraus.

Nachdem sich das Paar auf ein Datum geeinigt hatte, fragten sie nach den Picknickboxen.

Marina zeigte zu den Fotos, die sie davon gemacht hatte.

Es gab sogar Versionen für Vegetarier, für Menschen mit Glutenintoleranz und für Diabetiker.

„Unsere beliebteste Box enthält Truthahnsandwiches mit Cranberry-Relish, dazu hausgemachte Pommes frites aus Süßkartoffeln, kalten Brokkolisalat und Kürbisbrot mit oder ohne in Rum getränkten Rosinen." Sie wies auf die verschiedenen Alternativen und reichte dem Paar eine ausgedruckte Übersicht.

„Das klingt köstlich und ist vermutlich besser als alles, was wir zusammenstellen könnten", sagte der Mann. „Lass uns eine bestellen."

„Gerne. Meine Schwester Brooke kümmert sich darum." Marina nahm ein paar Kekse und legte sie auf eine Serviette. „Vielen Dank – und viel Spaß bei der Show."

Sie wandte sich an Kai und klatschte in die Hände. „Zugabe, Zugabe."

Kai neigte den Kopf. „Mit Vergnügen."

Während sie die Anwesenden mit „*It's Beginning to Look a Lot Like Christmas*" unterhielt, verkauften Marina und Brooke Eintrittskarten und nahmen Bestellungen für die Picknickboxen entgegen.

Bald schon hatte sich eine große Menschenmenge auf dem Markt versammelt, und Marina sah Jack und Leo am Rand stehen. Leo beobachtete Kai mit offener Bewunderung und drängte sich dann mit Jack und Scout im Schlepptau durch die Menschen. Er war ein so bezaubernder Junge, und es brachte ihm unglaublich viel Spaß, als Tiny Tim auf der Bühne zu stehen. Marina winkte ihn mit einer Geste zu sich.

„Bist du schon aufgeregt?", fragte sie und gab ihm einen Keks auf einer Serviette.

Leo nickte enthusiastisch. „Das ist das Beste, das mir je passiert ist. Abgesehen davon, einen Dad zu bekommen."

Jack legte einen Arm um Leos Schultern und ging neben

ihm in die Knie. „Du wirst das super machen, Kumpel. Das ist eine Show, die wir nie vergessen werden."

Etwas an der Art, wie er seine Wange an Leos presste, zupfte an Marinas Herzen. Dennoch wirkte Jack auf seltsame Weise traurig. Als Leo sich umdrehte, um wieder Kai zu bewundern, blieb Jack neben ihm stehen, eine Hand auf Leos Schulter gelegt, und beobachtete seinen Sohn anstatt der Künstlerin.

Es war schwer zu glauben, dass dies derselbe Mann war, der im Theater versucht hatte, schneller und mehr Requisiten zu bauen als Cole. Etwas in ihm hatte sich verändert. Marina fragte sich, ob es Vanessa schlechter ging. Vielleicht wappnete er sich dafür, sich allein um Leo kümmern zu müssen.

Bevor sie wusste, was sie da tat, streckte sie eine Hand zu ihm aus und fragte leise: „Jack, ist alles in Ordnung?"

Er nahm ihre Hand und schaute Marina in die Augen, als würde er sie zum ersten Mal sehen. Sein Blick enthielt eine Mischung aus Liebe, Anerkennung und Bedauern und überraschte sie mit seiner Intensität.

„Ich habe viele Fehler begangen", fing er mit vor Emotionen rauer Stimme an. „Aber in meiner Zuneigung für dich habe ich nie gewankt."

„Jack, du musst dich nicht erklären."

„Doch, das muss ich." Er hielt ihre Hand immer noch fest. „Darf ich dich an deinem freien Abend ausführen?"

Marina versuchte, sich nicht anmerken zu lassen, dass ihr Herz sich bei diesen Worten zusammenzog. „Ich glaube, wir wissen beide, dass es dafür zu spät ist."

„Dann auf einen Spaziergang am Strand", sagte er schnell. „So wie früher. Ich muss mit dir über etwas reden." Seine Wangen röteten sich. „Es wird nicht lange dauern. Ich will mich nicht zwischen dich und Cole drängen."

Irgendwie musste Marina die Intensität dieser verwirrenden Situation brechen. Sie wandte den Blick ab und zog ihre Hand zurück. „Es tut mir leid, aber ich habe wirklich viel zu tun."

„Nur ein paar Minuten. Bitte?"

Nie hatte Jack sie um etwas gebeten, und es war verstörend. Er wirkte so verletzlich. Brooke fing ihren Blick auf und nickte leicht.

Marina konnte nicht glauben, dass sie das hier tat, aber sie sah Jack wieder an und sagte: „Wir können uns heute Nachmittag treffen." Sie nannte ihm eine Uhrzeit.

Erleichterung huschte über seine Miene. „Wie wäre es an dem großen Felsen in der Nähe des Coral Cottages? Du weißt, welchen ich meine?"

„Ja. Wir sehen uns dort." Marina und ihre Schwestern hatten als Kinder immer ein Spiel gespielt, dass sie *Königin des Meeres* genannt hatten. Dabei hatten sie sich ein Rennen geliefert, wer diesen Felsen als Erste erklimmen konnte. Sie hatten sich eine Geschichte ausgedacht, dass der Felsen von der Königin der Meerjungfrauen aus dem Meer an Land gebracht worden war, damit sie von dort aus den Strand überwachen konnte.

Kai war mit ihrem Lied fertig, und Applaus hallte durch die Luft. Sie streckte Leo die Hände entgegen. „Und hier ist einer der Stars unserer Show: Leo Ventana. Einen Applaus für unseren Tiny Tim. Leo, verbeug dich."

Leo sah aus, als würde er vor Aufregung platzen, als er sich ein paar Mal verbeugte. „Ich hoffe, ihr kommt alle zur Show", sagte er winkend. „Das wird so ein Spaß. Auch für euch."

Alle lachten, und Leo genoss es offensichtlich, das Scheinwerferlicht mit Kai zu teilen. Aber Marinas Aufmerksamkeit ruhte auf Jack. In seinen Augen lag ein bittersüßer Ausdruck, und er strich mit der Hand über Leos Schultern, als könnte er ihn jeden Augenblick verlieren.

Brooke beugte sich zu ihr. „Was ist mit Jack los?"

Marina beobachtete ihn weiter. „Ich habe keine Ahnung, aber er hat sich verändert."

„Vielleicht ist er bereit, sich Cole geschlagen zu geben."

„Sag mir nicht, dass du auch gewettet hast."

Brooke schüttelte den Kopf. „Ich wette immer nur auf dich."

„Cole ist nur ein guter Freund." Der Gedanke machte Marina traurig, aber sie erkannte, dass Brooke vielleicht recht hatte. Sie sollte sich wirklich mit Jack treffen.

„Du bist die Einzige, die das glaubt." Brooke zog eine Augenbraue in die Höhe. „Cole ist ein guter Mann. Viele Frauen beobachten, was zwischen euch beiden passiert."

„Wirklich, Brooke. So ist das nicht."

„Ich sehe, wie er dich anschaut."

„Die Eintrittskarten für die Show bekommt ihr hier", sagte Kai und wirbelte herum, um auf Marina und Brooke zu zeigen. Schnell schüttelte Marina alle Gedanken an Jack und Cole ab, schaute Jack jedoch trotzdem hinterher, als er mit Leo und Scout davonging. Selbst der Hund wirkte bedrückt.

Als der Markt schloss, machte Brooke die Kasse. Sie hatten alles Gemüse und Marinas Backwaren verkauft, und auch die Verkäufe von Eintrittskarten und Picknickboxen waren beeindruckend.

„Wir hatten einen großartigen Tag", sagte Brooke.

„Das haben wir Kais Feenstaub zu verdanken", erwiderte Marina. Sie wickelte die letzten beiden Kekse in eine Serviette. „Ich bringe die eben zu Cookie O'Toole. Bin gleich wieder da."

Als Marina über den sich leerenden Markt ging, sah sie Cole mit dem Handy am Ohr am Rand stehen. Sie musste mit ihm reden, wollte aber nicht lauschen, also wartete sie in der Nähe.

„Es ist auch schön, mit dir zu reden, Babs", sagte er.

Bei diesen Worten stellte sie die Ohren auf. Erst gestern

hatte sie mit Babs gesprochen. Es war schön gewesen, sich auf den neuesten Stand zu bringen und über ihre Eskapaden der Vergangenheit zu lachen. Marina hatte erwähnt, dass Cole auf seiner Reise in Summer Beach Halt gemacht hatte, wollte aber nicht den Eindruck erwecken, dass da mehr als Freundschaft zwischen ihnen war. Dennoch musste sie zugeben, dass ihr Respekt für ihn wuchs. Obwohl Jack ihn beim Kulissenbau knapp geschlagen hatte, hatte er die Niederlage mit Anmut gehandhabt.

Wenn sie jedoch ehrlich war, vermisste sie Jacks Witz und Intelligenz. Es wäre gut, mit ihm zu reden, dachte sie und war froh, dass Brooke sie zu dem Treffen ermutigt hatte.

Die Vorstellung, ein Preis zu sein, gefiel ihr nicht, aber ihre Großmutter würde ihr sagen, sie solle stolz darauf sein. Gingers Worte von vor ein paar Tagen gingen ihr durch den Kopf: *Eines Tages werden die Leute dich nicht mehr so ansehen, wie sie es einst getan haben.* Noch immer sträubte sie sich dagegen, denn sie hatte ihr Leben lang hart dafür gearbeitet, für ihre Fähigkeiten und nicht für ihr Aussehen anerkannt zu werden.

Während sie wartete, konnte sie nicht genau hören, was Cole sagte, aber sein Tonfall verriet ihr, dass er die Unterhaltung genoss. Sie hatte gedacht, dass die Trennung von Babs ihn zerstört hatte. Aber vielleicht hatte Babs am Ende dafür bezahlen müssen. Marina war sich nicht sicher, doch als sie Babs nach ihrem neuen Ehemann gefragt hatte, hatte sie das Thema gewechselt. Und zwar nicht nur einmal, sondern zweimal.

Und obwohl es Jahre her war, dass Marina ihre Freundin zuletzt gesehen hatte, kannte sie sie doch gut und hatte das Gefühl, dass Babs in ihrer Ehe nicht glücklich war. Vielleicht bereute sie es sogar.

Cole legte auf und steckte sein Handy weg, bevor er sich

umdrehte. „Marina, ich habe dich gar nicht gesehen", sagte er überrascht.

„Ich kam gerade zufällig hier vorbei."

„Das war Babs. Sie wollte mich wissen lassen, dass ihr beide miteinander gesprochen habt."

„Wir waren gute Freundinnen, und ich wollte mal wieder hören, wie es ihr geht", sagte Marina.

Cole wirkte peinlich berührt – als wäre er bei etwas erwischt worden. „Ich dachte nur, dass es ein wenig unangenehm sein könnte."

„Wir sind alle gute Freunde, Cole. Daran hat sich nichts geändert. Außer, dass Stan nicht mehr da ist."

Während sie das sagte, erkannte Marina, dass sich für Cole doch etwas geändert hatte. Sie war sich nur nicht sicher, was.

13

„*Deck the halls with boughs of holly …*" Kais Stimme begrüßte Marina, als sie das Coral Cottage betrat. An der Tür hing ein Zettel, auf dem in Kais Handschrift stand: *Kostümprobe hier. Kommt rein!*

„Hallo alle", sagte Marina und zog ihren dunkelblauen Anorak aus und hängte ihn an den Garderobenständer neben er Tür. Unter ihrer Kochjacke hatte sie für die Mittagsschicht einen leichten, blau-weiß-gestreiften Pullover getragen. Hier im Cottage fiel Sonnenlicht durch die Fenster. In der Luft lagen ein kühler Hauch und Festtagsstimmung, während die Vorbereitungen für die Premiere in vollem Gange waren.

„Wie war die Mittagsschicht im Café?", fragte Kai.

„Ziemlich gut. Heather hat das super gemacht, aber die Gäste haben nach dir gefragt."

„Ah, das ist lieb. Aber sie werden die Show lieben", sagte Kai. „Wo sind meine Schauspieler?", rief sie.

Axe und Jack betraten den Raum in ihren Kostümen.

„Bitte einmal langsam im Kreis drehen, damit ich euch von allen Seiten sehen kann", bat Kai.

Leo und Samantha beobachteten das Ganze aus großen

Augen vom Sofa aus.

Am Vorabend hatte Marina ihrer Schwester geholfen, Kais Zimmer in eine Garderobe für die Schauspielerinnen und Gingers Büro in eine für die Schauspieler zu verwandeln. Sie wusste, dass Kai den ganzen Tag beschäftigt wäre.

„Es riecht hier so gut", sagte sie und musterte Jack. Aus der Küche kam der köstliche Duft von heißem Apfelcidre. Den hatte sie – nach einem Rezept ihrer Großmutter – auch auf die Speisekarte ihres Cafés gesetzt, genauso wie ihre Cranberry-Orangen-Muffins. Die Gäste liebten die saisonalen Spezialitäten des Coral Cafés.

„Ginger ist in der Küche", sagte Kai. „Wir sind hier schon in totaler Festtagsstimmung."

Sie fing an, Fotos von Jack und Axe in ihren Kostümen zu machen. Als künstlerische Direktorin und Mädchen für alles hatte sie sich heute entsprechend gekleidet und trug einen schwarzen Pullover zu schwarzen Leggins. Ihre dicken, rotblonden Haare hatte sie hastig zu einem Pferdeschwanz zusammengebunden. Jetzt hielt sie kurz inne, um die beiden Männer noch einmal genau zu mustern, während die sich vor ihr im Kreis drehten.

Jack in seiner Rolle des überarbeiteten Bob Cratchit trug einen alten Hoodie und abgetretene Turnschuhe – seine eigenen, wie Marina wusste. Axe als geiziger Ebenezer Scrooge war mit einem tristen braunen Jackett und einer schäbigen Khakihose bekleidet.

„Pah, Humbug", bellte Axe und stemmte mit grimmiger Miene die Fäuste in die Hüften.

Kai lachte. „Ich denke, das hast du drauf. Aber Jack, deine Kleidung muss noch ein wenig abgearbeiteter aussehen. Was dich angeht, Axe: Ich glaube, wir haben noch was Besseres als dieses Jackett. Ich werde später ein paar Ideen skizzieren, damit du siehst, was mir vorschwebt."

Marina spürte Jacks Blick auf sich. Den Spaziergang am Vortag hatte sie in letzter Minute absagen müssen, weil ein

Lieferant gekommen war, mit dem sie dringend hatte reden müssen. Danach hatte Jack seinen Sohn von der Schule abholen müssen, deshalb hatten sie ihr Treffen vertagt. Sie konnte sich nicht vorstellen, was er so Wichtiges mit ihr besprechen wollte, aber sie nahm an, dass es etwas mit Leo zu tun hatte. Immerhin war das zwischen Jack und ihr vorbei.

Ginger tauchte an der Küchentür auf. Sie trug eine Schürze, auf die *Aus der Küche von Frau Weihnachtsmann* aufgestickt war, dazu cremefarbene Cordhosen und einen roten Kaschmirpullover. „Möchtet ihr einen Becher heißen Apfelcidre?"

„Das klingt köstlich." Marina rieb sich die Hände. Im Winter wärmte die Sonne den Strand nur nachmittags für wenige Stunden und im Cottage konnte es ein wenig zugig sein. „Soll ich ein Feuer machen, um die Kälte zu vertreiben?", fragte sie, weil sie sich in Jacks Gegenwart dringend mit irgendetwas ablenken musste.

„Gern", antwortete Kai. „Es ist hier ein wenig frisch."

Marina kniete sich vor den Ofen und legte ein paar Zweige hinein, die sie im Garten gesammelt hatten. Dann stapelte sie das Feuerholz. Nachdem sie es entzündet hatte und die ersten Flammen aufstiegen, drehte sie sich um und sah, dass Jack sie beobachtete.

In dem Moment tauchte Leilani hinter Jack im Flur auf. Sie trug das rote Kleid mit den weißen Punkten, das sie auf Gingers Dachboden gefunden hatten.

„Wow, du siehst umwerfend aus, Leilani", sagte Marina und wandte schnell den Blick von Jack ab. Obwohl sie höflich war und ihn behandelte wie alle anderen hier, spürte sie die Spannung zwischen ihm und sich.

Oder bildete sie sich die nur ein? Sie fächelte sich Luft zu. „Das Feuer wird es hier schnell gemütlich warm machen."

Kai nahm ihren Stift und macht sich ein paar Notizen in

einem Notizbuch. „Jack, ich würde dich gerne in dem roten Jackett sehen. Ich will gucken, wie es mit Leilani – Mrs. Cratchit – zusammen für das Weihnachtsessen im Hause der Familie aussieht."

„Kann ich bei irgendetwas helfen?", bot Marina an. Kais Organisation beeindruckte sie. Ihre Schwester war eigentlich mehr ein Freigeist, und Marina hatte sie bisher nur auf der Bühne in ihrem professionellen Element gesehen. Die Rolle als Managerin war für Kai neu, und Marina war froh, zu sehen, wie ernst sie sie nahm – und wie sehr sie dabei aufblühte.

Kai wirkte erleichtert über ihr Angebot. „Würdest du Fotos von den Kostümen machen? Das würde mir viel Zeit einsparen. Ich muss dafür sorgen, dass die Änderungen richtig gemacht werden." Kai zeigte auf die Frau, die mit Leilani zusammen hereingekommen war. „Könnt ihr beide herkommen, während Jack sich umzieht?"

„Das ist so aufregend. Und ich liebe dieses Kleid." Leilani drehte sich einmal um die eigene Achse, wobei der Rock des Kleides durch die Luft wirbelte.

„Darin wirst du auf der Bühne fabelhaft aussehen", versicherte Kai ihr. Sie zupfte an der Schulterpartie des Kleides und wandte sich an Louise, die für die Kostüme zuständig war. Ihr gehörte die *Laundry Basket*-Reinigung im Ort. „Ginger ist größer, und die Schultern stehen ein wenig ab. Meinst du, wir können sie so ändern, dass sie besser sitzen?"

Louise nickte. Ihre stahlgrauen Haare schimmerten in der Wintersonne, die durch die Fenster des Cottages schien. „Das ist kein Problem. Das Oberteil sitzt allerdings perfekt, und die Länge ist auch genau richtig." Sie zog ein paar Stecknadeln aus dem Kissen, das sie am Handgelenk trug, und begann, die Schulterpartie abzustecken. „Wie ist es jetzt?"

Kai musterte das Kleid. „Dreh dich bitte einmal um,

Leilani."

Samantha beobachtete alles aus großen Augen. „Das ist so, so hübsch. Ich wünschte, ich hätte auch so ein Kleid."

Denise, die neben ihr auf dem Sofa saß, schaute zu Louise. „Meinst du, du könntest meiner Tochter so ein Kleid nähen?"

„Nur zu gerne", sagte Louise. „Ich habe ihre Maße und kann dieses Kleid hier als Vorlage für ein Schnittmuster nehmen. Das wäre für die Feiertage besonders süß, vor allem mit einem kleinen Cape aus Kunstpelz. Das könnte ich auch machen."

„Das klingt bezaubernd", sagte Denise. „Wir haben dieses Jahr einige besondere Veranstaltungen."

„Danke Mom." Samantha strahlte aufgeregt, während Louise sich mit Schneiderkreide ein paar Markierungen auf dem Kleid machte.

„Wie wäre es mit einem Cape für dieses Kleid?", fragte sie an Kai gewandt. „Während der abendlichen Aufführungen wird es ziemlich frisch werden."

„Dafür wäre ich sehr dankbar", sagte Leilani und zitterte ein wenig.

Kai überlegte. „Ich ziehe den Look ohne Cape vor, aber da wir nicht in einem beheizten Theater auftreten, sollten wir das vermutlich so machen. Ich will nicht, dass sich meine Schauspieler eine Lungenentzündung einfangen."

„Ein dünnes Wollcape könnte perfekt zu dem Kleid passen und würde nicht sonderlich auftragen", sagte Louise. „Ich glaube, ich habe eines, das ich spenden könnte."

„Das ist aber nicht zu schick, oder?", fragte Kai. „Die Cratchits sind nicht reich."

„Nein, es sollte gut zu ihnen passen", sagte Louise.

Kurz darauf tauchte Jack in schwarzer Hose, weißem Hemd und dem cranberryroten Dinnerjackett von Marinas und Kais Großvater auf.

Bei seinem Anblick musste Marina tief durchatmen. Das

Jackett passte wie angegossen.

„Bravo", sagte Ginger, die in diesem Moment aus der Küche kam und Marina einen Becher mit heißem Cidre reichte. „Bertrand wäre stolz, wenn er dich so sehen könnte. Ich hatte mir gedacht, dass ihr beinahe dieselbe Größe habt. Breitschultrige Männer haben mir schon immer gefallen."

Marina wärmte sich die Hände an dem Becher und lächelte über Gingers Kommentar. Wobei sie zugeben musste, dass Jack wirklich gut aussah.

Als hätte Kai ihre Gedanken gelesen, sagte sie: „Vielleicht ist das für Cratchit zu schick."

Jack strich mit den Fingern über einen Ärmel. „Würde meine Rolle nicht ein gutes Jackett für die Festtage aufbewahren?"

„Wie wäre es mit einem leicht abgetragenen Strickschal dazu?", schlug Marina vor. „Das ist nicht gerade Strandkleidung, aber wäre das für die Weihnachtsszene nicht egal? Und Leilani wird umwerfend aussehen."

Jack fing ihren Blick auf und nickte langsam. „Das könnte funktionieren, oder, Kai?"

„Ja, ich glaube, das würde es. Ein grüner Schal. Oder ein schwarzer. Wir gucken mal, was wir auftreiben können. Brillante Idee, Marina." Kai machte sich eine Notiz in ihrem Büchlein. „Wir sollten die Hose und das Hemd gegen etwas Lässigeres austauschen."

„Ich habe ein paar Hosen, die gehen könnten", sagte Jack.

„Bring sie zur nächsten Probe mit." Kai wandte sich an Marina. „Kannst du Fotos von Jack machen? Bitte von allen Seiten."

Etwas unsicher machte Marina Fotos, während Jack sich langsam um die eigene Achse drehte. Ein lässiges Lächeln umspielte seine Lippen. „Okay, erledigt", sagte Marina vermutlich ein wenig zu fröhlich. „Wer ist als Nächstes dran?"

„Jack, stell dich mit Leilani zusammen", wies Kai an und ließ sich auf einen Hocker sinken. „Ich will euch beide zusammen sehen. Gebt euch ganz natürlich."

„Okay." Marina schoss weitere Fotos.

Kai schaute zu Ginger auf. „Mal sehen, wie das Cape, das du vom Dachboden mitgebracht hast, aussieht."

Während sie auf Ginger warteten, suchte Kai nach Outfits für Leo. Sie hatte mehrere Secondhand-Läden durchstöbert, um für ihn und andere Darsteller etwas zu finden. „Zuerst der Flanellpyjama für die Bettszene, und dann die verblichene Jeans und der dicke, cremefarbene Pullover für das Festessen."

„Okay", sagte Leo und lief in die Garderobe für die Männer.

Marina lachte. „Wir sollten alle so enthusiastisch sein wie Leo."

„Er ist so glücklich, dass er bei dem Stück dabei sein kann", sagte Denise. „Und ich weiß, dass Vanessa es lieben wird, ihn auf der Bühne zu sehen, auch wenn es nur für wenige Aufführungen ist."

„Wie bitte?" Kai drehte sich zu ihr um.

„Ich meinte für die wenigen Aufführungen in der Weihnachtszeit", sagte Denise und lief dabei rot an. „Nächstes Jahr ist es vielleicht ein anderer Junge."

Kai legte den Kopf schief. „Mit seiner Liebe fürs Theater glaube ich, dass das hier für Leo gerade erst der Anfang ist. Er ist ein Naturtalent. Vielleicht ist das Vanessa nicht bewusst."

„Dann erwartet sie eine große Überraschung", sagte Denise. „Samantha liebt das Ganze auch."

Etwas kam Marina an dieser Unterhaltung seltsam vor. Es war nicht, *was* Denise sagte, sondern *wie* sie es sagte. Als wäre ihr etwas über die Lippen geschlüpft, das sie nicht vorgehabt hatte, preiszugeben.

Vielleicht bildete sie sich das aber auch nur ein. Als Leo

ins Wohnzimmer zurückkam, machte Marina Fotos von ihm, und er posierte wie für ein echtes Fotoshooting. Sie lachte. Er war wirklich ein Naturtalent. Vielleicht hatte er das von seinem Vater.

Nachdem sie mit Leo fertig waren, hatte Ginger ihren Auftritt. Sie trug ein mit kirschroten Blumen und Palmenwedeln bedrucktes Muumuu, an das Marina sich von Urlaubsfotos erinnerte. Dazu hatte sie den jagdgrünen Umhang vom Dachboden umgelegt. Sie schwebte nahezu königlich in den Raum und posierte.

„Wie findet ihr das für die Erzählerin?" Gingers wohltönende Stimme hallte durch das Zimmer. „Ich kann mir einen passenden Hut dazu anfertigen lassen – vielleicht mit Muscheln und Seesternen besetzt. Ich werde auf einem Hocker sitzen und unsere hochverehrten Zuschauer durch die Aufführung begleiten."

Kai lachte. „Das ist perfekt, Ginger. Du wirst vermutlich allen die Show stehlen."

„Das habe ich vor – auf meine Weise", antwortete Ginger. „Wir alle tun unser Bestes, um das Stück zu einem krachenden Erfolg zu machen."

Kai und Louise fuhren fort, an den Kostümen für die einzelnen Rollen und Szenen zu arbeiten, während immer weitere Schauspieler eintrafen und – nach erfolgter Anprobe – wieder gingen. Für Carol Reston hatte Kai eine private Anprobe in ihrem Haus arrangiert, weil Carol für ihre Rolle ihren eigenen Kleiderschrank räubern wollte.

Marina fragte sich, wie Carols Geist der gegenwärtigen Weihnacht wohl aussehen würde. Aber was auch immer es war, es wäre sicher spektakulär. Sie konnte es kaum erwarten, alle Kostüme bei der Kostümprobe zu sehen.

Nachdem alle gegangen waren, ließ Kai sich aufs Sofa fallen. „Das war heftig. Aber glaubt ihr nicht auch, dass es magisch wird? Ich liebe es, wenn die Kostüme langsam Gestalt annehmen."

„Was soll ich anziehen?", fragte Marina und stieß sie mit dem Knie an. „Ich bin zwar nur Statistin, aber vielleicht habe ich etwas Passendes in meinem Kleiderschrank. Oder ich kann noch mal in Gingers Truhen schauen."

„Oh mein Gott, ich kann nicht glauben, dass ich dich vergessen habe." Kai schlug sich gegen die Stirn. „Jeder Statist ist wichtig, aber du besonders. Wir haben vermutlich viele Strandsachen in den Schränken. Ich habe den anderen gesagt, dass sie dünne Seidenhemden oder lange Unterhosen unter ihren Kostümen anziehen sollen, damit ihnen nicht kalt wird."

Marina ließ sich neben Kai aufs Sofa sinken und lachte. „Mach dir keine Sorgen. Wir finden schon was." Sie legte einen Arm um ihre Schwester. „Was du da machst, ist ziemlich mutig und beeindruckend. Habe ich dir schon gesagt, dass ich dich bewundere?"

Kai lehnte ihren Kopf an Marinas Schulter. „Das von dir zu hören, bedeutet mir viel. Ich weiß, ich war noch klein, als unsere Eltern gestorben sind, aber in Zeiten wie diesen frage ich mich oft, was sie wohl gedacht hätten."

„Sie wären so stolz auf dich", sagte Marina leise und strich Kai übers Haar. „Sie zu verlieren war für uns alle hart, aber Brooke und ich hatten mehr Zeit mit ihnen, deshalb haben wir Erinnerungen, die uns trösten. Ich habe oft gedacht, dass es für dich am schwersten ist, weil du noch so jung warst. Da klaffte auf einmal ein riesiges Loch in deinem Leben und du hattest nur wenig, um deine Trauer zu lindern."

Emotionen wallten in Kais Augen auf, als sie ihre Schwester ansah und ihre Hand nahm. „Ich hatte dich und Brooke und Ginger. Ihr habt euch alle um mich gekümmert. Dafür habe ich meinem Glücksstern immer gedankt."

Marina presste eine Hand auf ihr Herz und blinzelte die Tränen zurück. „Sie sind immer bei uns, und ich weiß, dass sie lächelnd von oben auf dich herabschauen und mit dir abklatschen, wie sie es immer getan haben."

„Daran erinnere ich mich", sagte Kai lächelnd. „Sonst habe ich nicht viele Erinnerungen, aber das sehe ich noch ganz deutlich vor mir." Marina zog sie an sich. „Ich habe die besten Schwestern auf der Welt", flüsterte Kai.

„Lustig, die habe ich auch", sagte Marina und wischte sich über die Augen.

Ginger, die den Umhang an Louise übergeben hatte, die für die Kostüme zuständig war, kehrte ins Wohnzimmer zurück. „Was sollen all die Tränen? Das hier sollte ein glücklicher Moment sein."

„Wir haben gerade über Mom und Dad geredet", sagte Marina. „Und darüber, wie stolz sie auf Kai wären."

„O ja, das wären sie." Ginger legte die Arme um ihre beiden Enkeltöchter. „Ich spüre ihre Anwesenheit oft, aber besonders während der Weihnachtszeit. Sie haben es immer geliebt, für euch alle ein besonderes Fest zu planen. Sie würden dieses Theaterstück lieben, und ich bin mir sicher, dass sie darauf bestanden hätten, mitzumachen."

„Ich bin so dankbar, dass ich eine so tolle Besetzung habe", sagte Kai. „Vor allem Leo. Er wird allen die Show stehlen – selbst dir, Ginger."

„Das tun diese jungen Schlingel immer", sagte Ginger mit einem übertriebenen Schnauben. „Aber im Ernst, er wird einen wundervollen Tiny Tim abgeben."

Marina runzelte die Stirn, weil sie sich an das erinnerte, was Denise gesagt hatte. Noch verstörender als ihre Worte war ihr Verhalten gewesen. Sie schaute zu Kai und fragte sich, ob sie ihren Verdacht mit ihrer Schwester teilen sollte. Aber da Denises Kommentar Kai offenbar nicht gestört hatte, entschied sie sich dagegen.

Kai hatte hier die Leitung inne, und es stand Marina nicht zu, sich einzumischen. Wenn es ein Problem gäbe, würde Kai es sowieso besser lösen, als sie es je könnte.

14

*K*ai klatschte in die Hände. „Alle auf ihre Plätze, bitte. Wir gehen das gesamte Stück einmal durch – bei dieser letzten Kostümprobe gibt es keine Pausen. Und seid vorsichtig mit euren Kostümen. Stellt euch vor, dass heute der Premierenabend ist und ihr fabelhaft sein werdet – so gut wie nie zuvor. Denn heute ist es genauso wie am Eröffnungsabend, nur dass uns dann der große Mann in dem roten Anzug einen Besuch abstatten wird."

Alle jubelten, denn sie waren begeistert von den Kostümen und den Bühnenbildern, die helfen würden, eine magische Weihnachtsstimmung zu zaubern. Marina fragte sich, wen Kai für die Rolle des Weihnachtsmannes gefunden hatte. Das war bislang ein Geheimnis.

In den letzten paar Tagen hatten Kai und Axe die Proben im fertiggestellten Theater abgehalten, und Marina hatte ihnen geholfen. Sie hatte Salate und Sandwiches gebracht und hinter der Bühne Töpfe mit New England Clam Chowder und Shrimp-Suppe auf Wärmeplatten bereitgehalten.

Kai und Axe hatten auch Celias Musikschule mit eingebunden. Jetzt war der kleine Orchestergraben voller junger Musiker, gemischt mit ein paar älteren Einwohnern von Summer Beach, die Axe aus dem Ruhestand herausgelockt hatte. Sie alle saßen schwarz gekleidet auf ihren Plätzen und stimmten ihre Instrumente, während sie aufgeregt darauf warteten, dass die Probe begann.

Die Stimmung war gut, und Marina liebte es, mit den Schauspielern und Helfern hinter der Bühne zu sein. Das hier war eine gemeinschaftliche Anstrengung von Summer Beach, und alle erwarteten, dass das neue Theater mehr Besucher in den Ort locken würde. Marina war bereit für ihre Rolle als Strandsängerin in der ersten Szene. Sie trug einen fließenden Kaftan und darunter ihre wärmende Seidenunterwäsche, sie die immer zum Skifahren anzog.

Brooke war nur zu gern eingesprungen, um die Küche im Coral Café zu übernehmen. Während der Aufführungen würden die Teilzeitkräfte, die Marina angelernt hatte, die letzte Schicht übernehmen, aber je näher die Feiertage rückten und je kühler es ab dem späten Nachmittag wurde, desto weniger Gäste kamen am Abend. Die Leute waren zu sehr damit beschäftigt, Geschenke einzukaufen und Ausflüge zu planen.

Brooke hatte sich auch um die Vorbestellungen für die Picknickboxen gekümmert. Chip würde sie am Theater verteilen, während Brooke neben Marina als Statistin auftreten würde. Sie alle waren hier, um Kai zu unterstützen.

Während die Schauspieler ihre Plätze auf der Bühne einnahmen, beugte Kai sich zu Marina hinüber. „Nach der Generalprobe mit Freunden und Familie haben wir ein paar Tage, um mögliche Fehler auszubügeln. Und für nächste Woche habe ich eine Vorpremiere für Theaterkritiker und Journalisten angesetzt, um Publicity zu generieren."

Marina runzelte die Stirn. „Hältst du das für klug? Die

Kritiker schreiben meist über aufwendige Produktionen und das hier sind hauptsächlich Amateure."

„Carol Reston ist unser Hauptact als unvergleichlicher Geist der gegenwärtigen Weihnacht", antwortete Kai. „Außerdem kriegen sie *moi*", fügte sie mit einer Verbeugung hinzu. „Amateure? Ich glaube nicht. Alle werden ihr Bestes geben. Und außerdem brauchen wir die Presse."

Kai würde den Geist der vergangenen Weihnacht spielen. Dazu trug sie ein schimmerndes, eiszapfenweißes Kleid im Meerjungfrauenstil mit einer Perücke aus langen, silbrig-weißen Haaren, wie Dickens sie im Buch beschrieben hatte. Ihr Make-up war glitzernd weiß mit stahlblau geschminkten Augen, und sie trug eine Krone aus funkelnden Muscheln.

Marina lachte. Kai war heute besonders guter Laune. „Glaubst du wirklich, dass die Schauspieler schon so weit sind?"

„O ja." Kai legte ihr eine Hand auf die Schulter. „Vertrau dem kreativen Prozess – wir haben unsere Hausaufgaben gemacht. Bei der Premiere wird alles wie von Zauberhand zueinanderfinden. Das passiert immer, sobald die Scheinwerfer angehen."

Axe tauchte hinter ihnen auf und schlang seine Arme um Kai. „Das liegt daran, dass unsere furchtlose Regisseurin für uns wie ein strahlender Leuchtturm war und heller scheint als wir alle zusammen."

Kai drehte sich um, schlang die Arme um Axe und gab ihm einen Kuss auf die Wange. „Und da ist der Mann, der alles erst möglich gemacht hat."

Marina beobachtete, wie entspannt Kai und Axe miteinander umgingen. Der große Mann aus Montana mit der tiefen Stimme und den Cowboystiefeln hätte kein größerer Gegensatz zu Dimitri sein können, Kais Ex-Verlobtem. Und doch schien er für Kai ideal zu sein. Sie beide vereinte die tiefe Liebe zum Theater und zum Verbreiten von Freude,

und sie schienen jeweils das Beste in dem anderen hervorzu-
bringen.

Das war genau das, was Summer Beach brauchte.

„Gruppenumarmung", sagte Kai und zog Marina an
sich.

Marina lachte. Sie brauchte das auch. Vielleicht hatte
ihre Schwester recht: Dinge hatten oft eine Art, auf magische Weise zusammen zu kommen. So wie ihr Café.

Natürlich gehörte auch eine ordentliche Portion Arbeit
hinter den Kulissen dazu.

„Die Muschel ist der Beginn eines neuen Vermächtnisses
in Summer Beach", sagte Axe strahlend. „Ich hätte diesen
Traum ohne Kai nie verwirklichen können. Vielleicht habe
ich die Samen gesät, aber sie hat den Sonnenschein
gebracht."

„Und die eine oder andere Regenwolke", sagte Kai
lachend.

„Die braucht die Natur auch", merkte Marina an. Als
Axe einen Kuss auf Kais Stirn setzte, schmolz Marinas
Herz. „Wie sagt man noch, um Glück zu wünschen?" Sie
erinnerte sich nur noch daran, dass es Pech brächte, Schauspielern viel Glück zu wünschen.

„Hals- und Beinbruch", sagten Kai und Axe wie aus
einem Munde.

„Und was bedeutet das?"

„Dazu gibt es verschiedene Theorien", erklärte Axe. „In
der elisabethanischen Zeit haben die Zuschauer mit den
Füßen oder ihren Stühlen auf den Boden getrommelt, um
ihre Begeisterung zu zeigen. Wenn sie den Stuhl hart genug
aufschlugen, konnte es passieren, dass ein Bein abbrach, was
als höchste Anerkennung für ein Stück galt. Andere
schreiben diesen Spruch den alten Griechen zu, und wieder
andere sagen, dass es dabei um die Bezahlung für einen
Auftritt geht. Wo auch immer er herkommt, er ist ein alter
Aberglaube. Wichtig ist nur, dass niemand uns …"

„Pst", unterbrach Kai ihn. „Und was immer du tust, erwähne auch niemals dieses schottische Theaterstück."

Marina legte den Kopf schief. „Du meinst Mac…"

Kai legte ihr eine Hand auf den Mund. „Das nehmen wir tödlich ernst – und ich meine tödlich." Sie wandte sich an Axe. „Es ist an der Zeit. Ab mit dir."

Nach einem weiteren Kuss auf die Wange betrat Axe die Bühne für die erste Szene.

Kai sah ihm lächelnd nach.

„Axe ist ein feiner Kerl", sagte Marina.

„Ja. Er ist der Beste, oder?" Kai seufzte glücklich. „Ich dachte, zusammenzuarbeiten könnte der Todesstoß für unsere Beziehung sein, aber es hat uns noch näher zusammengebracht. Es ist, als würden wir dieselbe Luft atmen, und ich fühle mich mehr wie ich, wenn ich mit ihm zusammen bin." Sie zögerte und senkte die Stimme zu einem Flüstern. „Er könnte wirklich der Eine sein."

„Das würde ich unterstützen", sagte Marina und umarmte ihre Schwester. Sie hielt sehr viel von dem großen Mann mit dem noch größeren Herzen.

„Und was ist mit dir und Cole?" Kai nickte in Richtung von Cole, der auch schon seine Strandkleidung trug und auf der anderen Seite hinter der Bühne wartete.

„Wir werden immer gute Freunde sein", sagte Marina. Und das stimmte. Ob sich aus ihrer Freundschaft mehr entwickeln würde, konnte sie nicht sagen. Doch als sie nun darüber nachdachte, Cole in der Kategorie als Freund zu halten, fragte sie sich, ob sie dann wohl eine Gelegenheit mit einem der besten Männer, die sie kannte, verpasste – abgesehen von Stan, natürlich.

Als sie zur anderen Bühnenseite schaute, sah sie, dass Jack und Leo ihre Plätze in den Kulissen eingenommen hatten. Die beiden grinsten und reckten die Daumen in die Luft.

Marina erwiderte die Geste.

„Ich habe gehört, dass die Chancen wieder zu Coles Gunsten stehen", flüsterte Kai, die alles beobachtet hatte. „Das könnte eine interessante Weihnachtszeit werden."

„Ach komm, nicht du jetzt auch noch." Marina verzog das Gesicht, doch ihr Herz und ihr Kopf waren nicht im Einklang. „Warum können sich nicht alle aus meinem Liebesleben heraushalten?"

„Du gibst also zu, dass du ein Liebesleben hast." Kai lachte leise. „Ich wusste es. Wer ist der Glückliche?" Sie schlug sich gespielt entsetzt die Hand vor den Mund. „Oder sind es gar beide?"

„Du bist unmöglich." Marina lachte den Kommentar weg. Dann klimperte sie mit den Wimpern und sagte: „Ginger sagt, eine Lady genießt und schweigt."

„Das stimmt", bestätigte Ginger, die in diesem Moment mit wehendem Umhang an ihnen vorbeikam. „Aber heute Abend wird diese Lady allen eine fabelhafte Geschichte erzählen."

Ginger ging zu ihrem Platz auf der Bühne und nahm auf dem Hocker Platz. Sie würde so tun, als würde sie die Geschichte aus einem übergroßen Buch vorlesen, das mit *Eine Weihnachtsgeschichte ... am Strand* betitelt war. Doch Ginger hatte darauf bestanden, ihren Part auswendig zu lernen. Jack hatte das Cover gestaltet, genau wie die Poster, die sie verkaufen würden, um Geld für das Theater zu sammeln.

Marina musste zugeben, dass Jack sehr talentiert war. Sie schaute über das Haus hinweg, wie Kai es nannte, auch wenn es nur Bänke unter einem Sternenhimmel waren.

Brookes Mann und andere Männer von der örtlichen Feuerwehr hatten Axes Baucrew geholfen, stabile Bänke für die Zuschauer zu bauen. Die Sitzplätze würden nach und nach professioneller werden, doch das hier war besser, als auf dem kalten Boden zu sitzen. Wie Axe oft sagte, dieses Theater würde Stein für Stein erbaut. Es würde dauern, bis alles so wäre, wie sie es sich vorstellten, aber dafür wussten sie, dass sie alles selbst gemacht hatten.

„Alle auf die Plätze!", rief Kai erneut und klatschte in die Hände. „Los geht`s: Die finale Kostümprobe vor der Premiere." Sie gab den Lichttechnikern ein Zeichen, und die Dirigentin bedeutete ihrem kleinen Orchester, loszulegen.

Marina gesellte sich zu den anderen Statisten, die es alle kaum erwarten konnten, loszulegen.

Und dann entfaltete sich um sie herum die Magie der Weihnachtszeit zu den ersten Tönen von *Little Saint Nick* von den *Beach Boys*, die über das unglaubliche Soundsystem erklangen. Da es sich nicht um das traditionelle Stück handelte, sondern um eines mit Strandthema, hatten Kai und Axe entsprechende Lieder herausgesucht. Dank Carol und Hal hatten sie die Erlaubnis erhalten, diese Lieder zu spielen, aber sie hatten auch einige Texte von älteren Weih-nachtsliedern umgeschrieben, die inzwischen rechtefrei zu benutzen waren.

Marina und die anderen Statisten betraten die Bühne. Sie spielten Familien, die durch den Strandort schlenderten. Mit Lichterketten geschmückte Palmen funkelten über ihnen. Marina lächelte, als sie ihre kleine Rolle spielte.

Als Nächstes fiel das Licht eines Scheinwerfers auf Jack als Bob Cratchit, der in der Kälte zitterte, während er an einem Surfbrett arbeitete. Axe als Scrooge beugte sich über seinen Schreibtisch, um seine Bücher zu studieren.

Ginger fing an zu lesen: „An einem kalten Heiligabend am Strand ist der arme Bob Cratchit dabei, noch spät an den Surfbrettern für *Surfbretter von Scrooge & Marley* zu arbei-ten, während Ebenezer Scrooge sein Geld zählt." Sie zeigte zum leeren Zuschauerraum. „Erlebt mit uns eine magische Zeit, während wir sie auf einer ganz besonderen Weih-nachtsreise begleiten."

Jack schlich in eine Ecke, um noch ein Stück Kohle in

den Ofen zu werfen, aber Axe schüttelte den Kopf und bellte: „Sei nicht verschwenderisch, Cratchit. Es schneit am Strand noch nicht einmal."

„Ja, Sir." Jack eilte an seinen Arbeitsplatz zurück und zog die Ärmel seines abgetragenen Sweatshirts über seine zitternden Finger. Dann schaute er zu der Uhr über ihm an der Wand.

Mitch vom Java Beach schlenderte als Scrooges Neffe Fred auf die Bühne. Er sprach fröhlich und mit starker, klarer Stimme und einem Anflug von Surferslang. „Frohe Weihnachten, Onkel. Wirst du uns morgen beim Weihnachtsdinner Gesellschaft leisten?"

„Pah, Humbug", sagte Axe finster.

Nachdem sie die Bühne verlassen hatte, gesellte sich Marina zu ihrer Schwester, um die Show vom Zuschauerraum aus zu sehen. Den Stift über ihrem Notizbuch haltend, nahm Kai jede Bewegung auf der Bühne wahr. Mit Licht, Musik und Kostümen erwachte das Stück zum Leben. Es war noch fantasievoller, als Marina es sich vorgestellt hatte, und die Schauspieler lieferten ihre Szenen ohne große Zwischenfälle ab.

Später, als es an der Zeit für die Szene mit den Sternsingern am Strand war, hatte Marina einen weiteren kleinen Auftritt zu *Deck the Halls* – nur hatte Kai den Text geändert, und anstelle von „Schmückt die Hallen mit Winterbeeren", hieß es jetzt: „Schmückt die Strände mit Palmenwedeln".

Marina hörte lautes Lachen von den wenigen Zuschauern im Zuschauerraum, darunter Chip, Bürgermeister Bennet, Ivy und Carol Restons Mann Hal.

Als Marina die Bühne verließ, winkte Carol ihr zu. „Gut gemacht", flüsterte sie.

„Ich hatte nicht viel zu tun."

„Jede Rolle ist wichtig", widersprach Carol.

Kai als Geist der vergangenen Weihnacht war als

Nächste dran. Sie reckte das Kinn, schlüpfte in ihre Rolle und betrat die Bühne.

Marina sah zu, wie sie Scrooge in Rückblicken durch sein grausames Verhalten in der Vergangenheit führte. Als sie dann anfing zu singen, überlief Marina eine Gänsehaut, und selbst Carol sah lächelnd zu. Kai war wirklich außergewöhnlich.

Als Carol dran war, sprühte sie nur so vor der guten Laune des Geistes der gegenwärtigen Weihnacht. Sie trug einen dunkelgrünen Samtumhang mit weißem Kunstpelzbesatz und darunter einen mit Pailletten besetzten Catsuit. Ein passender Hut mit Mistelzweigen und funkelnden Seesternen komplettierte ihr Outfit. Carol und Kai hatten es aus Carols beeindruckender Showgarderobe zusammengestellt.

„Wow, sie ist spektakulär", sagte Marina.

„Ja, oder?", hauchte Kai fasziniert. „Wir können uns so glücklich schätzen. Aber ich bin froh, dass ich nicht nach ihr auftreten muss."

Marina sah, dass Ginger mit dem Fuß wippte. Auch sie genoss diese Musicalnummern.

In der nächsten Szene sagte der Furcht einflößende Geist der zukünftigen Weihnacht kein einziges Wort. Er zeigte nur auf eine düstere Zukunft, die Scrooge bevorstand, wenn er sich nicht änderte. Bruder Rip, der surfende Pastor, der seine Gemeinde am Strand betreute, spielte die Rolle perfekt mit seiner dunklen Robe, den Dreadlocks und einem angesengten Paddel als Stock. Er hatte keinen Text lernen müssen, doch er verlieh seiner Rolle eine beeindruckende Präsenz.

Leo, der hinter Marina stand, wartete zappelnd auf sein Stichwort.

„Du wirst das super machen", versicherte Marina ihm. Die Szene im Flanellpyjama vorher hatte er bravourös gemeistert, und als Nächstes stand das Weihnachtsdinner im Hause der Cratchits an.

Jack nahm seine Position im Seitenflügel ein und grinste Marina an. „Hast du Spaß?"

„Und wie", antwortete sie.

„Wir haben den Spaziergang gar nicht gemacht", sagte er und berührte ihre Hand. „Können wir nach der Probe zusammen einen heißen Kakao trinken?"

„Ich muss hier aufräumen. Wir haben vor der Show noch viel zu tun."

„Wie wäre es, wenn ich dir helfe?"

Wider besseres Wissen nickte Marina. „Okay."

Eine Minute später stand Jack in Bertrands rotem Dinnerjacket auf der Bühne, und Leilani wirbelte in Gingers rot-weiß gepunktetem Kleid zwischen den Kindern herum. Der Effekt war wunderschön, und doch konnte Marina den Blick nicht von Jack lösen. Während sie ihn beobachtete, presste sie sich eine Hand aufs Herz. Seine Darbietung als Bob Cratchit war so inspirierend, dass ihr Tränen in die Augen stiegen.

In dem Moment trat Cole neben sie und legte ihr einen Arm um die Schultern. Marina lächelte ihn an.

Sie musste ihm zugutehalten, dass er Jack nicht erwähnte. „Leilani ist in dieser Szene wirklich gut", flüsterte er.

Marina, deren Herz zwischen diesen beiden Männern zersplitterte, konnte nur nicken.

15

*J*ack wartete im *Spirits & Vine*, dem einzigen Lokal, das um diese Uhrzeit noch geöffnet war.

Die Probe war ziemlich gut gelaufen, aber nun war er dabei, eine wesentlich schwierigere Rolle einzustudieren: nämlich was genau er zu Marina sagen würde.

Die Bühne machte ihm keine Angst, aber Marina sein Herz zu schenken schon. Er winkte einem Kellner.

„Kann ich bitte zwei heiße Schokoladen haben?", bat er.

„Wir haben dieses Jahr viele weihnachtliche Alternativen", erklärte der Kellner und zählte sie an seinen Fingern ab. „Pfefferminz-Mokka, würzigen mexikanischen Kakao und eine heiße Schokolade mit Kürbisgewürz. Wenn Sie ein Dessert wünschen, haben wir heiße Red-Velvet-Schokolade. Und für einen Hauch mehr Wärme gibt es heißen Kakao mit einem Schuss Irish Cream oder Butterrum."

Marina glitt auf den Stuhl ihm gegenüber. „Das Letzte klingt lecker", sagte sie und schob sich die Haare über die Schulter. Ihre Augen schimmerten immer noch aufgeregt von der Probe. „Ich muss nicht fahren."

„Ich bin auch zu Fuß hier", sagte Jack. Die Muschel lag in Laufweite vom Ort, und sein Haus befand sich ebenfalls in der Nähe. „Zwei heiße Schokoladen mit Butterrum bitte", sagte er zu dem Kellner.

„Puh, es tut gut, nach dem Stück zu entspannen", sagte Marina und stieß den Atem aus.

Während sie ihre Jacke auszog, konnte Jack den Blick nicht von ihr wenden. Sie bewegte sich so anmutig. Doch die Art, wie sie an einem Fingernagel zupfte, verriet ihm, dass sie nervös war. Wie waren sie an diesen Punkt gekommen, wo sie doch so viel besser angefangen hatten?

Leider kannte er die Antwort drauf. Der Ball war in seiner Spielhälfte gewesen, und er hatte den Schlag verbockt. Er war Marina ausgewichen und hatte sie über seine Absichten im Unklaren gelassen.

Eines Tages, als er mit Ginger gearbeitet hatte, war diese direkt auf den Punkt gekommen. *Du musst immer nach dem Handeln, was dein Herz dir sagt. Folge deiner Leidenschaft.*

Er hatte gedacht, sie würde über seine Illustrationen und sein Schreiben reden, bis sie hinzugefügt hatte: *Und das gilt auch für die besonderen Menschen in deinem Leben.* Dabei hatte sie ihm einen so ernsten Blick zugeworfen, dass er nicht hatte raten müssen, wen sie damit meinte.

Wie konnte es sein, dass Ginger ihn besser kannte als er sich selbst?

Marina wedelte mit den Fingern, um seine Aufmerksamkeit zu erregen. „Du wolltest reden?"

„Äh, ja." Jack verlagerte das Gewicht. Die Bar war noch gut besucht, aber er hatte um einen Platz in einem ruhigeren Bereich gebeten. „Es geht um Leo."

Wenn es einen Anflug von Hoffnung in Marinas Augen gegeben hatte, dann erlosch der bei diesen Worten. Nicht, dass sie nicht verrückt nach Leo war – das war sie, wie Jack wusste –, aber sie hatte vielleicht gehofft, dass es für sie beide noch eine Chance gäbe.

Warum wäre sie sonst gekommen?

Zumindest wollte Jack das gerne glauben. Er fuhr sich

mit der Hand durchs Haar. Zum Glück kam in diesem Moment der Kellner mit ihren Getränken.

Jack bedankte sich bei ihm und fragte: „Kommen Sie zu der Show in der Muschel?"

Er spürte Marinas Blick auf sich. Sie wusste, dass er versuchte, Zeit zu schinden.

„Ich habe gehört, es soll toll werden."

Nachdem sie sich ein paar Minuten unterhalten hatte, ging der Kellner, und Marina versuchte es erneut.

„Du wolltest über Leo reden?"

„Ja, aber auch über mehr als ihn." Er sah, wie sie sich bei seinen Worten anspannte. „Hör mir einfach zu, ja? Ich weiß, es ist schon spät und wir hatten einen langen Tag, aber es kommt mir so vor, als wären wir den ganzen Sommer über in verschiedene Richtungen gelaufen, während wir getan haben, was wir tun mussten. Ich mit Leo, du mit dem Café. Ich weiß allerdings auch, dass das keine Entschuldigung ist."

Marina schüttelte den Kopf. „Nein. Es ist unsere Realität, oder?"

„Ich hatte vor, mehr Zeit mit dir zu verbringen – nur wir beide, so wie wir es besprochen hatten. Doch irgendwie ist mir der Sommer nur so durch die Finger geronnen. Und nachdem ich dich im Stich gelassen hatte, fiel es mir noch schwerer, dich um ein Date zu bitten."

Ihr Blick bohrte sich in seinen. „Es fällt mir schwer, das zu glauben von einem Mann, der ans Ende der Welt reisen würde, um eine Geschichte zu verfolgen."

„Mit beruflicher Zurückweisung kann ich umgehen." Er faltete seine Serviette einmal, zweimal. „Aber ich hatte Angst, von dir zurückgewiesen zu werden."

Marina nippte an ihrem heißen Kakao und biss sich dann auf die Unterlippe, während sie offenbar über das nachdachte, was er gesagt hatte. Schließlich fragte sie: „Sollen wir es also noch einmal miteinander versuchen?"

Jack griff nach ihrer Hand. Er wagte kaum, zu glauben, dass er noch eine Chance bei ihr hatte. „Nichts würde ich lieber tun", sagte er und schaute ihr in die Augen. „Aber da ist noch mehr."

„Leo?"

„Ehrlich gesagt ist es Vanessa. Sie hat jemanden kennengelernt, an dem sie sehr interessiert ist."

„Ist das nach allem, was sie gesundheitlich durchgemacht hatte, nicht gut?" Marina schien sich für Vanessa zu freuen.

Jack wusste, dass sie sich nach dem von Marina organisierten *Der Geschmack von Summer Beach*-Festival angefreundet hatten. „Er ist Arzt, wohnt aber nicht in der Nähe. Nicht mal im gleichen Land, sondern in der Schweiz."

Marinas Lächeln schwand. „Wie soll das gehen?"

Jack strich sich mit der Hand über die Stirn. „Erst einmal werden sie und Leo Weihnachten dort verbringen."

„Das ist schon bald. Und was ist mit Leo und seiner Rolle in dem Stück?"

„Sie hat entschieden, ihn das noch eine Weile genießen zu lassen. Danach wird ein anderer Junge seine Rolle übernehmen müssen. Vermutlich Logan." Jack trank einen großen Schluck von seinem heißen Kakao. „Noch hat sie es Leo nicht gesagt."

Erkenntnis dämmerte in Marinas Miene. „Das war es, was Denise vor Kurzem beinahe rausgerutscht wäre."

Jack nickte. „Die Beziehung der beiden ist ernst. Vanessa wird über Weihnachten dort nach einer Wohnung suchen." Er starrte aus dem Fenster und versuchte immer noch, damit klarzukommen. „Leo wird am Boden zerstört sein."

Marina streichelte seine Hand. „Für dich wird das auch schwer werden. Das ist ziemlich weit weg."

Jack atmete scharf ein und hielt inne. Sein Brustkorb zog sich zusammen, als er sich dafür wappnete, ihr von seiner Idee zu erzählen. „Ich werde nicht so weit weg sein."

Marina legte den Kopf schief. „Du gehst auch?"

Er nickte und versuchte, seine Emotionen unter Kontrolle zu halten. „Da wir nicht mehr viel Zeit haben, möchte ich dir etwas erzählen, bevor ich gehe." Er strich mit dem Finger über ihren Handrücken. „Mir liegt mehr an dir, als ich je für möglich gehalten hätte. Summer Beach ist mein unerwarteter kleiner Himmel auf Erden geworden. Hier habe ich eine neue Arbeit mit Ginger gefunden, einen verrückten Hund und einen wundervollen Strand. Und ich habe mich in dich verliebt. Und Leo ist in mein Leben getreten. Hier hatte ich alles, was ich mir je hätte wünschen können."

„Und dann nimmt Vanessa das wichtigste Element einfach so weg." Marina verschränkte ihre Finger mit seinen und runzelte die Stirn.

„Ich muss bei Leo bleiben. Ich habe so viel in seinem Leben verpasst. Inzwischen kann ich beinahe überall auf der Welt arbeiten, und ich würde regelmäßig zurückkommen, um mich mit Ginger zu treffen. Wenn ich hier bin, wäre ich auch für dich da." Er räusperte sich. „Wenn du glaubst, dass wir das hinkriegen können."

Gedankenverloren presste Marina die Lippen zusammen. „Ich weiß nicht …"

Jack umfasste ihre Hand fester und zog sie an seine Lippen. „Du bist in meinem Herzen, Marina. Ich war ein Idiot, weil ich uns nicht ernst genug genommen habe." Und ein Angsthase, gab er innerlich zu. „Diesen Fehler werde ich nicht noch einmal begehen."

Sie drückte seine Hand. „Wo wirst du den Großteil deiner Zeit verbringen?"

„Während Leo in der Schule ist, werde ich in Europa bleiben, um wie bisher zu helfen." Jack zögerte und rechnete nach. „Ich würde auch gerne einen Teil der Sommerferien mit ihm verbringen. Aber wenn Vanessa und Noah mit ihm auf Reisen gehen, habe ich frei. Ich kann vielleicht alle drei

Monate für ein oder zwei Wochen herkommen. Das hängt ein bisschen von Leos Zeitplänen ab." Noch während er das sagte, sank seine Hoffnung.

Er sah die Enttäuschung in Marinas Augen. „Das ist nicht viel."

„Es könnte sein, dass ich öfter kommen kann. Ich weiß es im Moment einfach noch nicht."

Sie entzog ihm die Hand und umfasste wie haltsuchend ihren Becher. Dann atmete sie tief durch. „Du hast es selbst gesagt, du musst bei Leo sein." Während sie ihren Kakao austrank, fiel Jack auf, dass ihre Hand zitterte. Ihr Blick schoss zum Ausgang, als suchte sie nach einem Fluchtweg.

Panik packte ihn. Er war dabei, Marina zu verlieren. Er beugte sich vor und sagte: „Marina, ich liebe dich. Das tue ich seit dem Moment, in dem ich dich das erste Mal durchs Inn habe humpeln sehen."

„Erinnere mich nicht daran." Sie schloss die Augen und schüttelte den Kopf. Dann stellte sie ihren Becher ab. „Jack, ich kann nicht zulassen, dass du mir das hier antust. Du reißt mein Herz in Fetzen, und ich weiß nicht mehr, was ich denken soll." Sie machte Anstalten, aufzustehen.

Verzweifelt packte Jack ihren Arm. „Bitte, geh nicht. Uns bleibt immer noch Weihnachten. Ich werde nicht vor Beginn des neuen Jahres weggehen."

„Es ist das erste Weihnachten mit meiner gesamten Familie – mit meinen Kindern, meinen Schwestern, ihren Kindern und Ginger. Ich habe mich so auf eine fröhliche Zeit gefreut." Sie unterdrückte ein Schluchzen. „Ich kann nicht deinetwegen zerbrechen, Jack. Du musst mich gehen lassen."

Langsam zog Jack seine Hand zurück. Er hatte sie verloren. Und vermutlich an Cole. Ein brennender Schmerz schoss durch seine Brust. Dennoch musste er noch einen letzten Versuch wagen. „Du kannst nicht leugnen, dass du etwas für mich empfindest – und für Leo. Können wir nicht wenigstens versuchen, es hinzukriegen?"

„Das haben wir bereits. Und wage es ja nicht, Leo auf diese Weise zu benutzen." Marina nahm ihre Handtasche. „Hab ein frohes Weihnachtsfest, Jack."

Als Jack ihr hinterherschaute, spürte er, dass seine Welt in Zeitlupe implodierte. Marina war die Hoffnung auf eine Zukunft, die ihn den Sommer über geholfen hatte, nicht den Verstand zu verlieren. Doch nun löste sich das Bild eines gemeinsamen Zuhauses mit ihr und Leo in seinem Kopf auf.

Er biss die Zähne zusammen. Gleich nach der letzten Aufführung des Weihnachtsmusicals würde er abreisen. Ohne Marina gab es für ihn keinen Grund mehr, in Summer Beach zu bleiben.

Er winkte dem Kellner für die Rechnung, und während er wartete, nippt er an seinem Drink. Seinen Gedanken konnte er jetzt nicht mehr aus dem Weg gehen.

Im Herzen seiner Entscheidung stand Leo – der zu jung war, um selbst Entscheidungen treffen zu können. Was war für ihn das Beste?

Natürlich die Liebe von ergebenen Eltern. Vanessa hatte ihre Entscheidung getroffen, und er musste mit den Konsequenzen leben. Um fair zu sein, Vanessa hatte die Verantwortung sehr lange allein getragen, auch wenn das ebenfalls ihre Entscheidung gewesen war. Ihm hatte sie keine Wahl gelassen.

Als der Kellner die Rechnung brachte, bezahlte Jack und ging. Er entschied sich für den ruhigen Weg am Strand entlang und starrte auf das endlose Meer hinaus, wobei er an das konstante Auf und Ab der Wellen dachte, das ihn an die Höhen und Tiefen des Lebens erinnerte.

Ein Gefühl der Hilflosigkeit wusch über ihn hinweg, und er wünschte sich, er würde einen anderen Weg finden.

16

"Generalprobe. Los geht's!", rief Kate.

Marina war gerade dabei, hinter der Bühne ihr Make-up aufzufrischen. Sie hatte den perfekten roten Lippenstift zu dem roten, mit Palmen bedruckten Kleid gefunden. Ein hellgrünes Tuch hielt ihren Hals warm. Um sie herum drängten sich die Schauspieler um einen Platz vor den Spiegeln, aber alle waren bester Laune. Nach dem Abend mit Jack war das hier genau das, was sie brauchte. Sicher würde es ihr heute Abend gelingen, ihm aus dem Weg zu gehen.

Shelly, die neben ihr stand, sang laut: "Juhu! Gehen wir es an."

Selbst die sonst so grummelige Darla fiel in die Freude mit ein. Heute trug sie ein seltenes Lächeln, das durch den kirschroten Lippenstift noch auffälliger war.

Kai und Axe hatten Familie und Freunde für die Generalprobe in der Muschel eingeladen. Sie hatten außerdem einige Eintrittskarten an den Schulen verteilt, damit Lehrer und Schüler kommen konnten. Diese Vorpremiere würde ein freundliches Ereignis ohne Druck werden, um die aufgeregten Nerven zu beruhigen.

Nächste Woche würde es die offizielle Premiere geben. Während Marina den Lippenstift in ihre Handtasche steckte, dachte sie an Leo. Seine Mutter hatte ihm immer noch nichts von den geänderten Plänen für die Weihnachtsferien erzählt. Auf der einen Seite verstand Marina, dass Vanessa wollte, dass er die Show so lange genoss, wie es nur möglich war. Doch auf der anderen Seite hatte sie vor, ihm eine lebensverändernde Entscheidung erst in allerletzter Minute mitzuteilen.

Das Ganze ging Marina zwar nichts an, aber dennoch tat ihr Leo leid. Vor allem, weil er es so sehr liebte, in dem Stück aufzutreten. Er hatte seinen Platz gefunden und viele neue Freundschaften geschlossen.

Marina verließ die Garderobe gemeinsam mit den anderen, die alle begierig darauf waren, anzufangen. Als sie auf den Seitenflügel der Bühne zuging, winkte Ginger ihr zu.

„Ich habe meinen Lippenstift zu Hause vergessen. Und der, den ich trage, scheint so schnell zu verschwinden. Kann ich deinen zum Auffrischen benutzen?"

„Komm mit", sagte Marina. „Ich trage ihn dir mit einem Pinsel auf, wie ich es früher immer vor der Kamera gemacht habe. Dann hält er unter dem Licht der Scheinwerfer länger."

„Solange die Scheinwerfer Wärme abgeben", sagte Ginger und rieb die Hände aneinander, denn am Nachmittag hatte der vom Meer kommende Wind aufgefrischt.

Sie suchten sich einen Weg durch die in ihre Richtung strömenden Schauspieler und schlüpften durch die Tür in die nun leere Garderobe. „Setz dich", sagte Marina mit einer kleinen Verbeugung. „Deine Visagistin steht für dich bereit."

Für ihre Fernsehauftritte hatte Marina sich jahrelang selbst geschminkt und dabei gelernt, eine Foundation aufzutragen, die nicht glänzte, die Augen so zu schminken, dass sie durch die Kamera weich aussahen, und Lippenstift auf eine Weise aufzutragen, dass er eine ganze Sendung über hielt.

„Ich fühle mich so verwöhnt", sagte Ginger und hob ihrer Enkelin das Gesicht entgegen.

Marina hatte es schon immer genossen, ihrer Großmutter zu helfen. Während sie den alten Lippenstift entfernte, fiel ihr auf, dass die kleinen Fältchen um Gingers Lippen ein wenig ausgeprägter waren. Aber das war nichts, was sie nicht mit ihren Spezialprodukten regeln konnte.

Als sie die Haut um die Lippen präparierte, damit der Lippenstift nicht ausblutete, dachte sie darüber nach, dass Ginger ihr immer alterslos vorgekommen war. Sie hatte jahrzehntelang in der Blüte ihres Lebens gestanden – und das tat sie immer noch.

Und doch musste Marina realistisch sein. Sie wusste nicht, wie lange Ginger noch so lebhaft sein würde. Doch sie konnte dafür sorgen, dass für ihre Großmutter jeder Tag etwas Besonderes wäre. Irgendwann hätte Marina nicht mehr die Chance, Ginger zu sagen, wie sehr sie sie liebte, deshalb würde sie es von nun an jeden Tag tun.

Sie trat einen Schritt zurück und musterte ihr Werk. „Hallo, meine Schöne. Lass uns die Farbe auftragen." Sie nahm den Lippenstift, einen Lipliner und einen Lippenpinsel aus ihrer Handtasche.

Ginger hielt sich die Hand vor den Mund und hustet. „Einen Moment", sagte sie und hustete erneut. „Meine Kehle ist ein wenig rau. Hast du zufällig ein Hustenbonbon in deiner Tasche?"

„Ich treibe eines für dich auf." Und wenn sie dafür jemanden würde losschicken müssen. Aber der Klang dieses Hustens gefiel Marina gar nicht.

Ginger räusperte sich. „Jetzt bin ich so weit. Während du dein Wunder wirkst, will ich alles über die neuesten Entwicklungen mit Jack hören."

„Warum glaubst du, dass es da etwas Neues gibt?"

Marina versuchte, ihre Hand ruhig zu halten, während sie Gingers Lippen mit dem Lipliner nachzog.

„Es ist eine einfache Schlussfolgerung aus der missmutigen Laune von euch beiden heute Abend, meine Liebe. Die Feiertage können eine stressige Zeit sein, aber ich schätze, dass da noch mehr ist."

„Ehrlich gesagt hat es mit Vanessa und Leo zu tun." Während Marina ihren Pinsel reinigte, erzählte sie ihrer Großmutter von Vanessas Plan.

„Ich verstehe." Ginger nickte gedankenverloren. „Und wie passt Cole in diese Gleichung?"

Marina warf einen Blick über ihre Schulter. Sie waren immer noch allein. „Er ist ein guter Mann", sagte sie vorsichtig.

„Danach habe ich nicht gefragt. Lass mich eines für dich klarstellen", fuhr sie fort, während Marina ihren Pinsel in den Lippenstift tippte. „Nach allem, was du mir erzählt hast, hast du einen Freund, der dein Liebhaber sein will – und einen Liebhaber, der ein Freund sein will." Ginger legte ihre Fingerspitzen aneinander. „Fasst es das einigermaßen zusammen?"

„Ja, ziemlich gut sogar."

„Bist du sicher, dass du alle Fakten hast?"

Marina seufzte. Sie wollte Ginger nur ungern von Jacks Liebeserklärung im *Spirits & Vine* erzählen, weil es einfach zu schmerzhaft war.

Ginger beobachtete sie genau. Marina wusste, dass ihre Großmutter immer einen sechsten Sinn dafür gehabt hatte, wenn etwas ihre Enkelkinder beschäftigte.

„Es ist egal, was sie wollen", sagte Ginger, als Marina weiterhin schwieg. „Was in der Gleichung fehlt, ist das, was du dir wünschst. Du hast die Kontrolle, meine Liebe. Entscheide dich für einen – oder für keinen. Warte auf eine weitere Runde auf dem Karussell. In der Zwischenzeit kannst du auch mit dir allein glücklich sein. Sogar für immer, wenn du das möchtest."

„Es ist mir egal, was Jack mit seinem Leben anstellt", sagte Marina, entschlossen, sich selbst davon zu überzeugen. „Außerdem wäre die Entfernung zu groß."

Ginger schürzte die Lippen und musterte sich im Spiegel. „Bertrand ist oft geschäftlich gereist, und ich später auch. Das hat die Zeit, die wir zusammen verbracht haben, nur umso besonderer gemacht. Ich würde sogar so weit gehen zu sagen, spektakulär." Ein kleines Lächeln umspielte ihre Mundwinkel, und ihre Augen funkelten unter glücklichen Erinnerungen.

„Ich weiß nicht, ob das funktionieren würde."

„Du könntest Jack im Winter besuchen, wenn es im Café ruhiger ist", schlug Ginger vor. „Die Schweiz ist dann besonders bezaubernd. Was für großartige Abenteuer du erleben könntest. Wenn du das willst."

Marina hatte sich gestern Abend Jack gegenüber entschlossen gegeben, aber hatte sie zu voreilig gehandelt? Ginger schlug da eine Möglichkeit vor, die ihr nicht einmal in den Sinn gekommen war.

Während der Gedanke, dass sie möglicherweise eine Alternative übersehen hatte, an ihr nagte, trug sie den roten Lippenstift auf Gingers Lippen auf. Dann tupfte sie ihn ab, gab ein wenig Puder darüber und zum Schluss einen Hauch von Lipgloss für ein wenig Glanz. Als Marina zurücktrat, um ihr Werk zu bewundern, sagte sie: „So. Das wird den ganzen Abend halten. Und ich werde dir bis zum Ende des ersten Aktes Hustenbonbons oder etwas anderes für deinen Hals besorgen."

Ginger stand auf und umarmte sie vorsichtig, um ihre Haare und ihr Make-up nicht zu zerstören. „Ich bin froh, dass wir dieses Gespräch hatten. Du wirst nie bereuen, das zu tun, was dein Herz dir sagt – das kann ich dir garantieren."

„Danke, dass du mich daran erinnerst." Marina hielt ihre Großmutter für einen Moment ganz fest. „Ich liebe dich so sehr, Ginger. Du bist immer mein Felsen gewesen."

„Ich liebe dich auch, Marina." Ginger musterte sie mit Stolz in den Augen. „Und denk daran, wenn du auf dem richtigen Weg bist, wirst du es wissen."

AUF DEM WEG zur Ansprache von Kai und Axe vor dem ersten Auftritt sah Marina eine Bühnenarbeiterin, die, wie sie wusste, tagsüber als Krankenschwester arbeitete. Sie erklärte ihr Gingers Problem.

„Ich habe nichts bei mir", sagte die Frau. „Aber sie kann mit Salzwasser gurgeln oder Ingwertee mit Honig trinken."

„Das haben wir alles hinter der Bühne", antwortete Marina. Brooke hatte Getränke und Snacks für alle Mitwirkenden mitgebracht. Sie würde etwas für Ginger zubereiten. „Bist du neu in Summer Beach?", fragte sie.

Die Frau nickte. „Ich bin Bettina. Mein Mann und ich sind gerade erst hierhergezogen. Wir haben in Summer Beach Urlaub gemacht und uns sofort verliebt."

Marina lächelte. „Ich bin auch noch nicht allzu lange hier. Wir können uns auf der Afterparty weiter unterhalten, aber jetzt sollten wir uns lieber zu den anderen begeben."

Sie eilten zu der Gruppe, die sich hinter der Bühne versammelt hatte.

„Kommt alle zusammen", sagte Kai. „Das hier ist wie die Kostümprobe, nur mit ein paar mehr Zuschauern."

„Wesentlich mehr", sagte jemand, und alle lachten.

Marina nickte ihrer Schwester zu und reckte den Daumen in die Höhe. Der heutige Abend bildete den Höhepunkt von Kais lang gehegtem Traum, zu schreiben und Regie zu führen. Und Regie für Carol Reston zu führen war mehr, als sie sich je hätte vorstellen können. Sie hatte außerdem viel von Carol gelernt.

Kais Augen funkelten aufgeregt, als sie Carol das Wort überließ.

„Lasst uns alle heute da rausgehen und Spaß dabei haben, die anderen zu unterhalten", sagte Carol, die in ihrem Kostüm neben Kai stand. „Denkt daran: Die Leute lieben euch und wollen euch unterstützen."

„Ich bin nervös, weil alle unsere Freunde da draußen sitzen", sagte eine Frau und kaute auf ihrem Fingernagel. „Was ist, wenn ich es vermassle?"

Darla zog die Stirn kraus und fügte an: „Ich hoffe, ich mache mich nicht zur Idiotin."

„Wie Carol gesagt hat: entspannt euch und habt Spaß", sagte Kai. „Lampenfieber bei der Generalprobe ist normal, aber bei den Proben wart ihr alle fabelhaft. Seid euch sicher, dass ihr das könnt, und gebt euer Herz in euren Auftritt."

„Viel Glück Leute", sagte Darla.

„Nein!", rief Kai und hob abwehrend beide Hände. „Sagt das niemals – das bedeutet Pech für die Schauspieler."

„Das ist nur Aberglaube", warf Axe schnell ein. Um alle aufzuheitern, fügte er dann an: „Hals- und Beinbruch für uns alle heute Abend."

Marina lachte, dennoch war sie ein wenig nervös, wenn sie auch nicht sicher war, warum. Sie war froh, dass sie nur Statistin war und nicht im Scheinwerferlicht stehen würde.

Sie schaute sich um. Alle schienen bereit zu sein. Ginger stand im Seitenflügel und wartete darauf, die Show eröffnen zu können.

Marina warf Jack einen Blick zu. Wie immer wirkte er selbstbewusst, obwohl er eine ernste Miene trug, als würde er bereits in seine Rolle schlüpfen. Eine Hand hatte er auf Leos Schulter liegen, wie um ihm Mut zu machen.

Gingers Worte gingen ihr durch den Kopf. Was würde sie mehr bereuen – Jack oder Cole zurückzulassen?

Oder keinen von ihnen zu wählen?

Sie schüttelte ihre Hände aus, um die Anspannung

loszuwerden. Jetzt war nicht der Moment, um über wichtige Entscheidungen nachzudenken. Lebe im Hier und Jetzt, sagte sie sich.

Das leise Stimmen der Instrumente und das Geplapper der Zuschauer erfüllte die Luft, und Marina schloss die Augen. Der frische Geruch der salzigen Meeresluft stieg ihr in die Nase, dazu ein Hauch des heißen Apfelcidres, den Brooke hinter der Bühne bereithielt. Ihre Schwester hatte sich um alle Bestellungen und Auslieferungen der Picknick-boxen gekümmert.

Als sie sich ein wenig mehr geerdet fühlte, öffnete Marina die Augen wieder. Sie sah, wie Jack sich schnell wegdrehte. Hatte er sie beobachtet?

Daran durfte sie nicht denken. Deshalb richtete sie ihre Aufmerksamkeit auf die anderen Schauspieler, die auf ihre Plätze eilten. Die Dirigentin hob ihren Taktstock, die Musik ertönte und die Show begann.

Alles lief so wie zuvor, und Marina atmete erleichtert aus.

Was ein wenig zu früh war, wie sich herausstellte.

In der ersten Szene vergaß Jack eine Zeile, aber Axe sprang schnell für ihn ein. Ein wenig später wäre Leo beinahe aus dem Bett gefallen. Jack fing ihn auf, doch Leo stotterte sich verschreckt durch seinen nächsten Part. Marinas Herz weitete sich für die beiden.

„Niemand hat es bemerkt", flüsterte sie Kai zu, die besorgt aussah. Doch selbst Kai unterlief in ihrem ersten Song ein Fehler.

Danach verzog sie das Gesicht. „Das passiert, wenn uns jemand du-weißt-schon-was wünscht."

„Das glaubst du doch nicht wirklich." Marina wusste, dass ihre Schwester mit sich härter ins Gericht gehen würde als mit jedem anderen. Immerhin war sie ein Profi. Doch wie Kai ihr einst gesagt hatte: selbst Profis machten Fehler.

Was Marina nach der Katastrophe vor der Kamera, die

ihre Karriere beendet hatte, nur bestätigen konnte. Die Zuschauer würden diese Fehler schnell vergessen – außer aus ihnen würde ein internationales Meme, das Millionen Male in den sozialen Medien geteilt wurde.

Doch ganz sicher wäre es wie mit einem Blitz, der auch nur selten zweimal an der gleichen Stelle einschlug. Marina reckte das Kinn und nahm ihren Platz ein, bereit, die Bühne zu betreten, sobald Jack, Leo und Leilani mit ihrer Szene fertig waren.

Als Leilani von der Bühne ging, stolperte sie und fiel der Länge nach hin. Jack eilte zu ihr, doch sobald Leilani versuchte, ihren Fuß zu belasten, sackte sie wieder zusammen und schüttelte vehement den Kopf.

„Es geht nicht", flüsterte sie, und Tränen sprangen ihr in die Augen.

Kai und die Bühnenhelferin, mit der Marina vorhin gesprochen hatte, knieten sich neben sie.

„Ich bin Krankenschwester", sagte Bettina leise. „Ich kümmere mich um sie und besorge ihr die Hilfe, die sie benötigt." Sie fing an, Leilanis Knöchel zu untersuchen.

„Danke", flüsterte Kai. Dann wandte sie sich an Marina. „Warte kurz."

Marina trat einen Schritt von der Bühne zurück. „Aber ich bin jetzt dran."

„Es könnte sein, dass ich dich brauche." Kai biss sich auf die Unterlippe.

Leilani versuchte erneut, ihren Fuß zu belasten, zuckte aber vor Schmerz zusammen. Sie sah Kai mit Bedauern in den Augen an und schüttelte den Kopf. „Ich glaube, ich habe mir den Knöchel verstaucht. Es tut mir so leid."

Bettina sah Kai an und nickte. „Auf keinen Fall kann sie so auftreten. Der Knöchel muss sofort gekühlt werden."

„Ist schon gut", sagte Kai mit Mitgefühl in der Stimme. „So etwas kann passieren." Schnell schaltete sie in den Action-Modus und warf einen Blick auf ihr mit Anmerkungen versehenes Textbuch, das sie auf einem Klemmbrett bei sich trug. „Marina, du musst die Rolle der Mrs. Cratchit übernehmen."

Geschockt erwiderte Marina: „Aber den Part kenne ich nicht." Und von allen Rollen war die als Jacks Frau die letzte, die sie haben wollte.

Leilani, die auf einem Fuß balancierte und sich an Bettina abstützte, sagte flehend: „Du schaffst das. Und Jack wird dir helfen."

Jack wirkte von dieser Idee unangenehm berührt und wandte den Blick ab.

Mit hämmerndem Puls wandte Marina ihm den Rücken zu. „Kai, bitte, kann das nicht jemand anderes machen?"

Ihre Schwester schüttelte den Kopf. „Direkt davor kommt eine große Szene und niemand hat Zeit für einen Kostümwechsel. Du hast das Stück ein Dutzend Mal bei den Proben gesehen. Komm schon, Marina. Wir alle brauchen dich."

17

*M*arinas Kopf pochte bei dem Gedanken daran, mit Jack gemeinsam zu spielen. Das alles ging so schnell, dass ihr ein wenig schwindelig wurde. Aber Kai und der Rest der Truppe brauchten sie.

Nach einem tiefen Atemzug wandte sie sich an Jack. „Okay. Zeig mir, was ich tun muss."

Kurz sah Jack genauso geschockt aus, wie sie sich fühlte, doch dann nickte er. „Wir haben Zeit, während die Geister der Weihnacht Scrooge aufklären."

„Und ich bin als Nächste dran", sagte Kai. „Jack, bitte geh den Text mit Marina durch. Und bitte Leilanis Mann, ihr in die Garderobe zu helfen. Ah, da kommt er schon."

Roy Miyake eilte an Leilanis Seite. Während er seiner Frau zur Garderobe half, wandte Kai sich an Marina. „Danke", flüsterte sie und umarmte ihre Schwester. „Ich muss los."

Kai schlüpfte in ihre Rolle und marschierte auf die Bühne. Marina wurde erst jetzt wirklich bewusst, was für eine Verantwortung ihre Schwester da auf sich genommen hatte. Und trotz ihrer Gefühle für Jack würde sie Kai nicht im Stich lassen.

„Ich hole eben Leo", sagte Jack. „Der ist in der Szene auch dabei."

Gemeinsam eilten sie zu der Garderobe, in der Marina vorhin noch Ginger mit ihrem Lippenstift geholfen hatte. Während Kais Stimme sich auf der Bühne erhob, zog Jack sein Textbuch aus seiner Tasche.

Dann beugte er sich zu Marina und zeigte ihr den Teil von Mrs. Cratchit, den sie schnell überflog.

„Das ist so cool", sagte Leo grinsend. „Du bist meine Bühnenmutter. Das bedeutet, dass du in dem Stück mit meinem Dad verheiratet bist."

Jack rutschte unruhig auf seinem Hocker herum. „Ich hätte nie gedacht …"

„Ich auch nicht", sagte Marina und spürte, wie ihre Wangen heiß wurden. „Gehen wir es an."

„Okay." Jack tippte auf das Textbuch. „Wenn ich nach Hause komme, empfängst du mich mit einer Umarmung."

Sie seufzte. „Daran erinnere ich mich." Sie streckte die Arme aus und umarmte ihn steif.

Jack zog sich zurück. „Das müssen wir besser hinkriegen."

„Das werde ich … werden wir", stammelte sie. „Was dann?"

„Du guckst nach dem kleinen Truthahn im Ofen."

„Okay." Sie machte die entsprechenden Bewegungen. „Nächste Zeile?"

In dem Moment klopfte ihre Freundin Ivy gegen den Türrahmen. Sie hielt das rote Kleid mit den weißen Punkten in der Hand. „Ich hasse es, euch zu stören, aber hier ist Leilanis Kostüm. Sie hat vorgeschlagen, dass du dich umziehst, während ihr probt."

„Da ziehe ich eine Grenze", sagte Marina und warf Jack einen Blick zu.

Er reichte Ivy sein Textbuch und legte einen Arm um Leo. „Macht weiter, während sie sich umzieht", sagte er zu

Ivy. „Wir warten vor der Tür. Sie muss das schnell auswendig lernen."

Als Ivy die Tür schloss, war Marina schon aus ihren Schuhen geschlüpft. „Wie es aussieht, tragen Leilani und ich beinahe die gleiche Größe." Doch Leilani war schlanker, genau wie Ginger damals, als sie das Kleid getragen hatte. Marina hoffte, dass sie den Reißverschluss zubekäme.

Während sie sich umzog, las Ivy ihr ihren Text vor.

„Kannst du mir mit dem Reißverschluss helfen?", bat Marina und drehte sich um.

„Atme tief ein", wies Ivy sie an und versuchte, den Reißverschluss hochzuziehen. Nach einer Weile fuhr sie sich mit der Hand über die Stirn. „Ich kriege ihn nicht weiter als bis zur Taille."

„Das musst du aber." Marina erblickte einen breiten Gürtel, der über der Rückenlehne eines Stuhls hing. Er gehörte einer Statistin, die entschieden hatte, ihn nicht zu tragen. Darla, wenn sie sich recht erinnerte. Deren Taillenumfang eher ihrem entsprach. Marina holte eine Schere aus ihrer Handtasche. „Trenn die Säume an der Taille auf. Das kann ich mit dem Gürtel und einem Cape verdecken."

Ivy lächelte erleichtert. „Eine Sekunde." Nachdem sie die Säume an der Taille durchtrennt hatte, zog sie den Reißverschluss hoch und legte Marina den Gürtel um. Dann trat sie lächelnd zurück. „Wow, das hat funktioniert. Du siehst super aus."

„Du wärst überrascht, was ich alles tun musste, um Outfits im Studio in letzter Sekunde passend zu machen", sagte Marina und umarmte sie. „Gott sei Dank warst du hier."

Ivy grinste. „Du schaffst das. Und nach der Show wartet einer von Shellys *Sea Breeze*-Cocktails auf dich."

„Den werde ich brauchen. Und jetzt hole ich besser Jack wieder rein." Marina lächelte schief. Sie hatte Ivy, ihre alte

Freundin aus Teenagerzeiten, ins Vertrauen gezogen. „Ich hätte nie gedacht, dass ich das mal sagen würde."

„Das ist eine gute Geschichte für später", tröstete Ivy sie. „Und nur fürs Protokoll, ich finde dich ziemlich mutig, vor allem angesichts der Umstände." Sie öffnete die Tür.

Marina arbeitete noch ein wenig mit Jack und Leo an der Szene, bevor die Bühnenmanagerin anklopfte. „Ihr seid gleich dran."

Jack klappte sein Textbuch zu und steckte es weg. „Ich bin für dich da. Mach dir keine Sorgen. Du kannst da oben nichts tun, aus dem ich uns nicht auf die eine oder andere Weise herausmanövrieren kann." Er streckte ihr die Hand hin.

„Das kannst du ihm glauben", versicherte Leo. „Ich bin in der letzten Szene beinahe aus dem Bett gefallen, aber Dad hat mich aufgefangen." Er sah Jack mit Bewunderung in den Augen an. „Und ich bin auch da, um dir zu helfen."

„Jetzt fühle ich mich schon besser." Marina umarmte Leo. Auch wenn Jack als Freund vielleicht nachlässig war, als Dad musste sie ihm die volle Punktzahl geben. Er liebte Leo wirklich. Sie nahm den Jungen an der Hand.

„Auf geht's." Sie lachte erstickt auf und schob ihre andere Hand in Jacks. Sein Griff war warm und sicher, und sie wusste, dass sie ihm vertrauen musste.

Zu dritt gingen sie in Richtung Bühne.

„Hals- und Beinbruch", flüsterte Kai. „Ich souffliere dir den Text, sollte es nötig sein."

Marina nickte. Daran war sie aus ihrer Zeit beim Fernsehen zum Glück gewöhnt. Doch ihr letzter, katastrophaler Auftritt lag lange zurück. Sie wünschte, sie hätte einen Knopf im Ohr.

Während ihre Nerven Cha-Cha tanzten, schaute Marina ruhig über die Zuschauer. Viele Leute hatten sich für die Generalprobe festlich gekleidet. Sie atmete tief durch. Sie musste das hier hinkriegen – auch wenn Jacks

Anwesenheit ihre sowieso schon angespannten Nerven noch weiter überforderte.

Die Szene eröffnete mit ihr und den Kindern, dann hatte Jack seinen Auftritt. Er und Marina umarmten einander. In seinen Armen klopfte ihr Herz und ihr war schwindelig. Sie musste kämpfen, um die Fassung zu bewahren, die drohte, ihr zu entgleiten.

Sie sah, dass die Zuschauer in der ersten Reihe auf sie zeigten und ihren Namen flüsterten, doch Jack war ganz Profi und trug die Szene auf seinen Schultern. Dennoch warf seine Nähe sie aus der Bahn. Hinter der Bühne mit den anderen war eine Sache, aber hier, im Scheinwerferlicht, konnte sie ihren Blick nicht von ihm wenden.

Endlich gelang es ihr, sich von ihm loszureißen und zu dem aus Sperrholz gebauten Ofen zu gehen, um den Truthahn aus Pappmaschee herauszuholen.

Ihre Hände zitterten, und als sie den Teller auf den Tisch stellte, fiel ihr die nächste Zeile nicht ein, was sie wütend machte. Sie hatte eine spezielle Ausbildung für Liveauftritte absolviert, doch das hier waren keine vorgeschriebenen Nachrichten oder ein geplantes Interview – und damals war auch Jack nicht da gewesen, um sie nervös zu machen.

Sie durfte nicht erstarren. Und doch tat sie es.

Im Zweifel sag einfach etwas Plausibles! Und so platzte Marina heraus: „Hast du Scrooge zum Dinner eingeladen?"

„Scrooge?" Jack wandte sich in seiner Rolle als Bob Cratchit zu ihr um und grinste. „Nur meine liebevolle Gattin hätte das Herz, Mr. Scrooge zu unserem Weihnachtsessen einzuladen."

Marina konnte sich immer noch nicht an ihre nächste Zeile erinnern. Kai formte Worte mit ihren Lippen, doch in dem grellen Licht der Scheinwerfer konnte Marina sie nicht erkennen. Schlimmer noch, ihre Kehle schnürte sich zu, und während sie die Dinge auf dem Tisch arrangierte, spürte sie, wie ihre Wangen heiß wurden.

„Es wäre schön, wenn Mr. Scrooge kommen könnte", sagte Leo mit seiner süßen, klaren Stimme, um Marina zu unterstützen. „Selbst wenn einige der Kinder ihn nicht mögen."

Marina sah, wie Kai hektisch in ihrem Textbuch blätterte. Ganz eindeutig hatten sie sich weit von dem Stück entfernt.

Marina musste etwas sagen. *Irgendetwas.* „Was glaubst du, warum die Leute Mr. Scrooge nicht mögen, mein Lieber?"

Jack starrte sie einen Moment lang an.

Jetzt hatte sie die gesamte Szene vermasselt. Sie war komplett verloren.

Doch dann drehte Jack sich zu den Zuschauern um und fragte: „Ja, warum? Ich sage es euch."

Mit einem übertriebenen Zwinkern nahm Jack ein paar Löffel vom Tisch und fing an, sie rhythmisch zusammenzuschlagen, während er rappte.

„Eins, zwei, drei, vier …
Er ist abscheulich,
geizig,
der Grinch, der uns
das Fest stiehlt … hey, hey!"

WÄHREND JACK sein improvisiertes Solo gab, nahmen die Dirigentin und ihr Orchester den Takt auf. Marina lachte über seine albernen Reime, die an Dr. Seuss und die alte Fernsehserie *Seinfeld* erinnerten. Zum Glück lachten die Zuschauer und feuerten Jack an.

Davon angetrieben rappte Jack noch einen Vers im

Hamilton-Stil von Lin-Manuel Miranda, während er um den Esstisch tanzte. Die Kinder fielen hinter ihm ein – Leo, Samantha, Logan und Brookes Jungs – und zogen in einer Polonaise über die Bühne wie in einer Szene aus *Beetlejuice* mit Catherine O'Hara und Michael Keaton.

Die Zuschauer klatschten im Takt mit. Sofort verschwand Marinas Nervosität, und sie fing an, Spaß zu haben. Und auf einmal war all der Text, den sie vergessen hatte, wieder da, auch wenn er nicht länger wichtig war.

Aus dem Augenwinkel erhaschte sie einen Blick auf Kai, die ihr Klemmbrett beiseite warf und resigniert die Hände hob, als würde sie aufgeben.

Während Jack weiter rappte, musterte Marina ihn staunend. Er konnte wirklich gut mit Worten umgehen. Joseph Pulitzer mochte sich vielleicht im Grab umdrehen, aber Marina glaubte, dass der alte Zeitungsmann selbst in diesem verrückten Fiasko eine Geschichte finden würde.

Mit einem letzten Salut an Scrooge endete Jack seine Einlage. Sie setzten die Szene ein wenig anders und freier fort, aber sie hatten es geschafft.

Als sie zu donnerndem Applaus die Bühne verließen, fasste Marina erneut Jacks und Leos Hand. Sie hatte das Gefühl, dass sie erfolgreich ein selbstverursachtes Unheil überstanden hatten.

Sie wusste, dass Jacks albernes Lied sie gerettet hatte, und zwar vermutlich auf seine Kosten. „Ich bin dir so dankbar", flüsterte sie.

„Das konnte nur in Kais verrückter Version der Weihnachtsgeschichte funktionieren", sagte Jack und klang erleichtert.

„Zum Glück waren heute keine Kritiker unter den Zuschauern", murmelte Marina. Summer Beach war ein kleiner Ort, und es war klug von Kai gewesen, die Kritiker erst für die offizielle Vorpremiere in der nächsten Woche einzuladen. Wenn nicht eine große Zeitung jemanden geschickt hatte, um Carol Restons Auftritt zu sehen, waren sie in Sicherheit.

Auf dem Weg zurück zur Garderobe legte Jack ihr eine Hand an den Rücken. „Vor der großen Premiere haben wir noch ausreichend Zeit zum Üben.“

Marina war ihm dankbar, doch es wäre ihr verhasst, seinen professionellen Ruf zu zerstören. Sie wusste nur zu gut, wie sich das anfühlte.

Bei der nächsten Aufführung wäre sie besser vorbereitet. Keine Fehler mehr, schwor sie sich.

Kai kam ihnen entgegen.

Sie stemmte die Hände in die Hüften und funkelte sie an. „Und wie genau nennt ihr das, was ihr da draußen gerade gemacht habt?“

18

„Kai, bitte reg dich nicht auf", bat Marina. „Jack hat mich gedeckt. Es war meine Schuld."

Kai brach in lautes Lachen aus. „Das. War. Genial." Sie hob die Hand, um mit allen dreien abzuklatschen. „Das bleibt in der Show." Sie stieß Jack mit der Schulter an. „Wir müssen jedoch am Text arbeiten."

Jack grinste ein wenig verlegen und hob abwehrend die Hände. „Es ist ja nicht so, als hätte ich auch nur den Bruchteil einer Sekunde gehabt, um darüber nachzudenken. Und ich habe gestern Abend alte Seinfeld-Folgen geguckt."

„Es kann sein, dass du heute auf der Afterparty eine Zugabe geben musst", sagte Kai lachend. „Wir sehen uns später." Sie eilte auf ihren Posten zurück.

Mehrere Statisten, darunter Cole, blieben stehen, um ihnen zu gratulieren, bevor sie ihre Plätze für die nächste Szene einnahmen.

Die Lichter wurden gedimmt, und Carol Reston trat mit einem Song auf, den sie Jahre zuvor geschrieben hatte. Es ging darum, an jedem Tag im Jahr Freude und Weihnachtsstimmung zu verbreiten.

„Ich liebe dieses Lied", flüsterte Marina Jack zu. Die Zuschauer lauschten in ergriffenem Schweigen, während Carol mit viel Emotionen aus dem Herzen sang. Marina lehnte sich gegen Jack und dachte darüber nach, was diese Worte für ihr Leben bedeuteten.

Jack legte einen Arm um sie, und ohne zu zögern legte sie ihren Kopf an seine Schulter und blinzelte Glückstränen fort. Während sie sich in der Dunkelheit zu der Musik wiegten, sahen sie, wie Carol das Herz eines jeden Zuschauers in der Muschel berührte. Die Liebe, die sie ausstrahlte, war beinahe mit den Händen zu greifen.

Marina wusste nicht, was der morgige Tag bringen würde. Aber jetzt, hier, war alles perfekt. Als Jack für eine weitere Szene auf die Bühne ging, blieb sie zurück und schaute aus dem Seitenflügel zu. Dabei dachte sie, wie sehr sie ihr Leben in Summer Beach liebte.

Selbst mit Jack. Er würde möglicherweise wegziehen, aber zumindest hatte sie entdeckt, dass sie wieder Gefühle für jemanden empfinden konnte. Vielleicht war das der einzige Grund dafür, dass ihre Wege sich gekreuzt hatten.

In dieser abschließenden, glücklichen Szene hatte Leo als Tiny Tim die letzte Zeile: „Möge Gott uns alle beschützen."

Die Zuschauer lachten, klatschten und wischten sich Tränen der Rührung aus den Augen, als Ginger die Show mit ihrer hervorragenden Erzählung zum Ende brachte. Während sie das tat, tauchte der Weihnachtsmann auf der Bühne auf und winkte allen Kindern zu.

„Ho, ho, ho! Frohe Weihnachten!", rief er.

Marina lachte. Kai hatte die Identität des Weihnachtsmannes bis zu dieser Sekunde geheim gehalten. Es war Bennett Dylan, der Bürgermeister von Summer Beach.

Ginger winkte zurück. „Und frohe Weihnachten für dich, Weihnachtsmann. Und für alle, die heute Abend hier sind." Sie warf den Zuschauern eine Kusshand zu und winkte noch einmal zum Abschied.

Die Zuschauer – Freunde und Familien der Schauspieler und Helfer – sprangen auf die Füße und klatschen und jubelten für ihre Liebsten.

Hinter der Bühne nahm Jack Marinas Hand. „Zeit für eine Verbeugung, Mrs. Cratchit."

Lachend lief Marina mit ihm auf die Bühne und verbeugte sich. Dann drehte sie sich zum Seitenflügel und winkte Leilani.

Mit der Hilfe von Roy und Cole humpelte Leilani auf die Bühne und winkte den Zuschauern, die ihr für ihren Auftritt und ihren Sportsgeist zujubelten.

Als Letzte kam Carol zu ihnen allen auf die Bühne. Die Hände vor dem Bauch verschränkt, verbeugte sie sich zu enthusiastischem Applaus und Jubelrufen mit der gesamten Besetzung.

Trotz der Beinahe-Katastrophe konnte Marina sich nicht erinnern, wann sie das letzte Mal so viel Spaß gehabt hatte. Und Jack hielt immer noch ihre Hand. Sie schaute sich nach Cole um, doch er war direkt nach dem letzten Vorhang verschwunden.

Axe gesellte sich mit einem breiten Grinsen zu ihnen. „Hut ab für deine Trommelkünste mit den Löffeln", sagte er und boxte Jack spielerisch gegen den Oberarm. „Wo hast du das gelernt?"

Jack fuhr sich grinsend mit der Hand durch die Haare. „In einer alten Country-Bar in Texas. Wir waren Kinder und hatten nicht viel, um uns zu unterhalten. Ein paar der Alten haben mir gezeigt, wie man die Löffel spielt – und die Mundharmonika und das Waschbrett auch."

„Ein Waschbrett?" Axe lachte leise. „Das behalte ich für zukünftige Stücke im Hinterkopf. Hast du noch andere verborgene Talente?"

Jack warf Marina einen Blick zu. „Abgesehen davon, mich aus misslichen Lagen zu befreien?"

Kai umarmte Marina. „Am Ende wird alles immer gut – und manchmal sogar besser als geplant. Das ist das Tolle an Kreativität."

Bei diesen Worten drehte Ginger sich zu ihnen um. „Ich glaube, das habe ich dir immer gesagt, Kai. Ich bin froh, dass du tatsächlich zugehört hast."

„Meine Schwestern und ich haben jedes weise Wort von dir gehört, auch wenn wir manchmal etwas länger brauchen, um es in die Tat umzusetzen." Kai umarmte ihre Großmutter. „Du warst übrigens umwerfend. Was macht dein Husten?"

„Bettina hat sich während der Pause um mich gekümmert, und in der zweiten Hälfte habe ich mich schon viel besser gefühlt. Alte Hausmittel sind oft die besten – solange man sich des Problems früh genug annimmt." Ginger lächelte Marina und Jack an. „Und ihr beide wart definitiv der Hit. Jack, du bist ein Mann voller Überraschungen – du musst deine Talente öfter mit der Welt teilen."

„Das habe ich Marina zu verdanken", sagte er und drückte ihre Hand.

„Sehr lustig", gab Marina zurück, genoss es aber, mit ihm Scherze zu machen. Er hatte die Szene gerettet – und vielleicht sogar das ganze Stück.

Nach einem kurzen Meeting mit allen Beteiligten machten sich alle auf den Weg ins Coral Café, wo Brooke und Chip ein Büffet für die Aftershow-Party aufgebaut hatten. Sie hatten auch die restliche Weihnachtsdeko aufgehängt, mit der Marina früher am Tag angefangen hatte, und nun strahlte die Terrasse im Licht der Lichterketten. Tannenzapfen schmückten die Tische, und an roten Bändern hingen die Tannenzweige, die Marina in den Bergen gesammelt und zu Kränzen gebunden hatte.

Fröhliches Geplapper und Lachen erfüllte die Luft, als

die Schauspieler und Crewmitglieder nach und nach eintrudelten. Die Leute posierten für Fotos und signierten das Programmheft, das Kai hatte drucken lassen.

Marina kannte oder erkannte beinahe alle von den Proben, abgesehen von einem großen, schlanken Mann mit schwarzer Brille, der allein am Rand stand und sich Notizen in einem kleinen Spiralblock machte. Sie ging auf ihn zu.

„Hallo, ich bin Marina Moore. Kann ich Ihnen irgendetwas bringen?"

Der Mann runzelte die Stirn. „Sie arbeiten hier?"

Sie machte eine ausladende Geste. „Es ist mein Café."

Er zeigte mit dem Stift auf sie, als würde er sie einer Übeltat beschuldigen. „Sie waren auch in dem Stück."

„Das stimmt", gab sie leicht empört über seine Haltung zurück.

„Sie haben die Rolle der anderen Schauspielerin als Mrs. Cratchit übernommen."

„Wieder richtig."

„Sie waren definitiv nicht die reguläre Zweitbesetzung."

„Äh, nein, aber …"

„Das wird vermutlich korrigiert werden." Er schob sich die Brille auf der Nase hoch und machte sich eine Notiz. „Marina Moore …" Er hielt inne und musterte sie. „Warum kommt mir der Name so bekannt vor?"

„Ich glaube nicht, dass wir uns schon mal begegnet sind." Marina wagte es nicht, ihre Zeit als Nachrichtensprecherin zu erwähnen, und hoffte, dass er sich nicht an das unglückliche Meme erinnerte. Gerade, als ihr das alles zu unangenehm wurde, winkte Carol Reston ihr zu und gesellte sich mit ihrem Mann Hal zu ihnen.

„Ah, Rexford, Darling", begrüßt sie den Mann. „Ich wusste nicht, dass du unter den Zuschauern warst."

„Ich mache nur meine Arbeit, Carol."

Hal schüttelte Rexfords Hand. „Es ist immer schön, dich zu sehen, Sportsfreund. Und ich sehe, dass du Marina kennengelernt hast, die heute Abend nach dem kleinen Unfall auf bewundernswerte Weise so kurzfristig einge- sprungen ist. Rexford ist ein Theaterkritiker aus Los Angeles."

Marinas Mund wurde mit einem Mal ganz trocken und sie schaffte es nur, ein: „Schön, Sie kennenzulernen", auszustoßen.

Das hier war nicht richtig. Kai hatte die Kritiker zur offi- ziellen Vorpremiere in der nächsten Woche eingeladen. Heute war nur die Generalprobe gewesen, und abgesehen von den Profis wie Carol und Kai waren die meisten Schau- spieler nervös gewesen. Marina konnte sich gut vorstellen, was Rexford schreiben würde. Er starrte sie an, deshalb fügte sie hinzu: „Die neue Muschel ist eine wundervolle Erweiterung von Summer Beach."

Rexford verzog den Mund. „Ich bin zum ersten Mal hier." Erneut musterte er sie, dann schnippte er mit den Fingern. „Sagen Sie, haben Sie nicht mal als Fernsehmode- ratorin in San Fran..."

„Oh, tut mir leid", unterbrach Marina ihn schnell. „Ich werde in der Küche gebraucht. Wenn Sie mich bitte entschuldigen würden."

Auf dem Weg packte sie Kai an der Hand und zog sie mit sich in die Küche. „Der Mann da draußen, mit dem dunklen Anzug und der Brille, ist ein Kritiker", sagte sie.

Kai fiel die Kinnlade herunter. „Er hat die Aufführung gesehen?"

„Und sich Notizen gemacht."

Kai warf einen Blick durch die Tür und verdrehte die Augen. „Von allen Leuten, die heute hätten kommen können ... Das ist Rexford Rutherford, der größte Snob von allen. Ich habe gehört, dass er und Carol seit Jahren Krieg gegeneinander führen."

Marina bedeutete Axe, zu ihnen zu kommen. „Ich frage mich, wer ihn reingelassen hat."

„Na ja, wir haben am Eingang nicht gerade die Perso-
nalausweise überprüft", sagte Kai. „Heute war der Abend
für Freunde und Familie."

Axe kam in die Küche. Nach einem Blick auf Kai fragt
er: „Was ist los?"

„Wir hatten heute einen Kritiker unter den Zuschauern", erklärte Kai. „Einen der härtesten." Während Kai
ihm alles erzählte, entschuldigte Marina sich, um weitere
Gäste zu begrüßen.

Nun ist es zu spät, dachte sie. Zum Glück unterhielten
Carol und Hal sich noch mit Rexford. Wenn jemand ihn
dazu bringen konnte, eine positive Kritik zu schreiben,
waren es die beiden. Aber selbst Superstars erhielten nega-
tive Kritiken. Für den heutigen Abend musste Marina alle
Gedanken daran aus ihrem Kopf verbannen.

Leo stürmte auf die Terrasse und zog seine Mutter an
der Hand mit sich. „Mom lässt mich für die Party aufblei-
ben", sagte er, noch ganz aufgeregt nach der Aufführung.

Vanessa lächelte. „Eigentlich müsste er schon längst im
Bett sein, aber es ist nur dieses eine Mal, und alle seine
Freunde sind hier."

„Ich bin froh, dass ihr gekommen seid." Marina hatte
Vanessa durch Leo kennengelernt, und sie bewunderte ihre
Stärke und Entschlossenheit.

Vanessas dunkle Haare waren kurz und lockig, was ihre
bezaubernden braunen Augen noch größer wirken ließ.
Marina war so froh, dass Gingers Kontakte sich als nützlich
erwiesen und Vanessa eine Spezialbehandlung ermöglicht
hatten. Auch wenn Vanessa keine Ahnung von dieser
Verbindung hatte.

„Samantha! Logan!", rief Leo und lief zu seinen Freunden, die ebenfalls mit ihren Eltern da waren.

Marina lachte. „Leo hat mir heute wirklich durch die
peinliche Szene geholfen. Er ist so talentiert."

„Ich hatte keine Ahnung, dass ihm das Schauspielern so

viel Spaß bringen würde", gestand Vanessa. „Vielleicht kommt er, was das angeht, doch nach seinem Vater."

Marina schaute dem Jungen hinterher. „Ich weiß, dass Leo es noch nicht weiß, aber Jack hat mir von deinen Plänen erzählt. Ich freue mich so für dich, dass du jemand Besonderen gefunden hast."

Vanessa öffnete erstaunt den Mund. „Ich hätte nie erwartet, einen so wundervollen Mann kennenzulernen, aber Noah ist alles, was ich mir je hätte wünschen können. Ich hoffe, dass es Leos Beziehung zu seinem Vater nicht verkompliziert."

„Jack ebenfalls in Zürich wohnen zu haben wird Leo helfen, sich einzuleben", sagte Marina. Und auch wenn sie es nicht laut aussprach, dachte sie daran, als was für ein guter Vater Jack sich herausgestellt hatte, obwohl er sich – seinen eigenen Worten nach – noch in der Ausbildung befand.

„Jack hat vor, dorthin zu ziehen?" Vanessas Augenbrauen schossen nach oben.

„Für Leo", sagte Marina. „Für seinen Sohn würde er alles tun."

Vanessa wirkte aufrichtig überrascht. „Ich schätze, Jack kann auch in Europa Arbeit finden. Er war immer heiß begehrt." Sie schaute zu Leo. „Mein Sohn liebt Summer Beach, aber ich dachte, dass das Ganze für uns beide ein neues Abenteuer sein könnte."

„Du hast es verdient, eine liebevolle Beziehung zu haben", sagte Marina. „So etwas ist nicht leicht zu finden."

„Das stimmt." Vanessa seufzte. „Noah ist ein unglaublicher Mann." Ihre Miene erhellte sich. „Vielleicht kannst du uns eines Tages in Zürich besuchen. Leo hat dich so lieb gewonnen."

„Und ich ihn." Marina wusste nicht, was sie sonst noch sagen sollte. Zwischen ihrer Entscheidung, Jack zu verlassen, dem Rat ihrer Großmutter und der Verbindung, die sie und

Jack an diesem Abend verspürt hatte, waren ihre Gefühle die reinste Achterbahnfahrt. Einen Tag nach dem anderen, sagte sie sich. *Lebe im Hier und Jetzt.*

Vanessa berührte Marina an der Schulter und senkte ihre Stimme. „Danke, dass du mir von Jacks Plänen erzählt hast." Sie runzelte die Stirn. „Mir war nicht bewusst, dass ihm bereits so viel an Leo liegt. Der Jack, den ich vor ein paar Jahren kannte, war ziemlich anders."

„Er liebt Leo sehr", sagte Marina. Sie sah es in allem, was Jack tat. Er hatte Leo in seinem Leben an erste Stelle gesetzt. „Jack hat für seinen Sohn sein Leben in New York aufgegeben und seinen Beruf gewechselt. Als du ihn angerufen hast, hatte er sich nur eine Auszeit genommen."

„Ich weiß, dass mein Sohn sich glücklich schätzen kann, ihn zu haben", sagte Vanessa gedankenverloren. „Vielleicht hätte ich nicht so lange damit warten sollen, die beiden miteinander bekannt zu machen."

„Jetzt zählt nur die Zukunft." Marina zögerte. Sie wollte noch etwas hinzufügen, auch wenn es sie eigentlich nichts anging. Aber es hatte Zeiten in ihrem Leben gegeben, in denen sie sich gewünscht hätte, dass jemand ihr ehrlich die Meinung gesagt hätte. Also öffnete sie den Mund, um etwas zu sagen, entschied sich dann aber um. Vanessa wollte es vermutlich nicht hören.

„Wolltest du noch etwas sagen?", fragte Vanessa.

Marina schaute sich um. Niemand hörte ihnen zu – nur Ginger war in der Nähe – und es würde nur einen Moment dauern. Sie fasste ihren Mut zusammen. „Auf dich und Leo muss in Zürich wirklich ein wundervolles und besonderes Leben warten, wenn du bereit bist, Summer Beach zu verlassen. Es ist schwer, gute Freunde wie Denise und John zu ersetzen – und Leo wird Samantha sicher sehr vermissen. Summer Beach bietet deinem Sohn eine so idyllische Kindheit mit guten Freunden und Jack in der Nähe. Und Leo sagte, Scout wäre der erste Hund, den er je gehabt hat."

Vanessa lächelte. „Leo kann in der Schweiz einen anderen Hund haben."

„Ich meine nur, dass es schwer sein muss, zu gehen. Ich bin mir sicher, dass du das alles bedacht hast, sonst wärst du nicht so entschlossen. Noah muss wirklich außergewöhnlich sein." Sie hielt inne und dachte an das, was Ginger gesagt hatte. „Manchmal gibt es Alternativen, an die wir nicht gedacht haben."

Vanessa zog eine Augenbraue in die Höhe. „Mit meiner Krankheit muss ich entschieden sein", sagte sie mit einem verteidigenden Unterton. „Ich kann Dinge nicht auf ein Morgen aufschieben, das vielleicht niemals kommt." Einen Moment später zügelte sie ihre Emotionen. „Ich weiß immer noch nicht, wie viel Zeit mir bleibt – ich schätze, das weiß niemand – aber vielleicht habe ich ein wenig übereilt gehandelt."

„Das habe ich auch einst getan", sagte Marina und dachte an Grady. „Es hat nicht gut geendet."

Vanessa schaute zum Meer. „Ich glaube, du warst für Leo sehr gut. Genau wie für Jack. Sie werden dich vermissen, und ich wünschte wirklich, dass das Ganze auch zu deinem Vorteil ausgehen könnte."

Kopfschüttelnd erwiderte Marina: „Ich denke wirklich nur an deinen Sohn. Ich weiß, wie schwer es für mich war, meine Kinder in San Francisco ohne ein starkes Netzwerk aus Unterstützern aufzuziehen."

Vanessa nickte gedankenverloren. „Ich wünschte, es gäbe einen anderen Weg, aber Noahs Arbeit ist in Zürich. Und er bedeutet mir so viel."

„Natürlich. Das verstehe ich." Marina hatte getan, was sie konnte.

„Danke, dass du deine Gedanken und Sorgen um Leo mit mir geteilt hast." Vanessa drückte Marinas Unterarm. Dann wandte sie sich mit einem schwachen Lächeln ab, um mit Denise und John zu reden.

Marina fröstelte ein wenig in der kalten Abendluft und rieb sich über die Arme. Vielleicht hatte Vanessa ihre Meinung nicht hören wollen, aber Marina glaubte wirklich, dass dieser Umzug für Leo traumatisch sein würde. Mit der Krankheit seiner Mutter hatte er bereits eine schwere Zeit durchlitten. Summer Beach war der erste Sonnenstrahl, den er seit Langem in seinem Leben gehabt hatte.

Ginger kam auf sie zu. „Das sah nach einer ernsten Unterhaltung aus."

„Es war definitiv keine Unterhaltung, die ich auf einer Party führen wollte, aber ich kann nicht anders, als mich zu fragen, ob Vanessa einen Fehler begeht. Ihr neuer Freund mag ein wundervoller Mann sein, aber das habe ich über Grady auch gedacht. Sich etwas mehr Zeit zu lassen, um jemanden kennenzulernen, kann nicht verkehrt sein."

„Frauen sollten aufeinander achtgeben", sagte Ginger nickend. „Wenn du mich entschuldigst, ich sehe unseren Weihnachtsmann, Bürgermeister Bennett. Ich muss mit ihm reden – und nur zu deiner Information, Kai sieht aus, als wäre sie bereit, zu tanzen."

Marina stieß den Atem aus. „Ich schätze, dann sollte ich mich unters Partyvolk mischen." Sie schaute zu den versammelten Gästen. Zum Glück war der Theaterkritiker gegangen, bevor alle anfingen, ihre Anspannung von der Generalprobe loszulassen. Um Kais Willen hoffte sie, dass Rexford gnädig sein würde. Doch auch wenn nicht, wäre sie da, um ihre Schwester zu unterstützen.

Wie Ginger vorhergesagt hatte, drehte Kai die Musik auf, und die ersten Leute fingen an zu tanzen. Alle hatten so viel Spaß. Im Zentrum saß Leilani, die im Takt mit den Fingern schnippte und offensichtlich guter Laune war, obwohl sie ihren Fuß kühlen und hochlagern musste.

Marina war froh, dass Leilani wenigstens ihre erste Szene hatte spielen können. Bis sie nicht einen Arzt aufgesucht hatte, wusste niemand, wie lange sie außer Gefecht gesetzt sein würde. Nach Weihnachten würden sie und ihr Mann ihre jährliche Reise nach Hawaii antreten, um dort bei ihrer Familie zu überwintern. Das war der perfekte Ort, um ihre Verletzung auszukurieren, sollte diese mehr sein als nur eine Verstauchung.

Wenigstens hat sie jetzt Spaß, dachte Marina. *Lebe im Hier und Jetzt.*

„Hey du." Kai tänzelte auf sie zu und klatschte in die Hände. „Komm, lass uns feiern. Dein langes Gesicht verrät mir, dass du jetzt sofort mit uns tanzen musst."

Marina lachte. „Das muss ich definitiv."

MARINA KONNTE SICH NICHT ERINNERN, wann sie das letzte Mal so viel getanzt hatte. Obwohl die Musik noch spielte, musste sie eine Pause einlegen. Die Kälte war aus ihren Knochen gewichen, und sie setzte sich auf einen Stuhl und fächelte sich Luft zu.

„Du hast ein paar gute Moves drauf", sagte Cole und reichte ihr einen rosafarbenen Cocktail. „Ivy hat Shelly gebeten, den hier für dich zuzubereiten. Sie nannte ihn einen *Sea Breeze Cooler* und sagte, den hättest du dir verdient."

„Ivy hat es nicht vergessen." Marina war dankbar für den Cocktail aus Cranberry- und Grapefruit-Saft. Sie winkte Ivy und Shelly über die Terrasse zu und trank einen Schluck.

Cole hatte sich umgezogen und trug nun ein maßge-schneidertes Hemd und eine Stoffhose. Er sah sehr gut aus. „Ich hatte noch gar keine Gelegenheit, dir ausführlich zu deinem Auftritt zu gratulieren."

„Das bedeutet mir viel. Danke." Sie zeigte zu dem Stuhl neben sich. „Setz dich doch."

„Ich glaube, ich hätte das nicht so elegant hinbekommen

wie du", sagte er und nahm Platz. „Das war eine ziemlich erinnerungswürdige Szene."

„Tja, um ehrlich zu sein, habe ich meinen Text vergessen", gestand Marina und tippte sich an die Schläfe. „Jack hat die Szene durch seine Improvisation gerettet."

Cole lachte leise. „Ich dachte mir doch, dass ich das Lied noch nie gehört habe. Daran hätte ich mich erinnert."

„Kai will es in der Show behalten. Mit ein paar kleinen Verbesserungen natürlich."

Seine Miene wurde ernst. „Du und Jack, ihr harmoniert auf der Bühne gut miteinander."

Marina war nicht sicher, was Cole damit sagen wollte. „Er hat mir geholfen, den Text zu lernen. Mit seiner Theatererfahrung wusste er, was zu tun ist."

„Mir schien es, dass die Verbindung darüber hinausging", sagte Cole gedankenverloren. „Du hast eine Vergangenheit mit Jack."

„Eine sehr kurze." Und Marina wusste nicht, wo sie mit jedem der Männer stand.

Cole dachte darüber nach. „Nach der letzten Aufführung werde ich an die Ostküste fahren, um meine Kinder zu besuchen. Mein Angebot an dich steht noch. Möchtest du mich auf dieser Reise begleiten?"

Marina lächelte. „Um ehrlich zu sein, haben wir diese Art der Beziehung noch nicht."

„Ich dachte mir, dass du das sagen würdest. Wenn es hilft, das Sofa kann zu einem Bett ausgeklappt werden. Darauf würde ich schlafen." Mit einem Anflug von Hoffnung in der Stimme fügte er an: „Außer du möchtest das nicht."

„Wie rücksichtsvoll von dir, das so auszudrücken." Sie berührte seinen Arm. „Ich bin nicht Babs, Cole. Und das werde ich auch nie sein."

„Das ist niemand", sagte er traurig. „Wie auch immer, ich

möchte nicht, dass du das Gefühl hast, ich würde irgendwelche Grenzen überschreiten. Du bedeutest mir immer noch viel, Marina. Das Angebot bleibt bis zu meiner Abreise bestehen."

„Wir haben eine alte Verbindung, Cole. Und daran sollten wir denken, bevor wir etwas tun, das wir bereuen könnten."

Coles Ohren röteten sich vor Verlegenheit. „Vielleicht habe ich mich zum Trottel gemacht, als ich hier unangekündigt aufgetaucht bin. Habe ich mein Gastrecht überstrapaziert, indem ich bei dem Theaterstück mitmache?"

„Überhaupt nicht. Bitte glaube das nicht. Wir alle freuen uns, dich bei uns zu haben."

Cole nahm Marinas Hand und stieß einen erleichterten Seufzer aus. „Die letzten Wochen waren das beste Geschenk, das ich mir hätte vorstellen können. Du, Ginger und Kai, Brooke und Chip – ihr habt mich behandelt, als gehörte ich zur Familie. Das hatte ich lange nicht mehr, weil meine Kinder ihr eigenes Leben leben. Ich bin jetzt nur noch ihr alter Dad, das fünfte Rad am Wagen. Und Babs ist schon seit Langem über mich hinweg." Er riss sich zusammen und schüttelte den Kopf. „Vielleicht sollte ich nicht so viel von ihr reden."

„Ist schon gut. Sie ist die Mutter deiner Kinder."

„Und sie war immer eine gute Mutter", sagte er. „Wie auch immer, ich habe seit Jahren kein Haus mehr für Weihnachten geschmückt, und mir war gar nicht bewusst, wie sehr ich das vermisst habe. Das hat Spaß gemacht."

Marina lächelte ihn an. „Dazu hat Ginger dich eingespannt, fürchte ich."

„Das macht nichts. Und bei diesem Stück mitzumachen ist einfach unglaublich. Vielleicht sollte ich mich mehr in die Aktivitäten meiner Gemeinde einbringen. Nach der Scheidung bin ich nicht viel aus dem Haus gegangen. Aber das hier macht Spaß, genau wie das Reisen. Du sagst mir Bescheid, wie du dich wegen der Reise entscheidest?"

„Das mache ich." Sie wusste, dass Cole nicht aufgeben würde, dennoch gab sie ihm einen Kuss auf die Wange. „Danke, dass du mich verstehst."

„Das tue ich", sagte er. „Und ich respektiere dich für deine Haltung." In dem Moment vibrierte sein Handy. Er nahm es heraus und warf einen Blick auf das Display.

„Musst du da rangehen?", fragte Marina.

„Es ist Babs." Cole grinste, wirkte aber auch ein wenig verlegen. „Ich habe ihr von dem Stück erzählt, und sie überlegt, ob sie herkommen soll, um es sich anzusehen. Obwohl das vermutlich nur eine Ausrede ist, um dem frühen Schneesturm zu entkommen. Sie ruft bestimmt an, um zu fragen, wie es gelaufen ist."

„Dann geh ran und grüße sie schön von mir."

Als er sich entfernte, um den Anruf entgegenzunehmen, schoss Marina ein Gedanke durch den Kopf. Sie sah Cole lächeln und lebhaft mit seiner Ex-Frau sprechen. Sie wusste, dass die beiden durch die Kinder eine Verbindung hatten, aber sie spürte, dass da noch mehr zwischen ihnen war.

Ihr früherer Verdacht, dass Babs in ihrer neuen Ehe nicht glücklich war, kam wieder hoch, und sie machte sich eine mentale Notiz, sich wieder bei ihr zu melden.

Vielleicht war Cole ja doch nicht frei für eine neue Beziehung.

19

Am nächsten Morgen gesellte Jack sich zum Frühstück zu seiner neuen Theaterfamilie im Coral Café. Er und Leo saßen an dem Tisch direkt vor der Küche, in der Marina gerade dabei war, Blaubeerpfannkuchen zu backen. Scout legte sich zu seinen Füßen und rollte sich für jeden auf den Rücken, der seinen Bauch kraulen wollte.

„Guten Morgen zusammen", sagte Jack. „Was für eine Aufführung." Auf dem College hatte er es geliebt, zu schauspielern und zu schreiben. So viel Spaß hatte er schon lange nicht mehr gehabt, und er war froh, dass Leo es auch genoss.

Ginger hob eine Kanne mit Kaffee hoch. „Einen Kaffee, Jack?"

„Gerne. Und ich wäre sehr dankbar, wenn du mir konstant nachschenken könntest." Er presste sich eine Hand gegen die Stirn.

Ginger lächelte wissend. „Hat da jemand gestern Abend ein bisschen zu viel gefeiert?"

„Ich bin das nicht mehr gewöhnt", antwortete er grinsend. Ginger klang auch ein wenig heiser, und er erinnerte sich, dass Bettina sich am Vorabend um sie gekümmert hatte. „Wie geht es heute mit deinem Husten?"

„Der ist noch da, aber für die nächste Aufführung sollte ich wieder fit sein", antwortete Ginger mit ihrem üblichen unerschütterlichen Selbstvertrauen.

Jack sah, dass Marina die Stirn runzelte und ihre Großmutter besorgt musterte.

Als Ginger weiterging, stupste Scout Jack mit der Nase an. Jack kraulte ihn hinter den Ohren und schaute dabei verstohlen auf sein Handy. Er wollte die Kritik des Stücks zuerst finden, um die anderen vorzubereiten. Denn vermutlich würde sie nicht sonderlich gnädig ausfallen.

Was hatte er sich gestern Abend nur gedacht? Das war ein guter Weg gewesen, das letzte Bisschen von seinem Ruf zu zerstören, das ihm noch geblieben war. Dabei bräuchte er das, um in Zürich einen Job zu finden, wo das Leben wesentlich teurer war als hier in Summer Beach.

Doch in seinem Herzen wusste Jack, warum er auf der Bühne diese verrückte Vorstellung gegeben hatte. Er hatte die Aufmerksamkeit von Marina ablenken wollen, als diese erstarrt war. Sie hatte nicht mehr im Scheinwerferlicht gestanden, seitdem sie ihren Job in San Francisco verlassen hatte. Und ihr letzter Auftritt vor den Kameras war ihr immer noch peinlich. Es war jedoch nicht ihre Schuld. Man hatte ihr eine Falle gestellt, und der Regisseur der Sendung hätte von ihr wegschalten und Werbung einblenden müssen.

Jack hatte mit aller Macht verhindern wollen, dass Marina noch einmal so eine öffentliche Demütigung erlebte. Heutzutage filmten viele mit ihren Handys, und Marina hatte keinen zweiten Teil der Katastrophe brauchen können. Außerdem hatte sie sich auf der Bühne gut erholt, nachdem sie aufgehört hatte, sich selbst so ernst zu nehmen. Er war sicher, dass sie bei der nächsten Aufführung keine Probleme haben würde.

Er glaubte auch, dass Kais Begeisterung über seinen

gestrigen Auftritt nur dem Umstand zu verdanken war, dass er die Szene gerettet hatte. Im klaren Licht des Morgens würde sie das sicher anders sehen.

„Kann ich einen Eierpunsch haben?", fragte Leo ihn.

„Und woher weißt du, dass im Kühlschrank ein Eierpunsch steht?", fragte Ginger und zerzauste ihm die Haare.

„Weil es auf der Tafel steht." Leo zeigte auf die Tafel mit den Specials des Tages, die Marina aufgestellt hatte.

„Kommt sofort", sagte Ginger.

Kai und Axe, die auf der anderen Seite des Tisches saßen, besprachen einige Änderungen im Stück, und Heather und Ethan schauten sich auf ihren Handys Fotos von der Aufführung an, die ihre Freunde gemacht und ihnen geschickt hatten. Andere Schauspieler und Crewmitglieder strömten auf die Terrasse, wo Marina eine Selbstbedienungsstation mit Kaffee und Bagels aufgebaut hatte. Alle warteten angespannt auf Rexfords Kritik, die, wie Carol gesagt hatte, heute Vormittag veröffentlicht würde. Es war Marinas Idee gewesen, dass alle sich hier versammelten, um sie gemeinsam zu lesen.

Jack tippte auf das Display seines Handys. Immer noch nichts.

„Du machst mich nervös, wenn du alle zehn Sekunden nachguckst", sagte Marina.

Er legte das Handy weg. „Okay, ich lege eine Pause ein."

Sie drehte sich wieder zum Herd um und gab die ersten Pfannkuchen auf einen Teller. „Wer ist hier am hungrigsten?"

Leos Hand schoss in die Höhe, und alle lachten.

Kai stand auf, nahm den Teller entgegen und stellte ihn vor Leo hin. „Wer ist der Nächste?"

Carol und ihr Mann Hal tauchten in lässigen Jogginganzügen in der Tür auf. Nachdem sie alle begrüßt hatten, platzte Carol heraus: „Hat Rexford seine Kritik schon veröffentlicht?"

„Ich habe nicht wirklich nachgesehen", sagte Jack, weil er nicht zu eifrig wirken wollte.

Kai lachte. „Du meinst in den letzten zehn Sekunden."

„Guck weiter", bat Carol nervös.

Jack grinste und drehte sein Handy wieder um. „Hey, sie ist gerade online gegangen." Er setzte sich gerade hin und fing an zu lesen.

Carol stieß ihm in die Seite. „Um Himmels willen, ließ laut."

„Okay." Jack fing an, und alle beugten sich angespannt vor. „Wird *Ein Weihnachtsmärchen* nach der Aufführung in Summer Beach jemals wieder dasselbe sein? Schneebedeckte Straßen weichen sandigen Stränden in dem Regiedebüt der professionellen Theatermimin Kate Moore, in dem auch Grammy-Award-Gewinnerin Carol Reston einen Auftritt hat, die dafür berühmt ist, unmöglich hohe Töne zu treffen."

Carol stöhnte und verdrehte die Augen. Jack fragte sich, warum, las aber weiter.

„Mit lebhaften Musicalnummern und einem überraschenden Weihnachtsrap, dargebracht von dem mit einem Pulitzerpreis ausgezeichneten Journalisten Jack Ventana, ist *Ein Weihnachtsmärchen … am Strand* ein süßes Theaterstück für die ganze Familie. Es wird ab sofort in der Muschel, dem neuen Amphitheater in Summer Beach, aufgeführt. Zwei Daumen hoch für eine fabelhafte Zeit."

Ein kollektiver Seufzer der Erleichterung ertönte, und Kai riss die Arme hoch. „Wow, wir haben die erste Kritik überlebt. Aber das wäre uns ohne euch fabelhaften Schauspieler und die Crew niemals gelungen."

Jubelrufe hallten über die Terrasse. Carol schien sich auch für sie alle zu freuen. Jack schätzte, dass sie eine Perfektionistin war – was sie auf ihrem Niveau auch sein musste. Außerdem war sie der Hauptact und der größte Anziehungspunkt für die Show.

Jack wusste, dass alle trotz ihrer Nervosität und des Lampenfiebers ihr Bestes gegeben hatten. Dennoch hatte er auf der Aftershow-Party gesehen, dass Carol und Hal sich mit dem Kritiker unterhalten hatten. Er fragte sich, ob sie Rexford wohl um einen Gefallen gebeten hatten.

„Diese Kritik haben wir dir zu verdanken", sagte Kai und umarmte Carol.

Hal lachte leise. „Wenn du nur wüsstest. Wir hatten Angst, dass Rexford wegen Carol das Stück zerreißen würde."

„Hör auf, Geschichten zu erzählen", sagte Carol und schlug ihm spielerisch gegen den Oberarm.

Kai stemmte die Hände in die Hüften. „Jetzt musst du es erzählen."

„Na gut", sagte Carol. „Du und alle anderen hier, ihr habt diese Kritik ganz allein verdient. Rexford hat mir nur selten eine gute Kritik gegönnt. Er ist der Meister der zweideutigen Komplimente."

Jack las die Kritik noch einmal. „Aber er hat geschrieben: ‚... die dafür berühmt ist, unmöglich hohe Töne zu treffen'. Ist das nicht ein Lob?"

„Nur an der Oberfläche", erklärte Carol. „Schon seit Jahren kritisiert er meine hohen Töne. Das entscheidende Wort hier ist *unmöglich*. Er sagt, meine Ausbildung zur Opernsängerin würde seinen Ohren wehtun. Ich schätze, er muss kontroverse Ansichten vertreten, um die Leute an seinen Kritiken interessiert zu halten."

„Und deshalb muss er das Stück wirklich geliebt haben", sagte Hal und legte einen Arm um seine Frau. „Das ist alles, was für die Bewohner von Summer Beach wichtig ist. Die Leute werden neugierig sein und kommen, um sich das Stück anzusehen. Rexford hat eine ziemlich große Fangemeinde. Ich glaube, er hat Respekt vor Jacks Referenzen – und vor seinem originellen Rap. Weil der so unerwartet war, war es gleich doppelt lustig."

„Und es war vollkommen unbeabsichtigt", sagte Jack lachend. „Wir müssen ihn nicht im Stück behalten."

„Die Szene bleibt definitiv", erklärte Kai. „Gleich heute Nachmittag setzen wir uns ran und feilen am Text. Machst du mit?"

„Schätze schon", sagte Jack. Ihm war die Sache immer noch ein wenig peinlich. „Solange Leo und Scout hierbleiben können."

NACH DEM BRUNCH gesellte Jack sich zu Kai und Axe im Cottage, um den Text für die neue Szene zu überarbeiten. Vanessa hatte Leo am Morgen abgesetzt, und Marina nahm ihn mit in den Garten, wo er ihr helfen sollte.

Während Kai und Axe Anmerkungen zu Jacks hastig hingekritzeltem Text machten, beobachtete er Marina und Leo durchs Fenster. Leo schien mit gleicher Begeisterung Unkraut wie Karotten zu zupfen.

Mit einem resignierten Seufzer erkannte Jack, wie sehr er es bereuen würde, Summer Beach zu verlassen. Und doch schien das die einzige Lösung, um Leo weiterhin zu unterstützen. Er wünschte, er hätte mehr Zeit mit Marina. Im Nachhinein war es einfach, zu sehen, dass er seinen Gefühlen hätte folgen sollen. Doch das hätte nichts am gegenwärtigen Dilemma geändert. Es hätte den Wegzug nur noch schwerer gemacht.

Gestern Abend hatte Ginger ihm versichert, dass er auch aus der Schweiz weiter an den Illustrationen für ihre Kinderbuchreihe arbeiten könne. Und er hatte versprochen, regelmäßig für Meetings zurückzukommen. Nach den Feiertagen würde Jack ein neues Zuhause für Scout finden müssen – ein Gedanke, bei dem ihm jetzt schon das Herz schwer wurde. Er würde außerdem sein Häuschen in Strandnähe aufgeben und nach einer Wohnung in Zürich suchen müssen. Obwohl er immer gerne in die Schweiz gereist war, wusste er, dass er Summer Beach vermissen würde.

Und vor allem würde er Marina vermissen.

Zumindest wäre Cole bei ihr, dem wirklich viel an ihr zu liegen schien. Jack biss sich auf die Unterlippe. Die Vorstellung von den beiden zusammen gefiel ihm nicht, aber er wollte, dass Marina ihr Glück fand.

Nachdem sie mit dem Text für den Rap endlich zufrieden waren, gingen Kai und Axe, um sich um einige Dinge am Theater zu kümmern. Marina war bereits dabei, im Coral Café die Vorbereitungen fürs Mittagessen zu treffen, und sie hatte Leo mitgenommen. In seinem Alter war der Junge ständig hungrig, und sie hatte versprochen, ihm etwas zu essen zu machen.

Denise und John würden zum Abendessen ins Coral Café kommen. Jack wusste, dass Vanessa sich zu ihnen gesellen und Leo mit nach Hause nehmen würde. Nachdem er seine Notizen zusammengesammelt hatte, ging Jack nach draußen, um seinen Kopf ein paar Minuten zu klären und Scout rauszulassen.

„Okay, mein Junge, gehen wir." Er klappte den Kragen seiner Windjacke hoch.

Scout lief los in Richtung Strand. In der Ferne sah Jack Leute ihre Häuser weihnachtlich schmücken. Abgesehen von den Aufführungen freute er sich auch auf den *Santa Sprint* - das jährliche Wettlaufen am Strand – und die weihnachtliche Bootstour. Bennett hatte ihn auf sein Boot eingeladen. Sie würden es mit Lichterketten schmücken und dann mit anderen zusammen die Küste entlangfahren. Der gesamte Jachthafen wäre eine große Party.

Die vielen Vergnügungen in Summer Beach würden ihm fehlen. Als er auf einer Düne stehen blieb, sah er Ginger auf sich zukommen. Sie trug einen Jogginganzug und hatte sich einen Schal um den Hals gewickelt.

„Ein kleiner Spaziergang?", fragte sie im Näherkommen.

„Ja, das war Scouts Idee."

„Hunde halten einen fit."

„Vor allem dieser." Jack warf einen Stock für Scout. „Möchtest du uns begleiten? Ich gehe nicht weit, und wir können ein paar Ideen für neue Illustrationen spinnen."

Sie gingen nebeneinander am Wasser entlang und unterhielten sich über das aktuelle Buch.

„Ich werde es vermissen, meine Gedanken persönlich mit dir zu teilen", sagte Ginger und hakte sich bei ihm unter. Nicht weil sie die Stütze brauchte, sondern als Zeichen ihrer Freundschaft.

„Ich auch."

Ein paar Minuten später sagte sie: „Ich habe über deine Situation nachgedacht – und darüber, wie traurig Leo sein wird, wenn er Summer Beach verlassen muss."

„Mir graut davor, es ihm zu sagen." Doch wie könnte Jack dem Abenteuer seines Sohnes im Wege stehen? Vielleicht würde es Leo gefallen, in Europa zu leben, wo sich ihm unzählige Möglichkeiten boten. Sein Sohn könnte so vieles erkunden – von Reisen über Kultur und Geschichte bis zu Kulinarik und Sprachen. All das mochte Jack auch. Doch ihm würden Summer Beach und ihre Freunde hier fehlen.

Vor allem Marina.

„Glaubst du, dass Vanessa übereilt handelt?", riss Ginger ihn aus seinen Gedanken.

„Mich darfst du nicht fragen", erwiderte er grinsend. „Ich habe mein ganzes Leben lang Entscheidungen aus dem Bauch heraus getroffen."

„Aber nicht mit Leo."

„Natürlich nicht."

„Vielleicht solltest du dich mal mit Vanessa zusammensetzen und reden. Möglicherweise gibt es eine andere Option, von der ihr noch nichts wisst."

„Ich fürchte, dafür bräuchte es ein Wunder."

Ein Lächeln breitete sich auf Gingers Gesicht aus. „Das würden einige auch über Vanessas Genesung sagen. Weißt du, wir unterschätzen oft die Möglichkeiten, die es gibt."

Sie wandte sich in Richtung Meer. „Wenn wir aufs Meer hinausschauen, können wir nicht sehen, was darunter liegt. Mit unseren Problemen ist es genauso. Die Lösung schwebt vielleicht direkt unter der Oberfläche – oder sie funkelt in den Tiefen – aber wenn wir die Oberfläche nicht durchbrechen, wissen wir nicht, dass diese Möglichkeiten überhaupt existieren. Man muss für die beste Lösung tief tauchen." Sie hielt kurz inne und fügte dann an: „Und ich weiß, dass du durch deinen Beruf darin sehr geübt bist."

Das stimmte. „Ich schätze, ich sollte diese Fähigkeiten auch auf mein Privatleben anwenden." Er schaute Ginger an, aber sie neigte nur kurz den Kopf. Wenn es eine Lektion gab, die er von dem Delavie-Moore-Clan und seiner Zeit in Summer Beach gelernt hatte, dann, stets das Unerwartete zu erwarten. „Ich werde mit Vanessa reden."

Ginger tätschelte seine Schulter. „Ich will nicht, dass du die Hoffnung verlierst. Ich glaube, es gibt immer einen Weg, mit denen zusammen zu sein, die wir lieben. Vielleicht ist es nicht der offensichtlichste Weg, aber du bist hartnäckig und kreativ."

Jack lachte leise. „Warum habe ich das Gefühl, dass du mich besser kennst als ich selbst?"

Ginger schenkte ihm ein geheimnisvolles Lächeln und machte sich auf den Weg zurück zum Cottage.

20

„Hier ist dein Tee", sagte Marina und stellte den Becher vor ihrer Großmutter auf den Tisch.

In der Küche duftete es nach dem Rosmarinbrot im Ofen, und die Sonne schien warm durch das Fenster. Während das Brot backte, hatte Marina einen Ingwersud gekocht und mit Honig verfeinert.

Auch wenn Gingers Husten nicht mehr so schlimm war, machte Marina sich dennoch Sorgen über die Auswirkungen, die die kühlen Abende auf ihre Großmutter hatten. Denn so stark Ginger auch war, sie war nicht unbesiegbar. Zum Glück hatte sie sich an den freien Tagen ausgeruht, aber morgen war die offizielle Premiere.

Marina setzte sich auf den Stuhl neben ihr. „Deine Stimme klingt bereits kräftiger."

„Das liegt an deiner guten Medizin." Ginger trank einen Schluck. „Morgen Abend soll es nicht so kalt werden."

Marina lachte über die Gewissheit ihrer Großmutter. „Lass dich vom Sonnenschein nicht täuschen."

„Natürlich nicht", entgegnete Ginger. „Ich habe mit einem Freund gesprochen, der Meteorologe ist. Die Regenwahrscheinlichkeit beträgt auch null Prozent. Das war meine größte Sorge. Aber ich könnte unter meinem Umhang noch eine weitere Lage gebrauchen."

„Das ist eine gute Idee. Das mache ich auch."

„Und einen schönen Wollschal um den Hals", fügte Ginger an. „Ich habe im Laufe der Jahre wunderschöne Schals gesammelt. Bertrand hat mich auf unseren Reisen immer verwöhnt und darauf bestanden, dass ich die feinsten italienischen Wollschals habe, um mich warmzuhalten. Habe ich dir je von dem ersten Winter in Paris erzählt, als die Heizung ausgefallen ist?"

Marina lächelte. Gingers Energie war eindeutig zurückgekehrt. „Wenn ich mich recht erinnere, war es an Weihnachten", sagte sie. „Ich wette, Kai möchte die Geschichte auch hören, wenn sie runterkommt."

Ginger verstand, was sie damit sagen wollte. „Natürlich, du hast sie schon so oft gehört. Ich werde sie für Kai aufsparen."

„Ich werde Axes Crew bitten, eine Verlängerungsschnur zu deinem Platz zu legen, damit wir während der Aufführung ein kleines Heizgerät aufstellen können."

„Das ist eine fabelhafte Idee", sagte Ginger. „Und ich habe noch eine. Da Leilani wieder zurückkommen kann – Gott sei Dank war es nur eine leichte Verstauchung – habe ich entschieden, dich als Co-Erzählerin einzusetzen. Wir könnten gemeinsam auftreten und uns die Passagen teilen. Das wäre für meine Kehle leichter. Du bist professionell ausgebildet, deshalb bin ich mir sicher, dass Kai meiner Idee zustimmen wird. Mein Text ist in dem Requisitenbuch, sodass du einfach vorlesen kannst, als wärst du vor der Kamera."

Marina überlegte. „Das erinnert mich an das Stück *Love Letters*, in dem die Schauspieler die Korrespondenz mehrerer Jahre vorlesen."

„Ganz genau", bestätigte Ginger. „Wie clever von Kai, ihr Stück so zu schreiben."

„Wir werden mit ihr reden." Marina hoffte, dass ihre Schwester der Idee gegenüber aufgeschlossen wäre. Sie hatte zwar vorgehabt, noch so lange mit Jack aufzutreten, bis Leilani zurückkehrte, doch ehrlich gesagt war sie erleichtert, dass es nun schon so weit war. Jack so nahe zu sein und seine Umarmungen zu spüren war mehr, als ihr Herz am Premierenabend ertragen konnte.

Ihre pragmatische Seite sagte ihr, dass sie anfangen sollte, sich von ihm zu distanzieren, bevor er ging. Doch ihre emotionale Seite wollte so viel Zeit wie möglich mit ihm verbringen.

Ginger musterte sie und nippte an ihrem Tee. „Cole hat seine Reisepläne mit mir geteilt. Glaubst du, er wird danach nach Summer Beach zurückkommen?"

Marina stützte das Kinn in die Hand. „Fragst du mich, ob ich will, dass er zurückkommt?"

Ein Lächeln umspielte Gingers Lippen. „Der Gedanke ist mir gekommen. Vor allem, da Jack wegziehen wird."

„Hast du nicht kürzlich noch vorgeschlagen, dass ich einen Trip in die Schweiz buche?"

„Ich teste nur deine Überzeugung."

Marina lachte. „Ich glaube, ich werde diese beiden Fische ins Meer zurückwerfen."

„Damit wäre ich nicht so voreilig", sagte Ginger, und ihre Augen funkelten. „Du musst sie definitiv nicht beide zurückwerfen."

Marina schaute sie an. „Und was glaubst du, an welchem ich festhalten sollte?"

Ihre Großmutter zuckte gleichmütig mit den Schultern. „Das kann ich nicht mit Sicherheit sagen. Aber du solltest auf dein Herz hören." Sie tippte gegen Marinas Brust.

„Siehst du? Du weißt es auch nicht." Lachend stand Marina auf, um nach dem Brot zu sehen. Als sie die beiden Laibe aus dem Ofen zog, kam ihr ein Gedanke. Sie legte die

Brote auf das Abkühlgitter. „Ich glaube, ich muss einen Anruf tätigen."

Ginger nippte gelassen an ihrem Tee. „Das klingt wichtig."

„Es ist womöglich lebensverändernd", antwortete Marina.

„Bewundernswert." Ginger seufzte. „Wenn wir jetzt nur noch ein Weihnachtswunder für dich finden würden."

Der Gedanke – so weit hergeholt er auch sein mochte – zauberte Marina ein Lächeln ins Gesicht.

OBEN, in ihrem ehemaligen Kinderzimmer, stapelte Marina ein paar weiße Kissen gegen das schmiedeeiserne Kopfteil ihres Bettes. Im sonnendurchfluteten ersten Stock war es angenehm warm, sodass sie das Fenster öffnete, um ein wenig frische Luft hereinzulassen, bevor sie es sich auf dem Bett gemütlich machte und den alten Quilt über ihre Beine zog.

Dann schaute sie hoch zu den codierten Symbolen, die Ginger auf die Bordüre an der Wand unterhalb der Decke gemalt hatte, und dachte an ihre Bedeutung.

Die Liebe siegt immer. Wahre Liebe ist unsterblich.

Während sie überlegte, wie sie das Gespräch beginnen sollte, suchte Marina in der Kontaktliste ihres Handys nach der Nummer, die sie vor gar nicht allzu langer Zeit das letzte Mal gewählt hatte. Es klingelte ein paar Mal, bevor ihre Freundin ranging.

„Hi Babs, ich bin's, Marina."

„Wie lieb von dir, anzurufen. Ich habe gerade an dich gedacht. Cole hat mir alles über euer Weihnachtsstück erzählt."

Babs klang aufrichtig erfreut, von ihr zu hören. Das war ein gutes Zeichen. „Und mir hat er erzählt, dass du überlegst, herzufliegen."

Ihre Freundin lachte. „Es war albern von mir, das zu sagen. Ich weiß nicht, was ich mir dabei gedacht habe. Ehrlich, ich habe mit den Vorbereitungen für Weihnachten so viel zu tun."

„Ich fände es toll, wenn du kämst", sagte Marina. „Wir hätten so viel Spaß. Du solltest gleich einen Flug buchen. Auch wenn es nachts kühl werden kann, ist es tagsüber sonnig und wesentlich wärmer als in New England. Wann kommen deine Kinder zu Weihnachten?"

„Sie verbringen beide die Feiertage mit den Familien ihrer Freunde. Ich wusste immer, dass ich sie eines Tages würde teilen müssen, aber ich hatte keine Ahnung, dass es so früh sein würde."

„Würdest du deinen Mann mitbringen?" Marina hielt den Atem an und hoffte, dass Babs ihrer Frage dieses Mal nicht ausweichen würde.

Schweigen breitete sich aus.

Dann seufzte ihre Freundin. „Es war mir zu peinlich, etwas zu sagen, aber er hat mich vor einigen Monaten für ein jüngeres Modell verlassen. Ich habe es noch nicht mal den Kindern gesagt. Jedes Mal, wenn sie mich fragen, sage ich, dass er auf Geschäftsreise ist. Er hat den Ruhestand nicht vertragen und ist wieder an die Arbeit zurückgekehrt. Da hat er natürlich auch *sie* kennengelernt." Sie seufzte erneut. „Ich werde es ihnen nach Neujahr erzählen."

„Es tut mir leid, das zu hören", sagte Marina, auch wenn es die Eröffnung war, die sie brauchte. „Aber umso mehr Grund, herzukommen. Wir haben ein freies Zimmer im Cottage unserer Großmutter, oder du könntest bei meinen Freundinnen in ihrem Inn am Strand bleiben."

„Wäre das nicht komisch?"

Marina glaubte, Babs schniefen zu hören. „Was meinst du damit?"

„Cole ist nach Summer Beach gefahren, um dich zu finden. Ich weiß, dass er an dir interessiert ist. Als ich ihn vor Kurzem abends angerufen habe, konnte er gar nicht aufhören, davon zu schwärmen, wie spektakulär du in der Show warst. Ich will seinem Glück nicht im Wege stehen. Cole ist ein guter Mann. Manchmal glaube ich, ihn verlassen zu haben war ein Fehler. Aber nachdem ich angefangen hatte, mich bei meinen sogenannten Freundinnen über ihn zu beschweren, haben sie so viel Druck ausgeübt, dass ich ihn schließlich auf die Straße gesetzt habe. Das Ersatzmodell war nicht halb so gut wie das Original."

Marina dachte daran, wie Cole jedes Mal strahlte, wenn er mit Babs sprach. „Wünschst du dir je, du hättest nie versucht, ihn auszutauschen?"

„Die Vergangenheit lässt sich nicht ändern, also hat es keinen Sinn, darüber Tränen zu vergießen", wich Babs der Frage aus. „Aber ich bin jetzt weiser, und heute bin ich in der Wahl meiner Freunde sorgfältiger. Ich wünschte, du und ich hätten nicht den Kontakt verloren. Wir vier hatten immer so viel Spaß zusammen."

Babs schien ein paar Minuten ihren Gedanken nachzuhängen, dann versuchte Marina es erneut. „Ich mache mir Sorgen, dass Cole die Reise allein antreten will."

„Das hat er schon öfter gemacht."

„Dessen bin ich mir sicher", sagte Marina. „Aber wir sind jetzt alle ein wenig älter, oder? Wenn du herkommst, könntet ihr zusammen zurückfahren und aufeinander aufpassen. Sein Wohnmobil ist wirklich eine Schönheit."

Babs zögerte. „Aber wo ich nun weiß, was er für dich empfindet, könnte das unangenehm werden."

„Babs, ich könnte niemals deinen Platz in seinem Herzen einnehmen. Und ich würde es auch gar nicht erst versuchen. Um ehrlich zu sein, gibt es in meinem Leben auch einen anderen."

Marina biss sich auf die Unterlippe. Das entsprach nicht ganz der Wahrheit, auch wenn sie wünschte, es wäre so. Jack würde in Zürich vermutlich jemanden kennenlernen und sie vergessen. Aber Cole und Babs gehörten zusammen. Es war eindeutig, dass sie einander vermissten; sie wussten nur nicht, wie sie den ersten Schritt machen sollten. Marina wünschte sich, dass die beiden eine zweite Chance bekamen, und das Letzte, was sie wollte, war, sich zwischen sie zu drängen.

„Wirklich?", fragte Babs hoffnungsvoll.

Marina fuhr schnell fort. „Du hättest seine Miene sehen sollen, als du ihn vor Kurzem nach der Generalprobe angerufen hast. Er hat mir gesagt, dass keine Frau, mit der er ausgegangen ist, es mit dir hatte aufnehmen können. Er sagte: ,Sie waren nicht wie Babs.'"

„Das hat er gesagt?"

„Ja. Und ich bin mir sicher, dass er dir dasselbe sagen würde." Marina hielt inne. „Wir sind von Anfang an gut befreundet gewesen, und ich will ehrlich mit dir sein. Solltest du je darüber nachgedacht haben, wieder mit Cole zusammenzukommen, ist das jetzt deine Chance. Am Ende eurer Reise, wenn du und Cole zurück in New England seid, werdet ihr wissen, ob euch eine neue Beziehung bestimmt ist. Warum kommst du nicht her und überraschst ihn nach der Aufführung? Ich bin mir sicher, dass er vor Freude außer sich sein würde."

Wieder breitete sich Schweigen aus. Marina hatte Babs alles gegeben, was sie brauchte, um den ersten Schritt zu machen, aber mehr konnte sie nicht tun. Sie nahm ein Kissen zur Hand und drückte es gegen ihre Brust. „Babs, bist du noch da?"

„Ich suche gerade nach Flügen", antwortete Babs aufgeregt. „Ich kann nicht glauben, dass ich das tue. Aber ich könnte morgen einen frühen Flug nehmen. Soll ich ihn buchen?"

„Tu es", sagt Marina. Ihren alten Freunden zu helfen, wieder zueinanderzufinden, fühlte sich richtig an. Und mit ein wenig weihnachtlicher Magie könnte es funktionieren.

Wenn nicht allein zu sein Marinas Ziel wäre, hätte sie sich auf Cole einlassen können. Doch damit hätte sie ihren Freunden – und sich selbst – keinen Gefallen getan.

Sie hoffte nur, dass Cole sich so freuen würde wie sie und Babs.

21

Früh am nächsten Morgen stand Marina auf der Bühne, während Kai, Jack und Leilani ein paar Änderungen besprachen. Leilanis Arzt hatte ihr grünes Licht für die Rückkehr gegeben, aber sie musste es noch ruhig angehen.

„Ich kann noch nicht um den Tisch herumtanzen", sagte sie. „Aber ich kann auf einem Hocker oder Stuhl sitzen und klatschen, während die Familie tanzt."

„Das funktioniert", sagte Kai. „Marina, kannst du mit Ginger an der Erzählung arbeiten? Ich möchte es mal hören, wenn ihr beide abwechselnd sprecht. Das proben wir als Nächstes, und wenn es gut klingt, könnt ihr zu Hause weiter üben."

„Wir werden das neue Nachrichtensprecherteam sein", sagte Marina lachend.

Nachdem er die geänderte Szene mit Leilani geprobt hatte, gesellte Jack sich zu Marina und Ginger, die gerade den Part der Erzählerin durchgingen.

„Es ist, als wären wir für diese Rolle geboren worden", sagte Ginger und stieg von ihrem Hocker, um sich zu strecken. „Ich muss allerdings mit Axe über die Beleuchtung sprechen."

Marina sah ihrer Großmutter hinterher. Ginger führte irgendetwas im Schilde, aber Marina war sich nicht sicher, was. Sie wandte sich an Jack. „Du und Leilani, ihr seht da oben gut zusammen aus."

„Du wirst mir in der Szene fehlen", sagte Jack. „Wir hatten viel Spaß, auch wenn es nicht geplant war."

„Ja, das werde ich nie vergessen." Es gab vieles an Jack, dass sie nie vergessen würde.

Kai kam zu ihnen und klatschte in die Hände. „Was für eine Show das heute Abend wird! Ich schlage vor, dass ihr alle nach Hause geht und euch ein wenig ausruht. Heute ist die offizielle Premiere. Wer freut sich genauso sehr darauf wie ich?"

„Wir!", rief Marina, als überall im Theater Jubelschreie ausbrachen. Sie schaute zu Jack. „Ich muss für heute Abend noch einiges vorbereiten. Wir sehen uns später?"

„Darauf kannst du wetten."

Marina eilte zum Coral Cottage zurück. Babs würde heute Nachmittag vor Beginn der Aufführung ankommen, und sie hatte ihr gesagt, dass sie bei ihnen im Cottage bleiben könne. Sie lächelte, als sie sich Coles Überraschung vorstellte. Hoffentlich würde er das richtig auffassen und nicht glauben, dass sie sich in Dinge einmischte, die sie nichts angingen.

Im Cottage angekommen musste Marina nicht lange warten, bis es an der Tür klopfte. Sie öffnete, und vor ihr stand Babs mit ausgebreiteten Armen.

„Marina!" Babs hatte sich in den letzten zwanzig Jahren kaum verändert.

„Ich bin so froh, dass du gekommen bist. Du musst direkt hinter mir gewesen sein", sagte Marina und bat sie herein. Sie unterhielten sich ein wenig über den Flug, aber Babs war begierig darauf, über Cole zu reden. Sie hatte sich sogar einen schicken neuen Pullover in einer Boutique im Flughafen gekauft.

„Was meinst du?", fragte sie, als sie den dunkelvioletten Angorapullover aus der Tüte nahm. „Er ist so weich, und Cole hat diese Farbe an mir immer geliebt. Aber ich hatte nicht mit so viel Sonnenschein gerechnet. Meinst du, er ist zu warm?"

Marina lachte. „Da du an richtiges Winterwetter gewöhnt bist, mag er für tagsüber möglicherweise zu warm sein. Aber wenn die Sonne heute Abend untergegangen ist, wirst du ihn brauchen. Und die Farbe passt wunderbar zu deinem kastanienfarbenen Haar. Komm nach der Aufführung einfach direkt hinter die Bühne."

Marina bereitete zwei Becher heiße Schokolade mit Zimtstangen zu, und sie gingen nach oben in ihr Zimmer, um sich zu unterhalten. Sie setzten sich im Schneidersitz aufs Bett, nippten an ihrem Kakao und tauschten Neuigkeiten aus. Marina fühlte sich wieder so wie damals als junge Soldatenfrau.

Babs grinste. „Erinnerst du dich noch, wie aufgeregt wir immer waren, wenn Cole und Stan auf Urlaub nach Hause kamen? Genauso fühle ich mich jetzt."

„Cole wird sich so freuen, dich zu sehen."

„Meinst du? Glaubst du nicht, dass er es albern oder impulsiv von mir finden wird?"

„Ich glaube, er wird sich geschmeichelt fühlen – und sehr dankbar sein." Hätte Marina noch irgendeinen Anflug von Zuneigung für Cole empfunden, der über reine Freundschaft hinausging, hätte spätestens die Hoffnung in Babs Augen sie in ihrer Entscheidung bestärkt, ihn gehen zu lassen. Doch sie empfand für Cole nicht mehr, als sie schon immer empfunden hatte. Sie erinnerte sich daran, dass Cole ihr im *Beaches* erzählt hatte, er hätte die Liebe seines Lebens verloren. Ihren beiden alten Freunden zu helfen, die Leidenschaft neu zu entfachen, war ihr wesentlich mehr wert als einen Lebensgefährten für sich selbst zu finden.

Nach ein paar Minuten gähnte Babs. „Das muss der Jetlag sein. Vielleicht sollte ich ein Nickerchen machen."

„Ja, das wird dich sicher erfrischen", sagte Marina. „Du willst für heute Abend so gutaussehend und munter sein wie nur irgend möglich."

Während ihre Freundin in Brookes altem Zimmer schlief, schminkte Marina sich für die Aufführung. Sie würde mit Ginger zum Theater gehen, und Brooke würde später, nachdem sie die Picknickboxen im Coral Café verteilt hatte, Babs mitbringen.

Während sie Rouge auftrug, dachte Marina, dass Kai recht gehabt hatte. Das Stück hatte wie auf magische Weise zusammengefunden – so wirkte es zumindest von außen.

Doch wie üblich steckte hinter dieser Magie eine ganze Menge harter Arbeit.

Ginger klopfte an die Tür. „Es ist beinahe Showtime."

„Ich bin so weit." Marina stand auf und hakte sich bei ihrer Großmutter unter. „Hals- und Beinbruch für uns."

„ALLE AUF IHRE PLÄTZE!", rief Kai, die hinter der Bühne auf und ab lief.

Marina schaute auf die Zuschauerränge hinaus. Babs war da, gleich in der ersten Reihe. Sobald die Scheinwerfer angingen, würde Cole sie jedoch nicht sehen können.

Hinter der Bühne ergriff Ginger Marinas Hand. „Fühlst du dich bereit?"

„Darauf kannst du wetten." Sie beide hielten ein Buch in den Händen; Jack hatte ein zweites Exemplar angefertigt.

Die Musik begann, die Lichter gingen an, und als Marina und Ginger die Bühne betraten und zu ihren Hockern gingen, brandete Applaus auf.

Die Magie hatte begonnen.

Marina hatte ein gutes Gefühl, was diesen Abend anging, obwohl sie wusste, dass unter den Zuschauern auch Theaterkritiker saßen. Das hier war eine Rolle, die sie kannte und konnte. Sie und Ginger hatten geprobt, und die anderen Schauspieler waren nicht mehr so nervös wie vor der Generalprobe.

Im Laufe der Aufführung agierten alle selbstbewusst und wiederholten keinen der Fehler vom ersten Mal. Besser noch, Marina fiel auf, dass alle wahnsinnig viel Spaß hatten.

Genau wie die Zuschauer. Sie zischten über Axes Scrooge, applaudierten Leo als Tiny Tim, und drehten durch, als Kai als Geist der vergangenen Weihnacht auftrat. Carol riss mit ihrem Auftritt als Geist der gegenwärtigen Weihnacht alle von den Sitzen, und Marina fand, dass sie die hohen Töne perfekt traf.

Die Szene von Jack und Leilani war ebenfalls ein Favorit der Zuschauer. Als Jack die Kinder in einer Polonaise um den Tisch führte, klatschte Leilani von ihrem Stuhl aus im Takt mit. Sofort begannen die Zuschauer, ebenfalls zu klatschen.

Dann endlich war Scrooge durch das Wunder der Festtage erlöst. Er feierte auf der Party seines Neffen Fred und wünschte allen eine schöne Weihnacht.

Die Zuschauer jubelten und pfiffen, und dann, als die Glöckchen ertönten und das *Ho-ho-ho* erklang, richteten sich die Scheinwerfer auf den Weihnachtsmann, und die kleinen Kinder staunten mit großen Augen.

Marinas Herz war voller Dankbarkeit für die Anstrengungen ihrer Kollegen, der Bühnenhelfer und der Musiker. Sie hatten die Feiertage für die Zuschauer noch schöner gemacht – und an diesem Abend unter dem Sternenhimmel Erinnerungen geschaffen, die niemand je vergessen würde.

Die Erzählung von Marina und Ginger kam zu einem Ende, indem sie gemeinsam riefen: „Und euch allen eine frohe Weihnacht!"

Nachdem sie ihre Bücher zugeklappt hatten, legte Ginger einen Arm um Marina und verließ gemeinsam mit ihr winkend die Bühne.

Hinter der Bühne stand Kai. In ihren Augen schimmerten Tränen. „Versammelt euch alle für die Verbeugung", sagte sie. „Ihr wart großartig!" Sie und Axe liefen an der Reihe der Darsteller vorbei und klatschten mit jedem ab.

Jack stellte sich neben Marina.

„Du warst fabelhaft", sagte er.

„Du und Leilani auch. Und Leo natürlich", entgegnete sie glücklich. Die Kinder standen alle zusammen, und Leo, Samantha und Brookes Jungs mitten unter ihnen.

„Ich weiß nicht, wer mehr Spaß hatte – wir oder die Zuschauer."

„Beide", sagte Kai, und Axe schlang die Arme um ihre Taille. „Und genauso soll es sein."

„Ich glaube, du hast eine Karriere als Regisseurin vor dir", sagte Axe und gab Kai einen Kuss auf die Wange. „Du bist die bemerkenswerteste Frau, die ich je kennengelernt habe."

Die beiden so zu sehen, wärmte Marinas Herz. Sie passten so gut zueinander.

Nachdem die Hauptdarsteller sich verbeugt hatten, bedeutete Kai den Statisten und allen anderen, auf die Bühne zu kommen. Der Vorhang hob sich, und die Zuschauer jubelten und klatschten für alle.

Mit einem Mal ertönte eine Frauenstimme aus der ersten Reihe: „Ein Applaus für Cole Beaufort! Juhuuu."

Cole kam nach vorne und rief: „Babs, Honey? Bist du das?" Hoffnung glomm in seiner Miene auf.

Babs stieß einen Schrei aus und fing an, zu winken und ihm Kusshände zuzuwerfen.

Lachend schaute Marina ihre Großmutter an. „Ich

schätze, sie konnte nicht abwarten, bis sie hinter die Bühne durfte."

„So ist es sogar noch besser." Ginger zeigte zu Cole, der Babs zuwinkte und dann auf die von der Bühne führende Treppe zuging.

Alle jubelten ihnen zu, und durch den Weg, den die Zuschauer ihr frei machten, rannte Babs zur Treppe. „Ich konnte es nicht erwarten, dich zu sehen."

Cole fing sie auf und wirbelte sie herum. Dabei warf er lachend den Kopf in den Nacken. Als sie endlich stehen blieben, nahm er Babs fest in die Arme. „Ich freue mich so, dass du gekommen bist."

Babs lächelte ihn voller Freude an. „Frohe Weihnachten, mein Liebster."

In Coles Augen leuchtete Liebe auf, und er zog Babs an sich und küsste sie.

„Genauso macht man das, Kumpel!", rief ein Mann. Die Zuschauer trampelten mit den Füßen und jubelten, und dann fingen andere Paare an, ihre Partner zu umarmen und zu küssen.

„Unser erstes Weihnachtswunder", sagte Ginger und zwinkerte Marina zu. „Und das haben wir dir zu verdanken."

Als sie ihre alten Freunde beobachtete, verspürte Marina Hoffnung für die beiden. Sie hatten den Weg zurück zueinandergefunden – auch wenn sie dafür einen kleinen Anstoß gebraucht hatten.

„Lasst uns Liebe verbreiten", sagte Carol und hob ihren mit Mistelzweigen besetzten Hut hoch. Sie hielt ihn über Kai, schaffte es aber nicht, ihn auch über Axe zu halten, obwohl sie sich auf Zehenspitzen stellte.

Mit einem tiefen Lachen nahm Axe ihr den Hut ab, hielt ihn über seinen Kopf und küsste Kai. Dann, mit einem Ausdruck tiefster Liebe auf dem Gesicht, nahm er ihre Hand und ließ sich geschmeidig auf ein Knie sinken.

„Meine liebe Madame Regisseurin, würdest du mir die Ehre erweisen, mich eines Tages zu heiraten? Ich liebe dich seit dem ersten Moment, in dem ich dich in der Badewanne habe singen hören."

Kai quiekte und schlang ihre Arme um ihn. „Ja. O ja! Um es mit Jane Austen zu sagen: Eine Million, eine Zillion Male Ja."

Marina, die in der Nähe stand, lachte und klatschte in die Hände. „Die beiden gehören zusammen", sagte sie zu ihrer Großmutter.

„Das ist die Magie der Weihnachtszeit." Lächelnd hielt Ginger zwei Finger hoch. „Unser zweites Wunder des Abends. Und die beiden haben es so sehr verdient."

Tränen der Freude runterschluckend, drehte Kai sich zu Marina und Ginger um und streckte die Hände nach ihnen aus. Ein wunderschönes Lächeln ließ ihr Gesicht erstrahlen. Marina und Ginger zogen sie in ihre Arme.

„Wenn es richtig ist, weiß man es", flüsterte Marina, und Kai nickte enthusiastisch. Dieses Mal hatte Kai ihren Seelengefährten gefunden.

Freunde versammelten sich um Kai und Axe, um ihnen zu gratulieren, und alle waren bester Stimmung.

Nachdem Marina ihre Schwester losgelassen hatte, spürte sie eine Hand auf ihrer Schulter. Sie drehte sich um und sah Jack an. Als wäre es das Natürlichste auf der Welt, schloss sie die Augen und machte einen Schritt auf ihn zu. Er schlang die Arme um sie, und dann trafen sich ihre Lippen, als wäre es ihnen seit langer Zeit vorherbestimmt.

Marina genoss die Umarmung und ließ sich gehen, gab sich ganz dem Augenblick hin. Alles hieran fühlte sich so richtig an. Als wären sie genau da, wo sie sein sollten. Sie wollte, dass dieses Gefühl niemals endete.

Widerstrebend löste Jack sich von ihr. Mit emotionsgeladener Stimme sagte er: „Frohe Weihnachten." Und dann küsste er sie noch einmal.

. . .

ALS DER ZUSCHAUERRAUM SICH LEERTE, versammelten sich die Schauspieler und der Rest der Truppe hinter der Bühne. Alle umarmten einander und gratulierten sich gegenseitig. Marina unterhielt sich mit ihrer Familie und einigen Freunden, und Jack und Leo blieben dicht an ihrer Seite. Sie genoss die Kameradschaft, die sich unter der gesamten Gruppe entwickelt hatte. Mit Ginger zusammen aufzutreten war das bisherige Highlight einer Weihnachtszeit, die sie nie vergessen würde.

Als alle ihre Sachen zusammensuchten, um zu gehen, sagte Marina zu Kai: „Werden wir uns später zu Hause sehen?"

„Später", bestätigte Kai, deren Augen immer noch vor Liebe und Aufregung funkelten. „Wir müssen jetzt mit Carol und Hal irgendeinen Promi treffen."

Axe lächelte seine Verlobte an und nahm ihre Hand. „*Spirits & Vine* ist die Bar, die dem *Sardi's* in New York am nächsten kommt. Ihr solltet mitkommen."

„Vielleicht können wir auch das Coral Café zum Treffpunkt nach den Aufführungen machen", schlug Kai vor.

„Bitte, ich muss auch irgendwann mal schlafen", erwiderte Marina lachend. „Außerdem haben wir keine Lizenz für Alkoholausschank, und ich erwarte in eurer baldigen Zukunft Champagner. Ihr beide habt heute viel zu feiern."

In dem Moment rief Samantha: „Leo, deine Mom ist hier!"

Jack umarmte seinen Sohn. „Du hast das heute Abend super gemacht, Großer. Wir sehen uns morgen nach der Schule."

„Danke Dad", sagte Leo und lief dann los zu seiner Mutter.

Vanessa stand neben Denise und John, die da waren, um

Samantha abzuholen. Bei ihnen war eine vierte Person, die Marina nicht kannte.

Nachdem Vanessa ihren Sohn umarmt und ihm gesagt hatte, wie toll er gewesen war, richtete sie sich auf und zeigte auf den warmherzig wirkenden Mann an ihrer Seite. „Leo, ich möchte dir Dr. Noah Hess vorstellen. Er hat mir geholfen, gesund zu werden, und ist extra aus der Schweiz gekommen, um deinen Auftritt zu sehen."

Der schlanke Mann mit Brille war derjenige, der Vanessa und Leo mit in die Schweiz nehmen wollte – und unbeabsichtigterweise auch Jack. Marina hatte erwartet, dass er ernst und fordernd aussehen würde, aber er wirkte wie ein ruhiger, gut gelaunter und intelligenter Mann. Dr. Hess hatte mit seiner Behandlung nicht nur geholfen, Vanessas Leben zu retten, sondern er war auch für das Funkeln der Liebe in ihren Augen verantwortlich.

Marina seufzte. Wie könnte sie ihnen dieses Glück missgönnen?

„Leo, ich freue mich, dich kennenzulernen." Noah beugte sich ein wenig vor und schenkte Leo ein warmherziges Lächeln.

„Danke, dass Sie meiner Mom geholfen haben. Wie fanden Sie die Aufführung?", fragte Leo, dem sein Enthusiasmus immer noch anzuhören war.

Lächelnd tätschelte Noah ihm die Schulter. „Das war ein ganz feiner Auftritt von dir. Ich glaube, du hast echtes Talent fürs Theater."

Leo strahlte ihn an. Das ist ein guter Anfang, dachte Marina.

„Zumindest bis Weihnachten", sagte Vanessa.

Hatte sie das richtig gehört? Marina hatte gedacht, dass Vanessa ihren Sohn direkt nach dem letzten Schultag aus der Show nehmen würde, obwohl es danach noch ein paar weitere Aufführungen geben würde.

„Wir haben eine Überraschung für dich, Leo", sagte Vanessa, und ein Lächeln ließ ihre Augen strahlen.

Marina hielt die Luft an. Sie wünschte, das hier könnte warten. Leo hatte heute Abend so viel Spaß gehabt, und sie würde es hassen, wenn die Nachricht über ihren bevorstehenden Umzug ihm das verderben würde. Vielleicht würde Leo sich über den Umzug freuen, aber sie glaubte es nicht – vor allem nicht, sobald ihm bewusst wurde, dass er für immer aus Summer Beach fortgehen müsste.

Jack, der neben ihr stand, schien zu spüren, was kommen würde. Er trat neben Leo und legte einen Arm um ihn. „Ich bin Jack, Leos Vater", sagte er und streckte Noah die Hand hin.

„Ich habe viel Gutes darüber gehört, was für ein hingebungsvoller Vater Sie für Leo sind", sagte Noah und schüttelte die dargebotene Hand.

Vanessa beugte sich vor und gab Leo einen Kuss auf die Wange. „Ich habe wundervolle Neuigkeiten. Dr. Noah zieht nach Kalifornien. Er hat eine wichtige Stelle in Los Angeles angenommen, deshalb werden wir ihn oft hier in Summer Beach sehen."

Marina konnte kaum glauben, was sie da hörte. Erleichtert stieß sie den angehaltenen Atem aus. Jack wirkte ebenfalls sprachlos.

„Leo liebt Summer Beach", sagte Vanessa leise zu ihm. „Und viele Leute hier lieben ihn."

Jack musste gegen die aufsteigenden Gefühle anblinzeln, als er seinen Sohn umarmte. „Gott sei Dank", flüsterte er.

„Hey Dad, das ist zu fest", protestierte Leo und wand sich kichernd in seinen Armen. „Außerdem sterbe ich vor Hunger." Er löste sich von Jack, nahm Samantha bei der Hand, und gemeinsam liefen die beiden Kinder zu der Snackbar, die Marina hinter der Bühne aufgebaut hatte.

„Er hat immer Hunger", sagte Vanessa lachend.

Jack umarmte sie und schüttelte Noah noch einmal die

Hand. „Ich freue mich so für euch beide. Und danke. Aus tiefstem Herzen."

Noah neigte den Kopf und legte einen Arm um Vanessa. „Als Vanessa mir erzählt hat, wie glücklich Leo in Summer Beach ist und was für ein guter Ort zum Leben es ist, habe ich einen Kollegen in Los Angeles angerufen. Ich hatte schon seit einiger Zeit das Angebot auf dem Tisch, für sie zu arbeiten, aber bisher hatte es nie einen Grund gegeben, es anzunehmen." Er sah Vanessa liebevoll an.

„Aber jetzt gibt es ihn", sagte sie lächelnd. „Ich habe dir doch gesagt, dass Leos Vater sich freuen wird."

Jack drehte sich zu Marina um und breitete die Arme aus. „Ist das zu glauben? Wir bleiben hier."

Marina konnte immer noch nicht ganz fassen, was hier passierte. Halb lachend, halb weinend schlug sie sich die Hand vor den Mund.

Ginger berührte sie an der Schulter und sagte leise: „Geh zu ihm."

Ohne zu zögern, ging Marina auf Jack zu. Er nahm sie in die Arme, und sofort spürte sie, dass sein Herzschlag in Stärke und Rhythmus zu ihrem passte. Sie beide spürten dieselbe unerwartete Erleichterung.

„Das ist ein Wunder", sagte Jack mit rauer Stimme. „Ich hoffe, dass das auch Auswirkungen auf die Beziehung zwischen uns haben wird."

„Die hat es bereits." Denn Marina spürte, wie die Liebe, die sie bisher unterdrückt hatte, in ihrem Herzen wuchs. „Lass uns noch mal ganz neu anfangen, Jack."

Er schüttelte den Kopf. „Nein. Alles, was wir durchgemacht haben, hat uns nur stärker gemacht. Lass uns genau hier anfangen und es besser machen."

Marina warf einen Blick über ihre Schulter und sah Ginger am Rand stehen. Mit einem Lächeln hob ihre Großmutter drei Finger, führte sie an ihre Lippen und warf Marina dann eine Kusshand zu.

„Das ist wirklich ein Weihnachtswunder", sagte Marina und presste ihre Wange an Jacks Hals.

Etwas später, als die letzten Schauspieler ihre Sachen zusammensuchten, fragte Jack: „Möchtest du zu Fuß in den Ort zurückgehen? Dann können wir ein wenig reden, bevor wir uns mit Kai und Axe im *Spirit & Vine* treffen."

„Das wäre schön", sagte Marina. Sie konnte es nicht erwarten, ein wenig Zeit mit ihm allein zu verbringen, bevor sie zu den anderen stoßen würden. „Ginger kann das Auto nehmen."

Auf dem Weg hakt Marina sich bei Jack unter. In der vom Meer kommenden Brise lag ein Hauch vom Rauch von Kaminfeuern. In den Schaufenstern der Läden funkelte die Weihnachtsdekoration, und die mit Lichterketten geschmückten Palmen raschelten im Wind. Die Nachtluft war getränkt vom Duft von Kiefern und Fichten.

„Die Weihnachtszeit am Strand ist einfach magisch", sagte Jack. „Ich kann es nicht erwarten, den surfenden Weihnachtsmann zu sehen, von dem ich so viel gehört habe."

„Das ist eine alte Tradition", erklärte Marina lachend. „Leo wird es lieben. Ich freue mich so, dass er und Vanessa über Weihnachten hierbleiben."

Jack legte einen Arm um sie. „Würdest du nächste Woche mit mir zum Dinner ausgehen? Am Dienstag ist keine Vorführung im Theater. Oder wir könnten am Samstag nach der Aufführung gehen."

„Lädst du mich etwa auf ein Date ein?", zog Marina ihn auf.

„O ja."

„Sei vorsichtig. Das könnte dich teuer zu stehen kommen."

„Darüber mache ich mir keine Sorgen." Jack grinste.

„Ich habe eine Wette im Java Beach gewonnen, sodass ich jetzt richtig flüssig bin. Lass uns gemeinsam eine gute Zeit haben."

Marina zog eine Augenbraue in die Höhe. „Das war aber nicht zufällig die Wette, die mich betraf, oder?"

„Ich habe gelernt, immer auf mich zu setzen", sagte Jack und zwinkerte ihr zu. „Selbst wenn es weit hergeholt ist. Was es für eine ganze Weile war."

Sie warf den Kopf in den Nacken und lachte. „Das hast du nicht gemacht."

Jack schüttelte den Kopf. „Jetzt mal ernsthaft: Ich habe einen Tisch im *Beaches* für uns reserviert – dieses Mal ohne Scout. Ich glaube, der ist da nicht mehr willkommen. Welcher Tag wäre dir lieber?"

Da sie nicht zu ungeduldig wirken wollte, verschränkte Marina die Arme. Er hatte es verdient, ein wenig zu zappeln. „Ich weiß nicht. Was haben wir noch in deinem Beutel voller Möglichkeiten?"

Jack massierte sich die Stirn. „Wie wäre es mit einer Dinnertour auf einem Boot?"

Marina zog die Nase kraus. „Zu viele Touristen."

„Hm. Ich schätze, ich muss mich mehr anstrengen. Okay, hier kommt's." Er stieß den Atem aus. „Hal hat uns angeboten, uns in seinem Privatjet für ein schickes Abendessen nach Los Angeles mitzunehmen. Er hat gesagt, wir könnten entweder mit ihnen mitkommen oder alleine fliegen."

Marina trommelte mit den Fingern auf ihre Oberarme. So langsam genoss sie das Ganze. „Vielleicht fällt dir etwas ein, das weder Wasser- noch Lufttransporte beinhaltet?"

„Klar." Er strich sich mit der Hand übers Kinn. „Da ist immer noch mein zuverlässiger alter VW-Bus Rosinante. Der ist auf dem Land gut."

„Ich verstehe. Mit der Anspielung auf Don Quijote kommen wir der Sache langsam näher." Sie presste die

Lippen zusammen, um nicht laut loszulachen. Ihr war es vollkommen egal, wo sie hingehen würden, solange sie nur zusammen waren.

Marina hatte viel darüber nachgedacht, warum sie so darauf beharrt hatte, dass Jack sein Versprechen einlöste und sie auf ein Date einlud. Denn wichtiger waren doch die Herausforderungen, die sie gemeinsam gemeistert hatten, und die gegenseitige Unterstützung. Sie hatte nach einem Beweis dafür gesucht, dass ihm etwas an ihr lag, und dabei hatte sie die wichtigen Anzeichen übersehen.

Jack hatte sich während der Show bewiesen. Er war das Risiko eingegangen, sich zum Trottel zu machen und seinen professionellen Ruf aufs Spiel zu setzen, nur um ihr eine Peinlichkeit zu ersparen. Was für ein Mann er war, sah sie auch in seiner Rücksichtnahme auf alle anderen – angefangen bei Leo und Vanessa bis zu Ginger und den anderen Bewohnern von Summer Beach. Er hatte Marina seine Liebe gestanden und sie durch seine Handlungen bewiesen.

Jack grinste. „Ich habe vor, den alten Van für die Feiertage zu schmücken. Wie wäre es mit dir, mir, Rosinante und Rosas Tacos am Strand?"

„Wann immer Sie wollen, Mr. Cratchit."

Vor den funkelnden Lichtern der Hauptstraße ergriff Jack die Hand von Marina und zog sie an sein Herz. „Du wirst immer meine Mrs. Cratchit sein."

„Sind das unsere neuen Spitznamen?", fragte Marina lachend.

„Ich werde mir welche einfallen, die besser zu uns passen." Jack strich mit seinen Fingern über ihren Handrücken. „Und das ist ein Versprechen, das ich einzuhalten gedenke. Nur damit du es weißt."

Obwohl ihr unzählige Fragen durch den Kopf schossen, hob Marina ihm die Lippen entgegen. „Bist du dir da sicher?"

„So sicher wie nie zuvor." Jacks Lippen berührten ihre.

„Frohe Weihnachten, Mrs. Cratchit. Auch wenn mir Mrs. Ventana lieber wäre."

Das zu hören wärmte Marinas Herz. Obwohl sie für so einen großen Schritt noch nicht bereit waren, gefiel es ihr, dass sie sich in diese Richtung bewegten. „Du setzt beim Wetten weiterhin auf dich", sagte sie spielerisch. „Und wenn du Glück hast, wirst du das eines Tages sagen können."

„Das würde mir gefallen." Jack strich ihr eine Haarsträhne aus dem Gesicht und fuhr dann sanft mit den Fingern über Marinas Stirn. „Ich möchte ein gemeinsames Leben: du, ich und alle unseren wundervollen Kindern, klein und groß."

Marina liebte es, dass er Heather und Ethan mit einbezog. „Vergiss Scout nicht."

„Wie könnte ich?" Jack lachte leise. „Der verrückte Hund hat uns mehr als einmal zusammengebracht."

Lachend hielten sie vor der bunt beleuchteten Tür des *Spirits & Vine* an. Marina schaute hoch und erblickte den klassischen Weihnachtszweig über ihnen. Sie legte die Arme um Jacks Nacken und fuhr mit den Fingern durch seine dichten Haare. Das hier war der Mann, den sie in ihrem Leben haben wollte. Nicht nur für die Weihnachtszeit, sondern auch an jedem darauffolgenden Tag. „Frohe Weihnachten, Jack."

„Auf viele, viele mehr", sagte er und gab ihr einen Kuss unter dem Mistelzweig.

ENDE –

ANMERKUNG DER AUTORIN

Danke, dass ihr *Weihnachten im Coral Cottage* gelesen habt. Ich hoffe, die Premiere in der Muschel, dem neuen Theater in Summer Beach, hat euch gefallen. Wenn ihr wissen wollte, was als Nächstes passiert, kommt für mehr herzerwärmenden Spaß mit mir zur *Hochzeit im Coral Cottage*. Während Marina und Jack über ihre nächsten Schritte nachdenken, plant Kai eine Überraschungshochzeit mit Axe.

Wenn ihr die *Seabreeze Inn in Summer Beach*-Serie lest, seid ihr in *Seabreeze Shores* eingeladen, ein neues Baby willkommen zu heißen.

Auf meiner Webseite JanMoran.com/Deutsch bleibt ihr über alle Neuerscheinungen auf dem Laufenden. Tretet auch gerne meinem VIP-Leseclub bei, um über besondere Angebote oder andere tolle Sachen informiert zu bleiben. Mehr Spaß und andere Leserinnen und Leser, die euren Geschmack teilen, findet ihr in meiner Facebook-Gruppe.

Noch mehr zum Genießen

Wenn das hier euer erstes Buch in der Coral-Cottage-Serie ist, solltet ihr nachlesen, wie Marina überhaupt nach Summer Beach gekommen ist. Die Geschichte findet ihr in *Rückkehr ins Coral Cottage*. Wenn ihr die *Seabreeze Inn at Summer Beach*-Serie noch nicht kennt, möchte ich euch einladen, Kunstlehrerin Ivy Bay und ihre Schwester Shelly kennenzulernen, während sie ein historisches Strandhaus, das Seabreeze Inn, renovieren. Es ist das erste Buch in der originalen *Summer Beach*-Reihe.

Noch mehr Sonnenschein und internationale Reisen mit einer Gruppe von Freunden gibt es in der *Love California*-Serie, die mit dem Titel *Flawless* und einem aufregenden Trip nach Paris beginnt.

Und schließlich möchte ich euch noch einladen, meine historischen Romane zu lesen, darunter *Sterne über dem Comer See, Die Zeit der Traubenblüte*, und *Die Chocolatière*, beides Sagas aus den 1950er-Jahren, die im wunderschönen Italien spielen.

Die meisten meiner Bücher sind als E-Book, Taschenbuch oder Hardcover, als Hörbuch und in großer Schrift erhältlich. Wie immer wünsche ich euch frohes Lesen!

WEIHNACHTLICHE REZEPTE AUS DEM CORAL COTTAGE

*W*enn ich schreibe, tauche ich oft mit Musik, Essen und anderen Elementen in die fiktive Welt meiner Geschichte ab. Für *Weihnachten im Coral Cottage* habe ich in den Rezepten gewühlt, die ich im Laufe der Jahre für Feste wie Weihnachten, Chanukka oder Neujahr, für Ski-Trips und andere Winterfreuden mit Freunden und Familie ausprobiert habe. Ich konnte mir gut vorstellen, wie Marina diese in ihrem Coral Café am Strand serviert.

Oft verändere ich meine Rezepte, um gesündere Alternativen für diejenigen unter uns zu kreieren, die unter Nahrungsmittelunverträglichkeiten leiden. Habt also keine Angst davor, zu experimentieren. Ich bereite viele glutenfreie und zuckerreduzierte Varianten für meine Familie und Freunde zu.

Ich hoffe, dass euch die Gerichte schmecken. Aber vor allem hoffe ich, dass ihr die Weihnachtszeit mit euren Liebsten genießt – und jede andere Zeit im Jahr genauso.

Weihnachtliche Orangen-Cranberry-Muffins

ZUTATEN:

300 g Weizenmehl
150 g Zucker (oder Zuckeralternative)
2 TL Backpulver
½ TL Salz
1 Ei
185 g griechischer Joghurt oder Milch
60 ml Orangensaft
120 ml Öl (Pflanzenöl, Avocadoöl, Rapsöl oder ein anderes leichtes Öl)
1 TL geriebene Orangenschale für den Geschmack
190 g Cranberrys, frisch oder tiefgekühlt (abgetropft)
Optional: 30 g gehackte Nüsse, z. B. Macadamia oder Pekan

ZUBEREITUNG:

OFEN auf 200 °C vorheizen

1. Alle trockenen Zutaten bis auf die Orangenschale und die Cranberrys in eine große Schüssel geben.

2. Alle flüssigen Zutaten dazugeben und vermischen.

3. Die geriebenen Orangenschalen und Cranberrys unterheben.

4. Den Teig in eine Muffinform geben. Auf Wunsch mit Streuseln (s. u.) bestreuen.

Bei 200 °C für 20 bis 25 Minuten (große Muffins) backen, oder bis ein Messer oder Zahnstocher beim Hineinstechen trocken herauskommt. Mittlere Muffins nur 15-20 Minuten backen. Mini-Muffins brauchen lediglich 10-12 Minuten. (Tipp: Stellt euch den Timer ein paar Minuten kürzer für den Fall, dass die Ofentemperatur ein wenig abweicht.)

Glutenfreie Version: Anstelle von Weizenmehl nehme ich 150 g Mandelmehl und 150 g Kokosnussmehl (oder jedes andere von euch bevorzugte Mehl) und 1 Ei.

Einfache Streusel als Topping (optional)

Zutaten:

155 g Weizenmehl
70 g brauner Zucker (oder Zuckeralternative)
70 g weißer Zucker (oder Zuckeralternative)
¼ TL Salz (weglassen, wenn gesalzene Butter verwendet wird)
1 TL Zimt
½ TL Muskatnuss
115 g ungesalzene Butter, geschmolzen
½ TL Vanille-Extrakt
Optional: 30 g gehackte Nüsse, z. B. Macadamia oder Pekan

ZUBEREITUNG:

1. Mehl, Zucker, Salz (falls gewünscht) und trockene Gewürze mischen.

2. Butter schmelzen und abkühlen lassen (wenn die Butter zu heiß ist, schmilzt der Zucker und es ergibt keine Streusel).

3. Butter über die Mischung geben und unterheben, bis sich Streusel bilden. Klumpen sind in Ordnung und sogar gewünscht. Nicht übertrieben verrühren.

4. Streusel vor dem Backen über die Muffins geben.

WENN IHR DIE Muffins mit Streuseln backt, benötigen sie eventuell ein wenig länger im Ofen.

GLUTENFREIE VERSION: Anstelle des Weizenmehls nehme ich eine Mischung aus Mandel- und Kokos- oder Reismehl (oder eine andere von euch bevorzugte Mehlsorte).

Klassischer heißer Butterrum

Ergibt 4 Gläser

Buttermischung:

75 g gesalzene, weiche Butter
3 TL dunkelbrauner Zucker
1 TL Zimt
½ TL Muskatnuss
¼ TL Piment

Alles miteinander vermengen.

Für das Getränk:

1 ½ TL der Buttermischung
60 ml dunkler Rum oder Apfelcidre oder Apfelsaft
180 ml kochendes Wasser
Optional: Zimtstange und/oder Orangenscheibe

1. Die Buttermischung in ein Glas geben.

2. Mit kochendem Wasser übergießen und verrühren.

3. Rum hinzugeben.

4. Mit Zimtstange und/oder Orangenscheibe verzieren.

DIE BUTTERMISCHUNG LÄSST sich gut einfrieren, sodass ihr die Rezeptmenge auch verdoppeln oder verdreifachen und in einem wiederverschließbaren Behälter im Gefrierschrank aufbewahren könnt. So müsst ihr bei Bedarf einfach nur die passende Menge herausnehmen. (Und bitte, seid verantwortungsvoll, wenn ihr Alkohol trinkt.)

Für die alkoholfreie Version ersetzt den Rum durch Apfelcidre oder Apfelsaft. Wenn ihr ein richtig apfeliges Aroma wünscht, könnte ihr auch das Wasser durch Apfelcidre oder Apfelsaft ersetzen. Eine cremigere Konsistenz erhaltet ihr, wenn ihr einen Schuss Sahne dazugebt. Ihr könnt auch die Zuckermenge reduzieren oder einen Zuckerersatz nehmen.

ÜBER DIE AUTORIN

JANICE HOLLENBECK MORAN ist Autorin von romantischen Liebesromanen, die regelmäßig auf den Bestsellerlisten von *USA Today* und dem *Wall Street Journal* zu finden sind. Zu ihren Lieblingsdingen gehören eine gute Tasse Kaffee, dunkle Schokolade, frische Blumen, Gelächter und Musik, die ihre Seele berührt. Sie liebt es, zu reisen, und ihre Lieblingsorte, um sich inspirieren zu lassen, sind die mit reicher Geschichte und Geheimnissen - ob vor verschneiten Bergen, palmengesäumten Stränden oder funkelnden Großstadtlichtern. Jan stammt aus Austin, Texas, und einen Hauch von ihrem Akzent hat sie sich bis heute bewahrt, auch wenn sie seit Jahren in Südkalifornien am Strand wohnt.

Die meisten ihrer Bücher sind auch als Hörbuch erschienen, und ihre historischen Romane werden auf Deutsch, Italienisch, Polnisch, Niederländisch, Türkisch, Russisch, Bulgarisch, Portugiesisch, Litauisch und in andere Sprachen übersetzt.

Wenn euch das Buch gefallen hat, hinterlasst doch gerne dort, wo ihr das Buch gekauft habt, oder bei Goodreads eine kurze Bewertung für andere Leser.

Um Jans andere historische und zeitgenössische Romane zu lesen, besucht sie auf JanMoran.com/Deutsch, tretet ihrem VIP-Leseclub bei und kommt in ihre Facebook-Gruppe, um stets über Neuveröffentlichungen, Sonderverkäufe und Wettbewerbe auf dem Laufenden zu bleiben.